KB236525

역동하는 K-중고차

역동하는 K-중고차

역동하는
K-중고차
예산훈

왜 지금, 중고차 수출인가?

멈춰진 내수, 달리는 수출… 야생의 장사꾼에서 시스템의 설계자로

"당신은 차를 파는 사람입니까, 아니면 차가 흐르는 길을 만드는 사람입니까?"

이 책을 집어든 당신에게 가장 먼저 묻고 싶습니다. 아마도 당신은 장안평이나 엠파크의 매매상사에서, 혹은 송도유원지의 흙먼지 날리는 야적장에서 매일매일 치열하게 차를 팔고 있는 딜러일 것입니다. 아니면 새로운 기회를 찾아 무역업에 뛰어들 준비를 하는 예비 창업자일지도 모릅니다.

우리는 그동안 차익을 먹고 사는 사냥꾼이었습니다. 내수시장에서 싸게 나온 차를 발품 팔아 찾아내고 그것을 필요로 하는 누군가에게 조금 더 비싸게 파는 것, 그것이 우리의 생존 방식이었습니다. 우리는 '감'을 믿었고 발품을 자산으로 여겼습니다.

하지만 지난 1년간, 이 책을 집필하며 저는 확신하게 되었습니다. 이제 '사냥의 시대'는 끝났습니다. 내수시장은 멈췄고 글로벌 시장은 더 이상 우리의 감만으로는 통하지 않는 거대하고 복잡한 시스템이 되었습니다. 이 책은 단순한 중고차 수출 가이드북이 아닙니다. 이것은 야생의 시장에서 살아남은 우리가, '비즈니스 아키텍트로 진화하기 위해 반드시 읽어야 할 생존전략 보고서입니다.

지난 30년 동안 대한민국 자동차시장은 폭발적으로 성장했습니다. '마이카시대'를 지나 '1가구 2차량시대'가 되었습니다. 하지만 이제 그 성장의 엔진은 차갑게 식어가고 있습니다. 인구는 줄어들고 고금리는 소비심리를 얼어붙게 했으며, 전기차 전환이라는 거대한 파도는 기존 내연기관차의 설자리를 위협하고 있습니다. 내수시장은 이제 더 이상 블루오션이 아닙니다. 서로의 파이를 뺏고 뺏기는 피 튀기는 레드오션입니다.

반면 바다 건너의 풍경은 정반대입니다. 아프리카의 비포장도로를 달리는 현대 포터, 중동의 사막을 가로지르는 기아 쏘렌토, 남미의 고원지대를 누비는 현대 싼타페, 전 세계 개발도상국들은 여전히 이동의 자유를 갈망하고 있으며 그들에게 한국산 중고차는 '가성비의 제왕'입니다. 연간 60만 대, 수출액 6조 원, 숫자는 거짓말을 하지 않습니다. 내수는 멈췄지만, 수출은 해마다 역대 최고치를 갈아치우며 달리고 있습니다.

"왜 지금인가?" 내수시장의 위기가 곧 수출시장의 기회이기 때문입니다. 국내에서 갈 곳을 잃은 양질의 중고차들이 쏟아져 나오고 있습니다. 이 거대한 물량을 받아낼 그릇은 오직 '수출'뿐입니다. 지금이 바로 당신의 비즈니스 무대를 한반도라는 좁은 땅덩어리에서 전 세계로 확장해야 할 '골든타임'입니다.

하지만 기회는 언제나 위기의 얼굴을 하고 찾아옵니다. 겉으로는 화려한 수출통계 뒤에는 현장의 처절한 비명이 숨어 있습니다. "송도유원지의 흙먼지가 지긋지긋하지 않습니까?" 비만 오면 진흙탕이 되는 야적장에서, 전기조차 제대로 들어오지 않는 컨테이너 사무실에서 수천만 원짜리 비즈니스를 하고 있는 것이 우리의 현실입니다. 바이어가 오면 보여줄 곳이 없어 부끄러워해야 했던 그 참담함, 이것은 단순한 불편함이 아닙니다. 우리의 비즈니스 격을 떨어뜨리는 치명적인 약점입니다.

"바이어의 먹튀가 두렵지 않습니까?" 얼굴도 모르는 이방인에게 차를 보내놓고 잔금이 입금될 때까지 밤잠을 설치는 일, 서류 한 장 잘못 써서 수백만 원의 과태료를 물고 환율이 조금만 출렁여도 한 달치 마진이 날아가는 살얼음판 같은 구조, 이것은 비즈니스가 아니라 '도박'에 가깝습니다. 언제까지 세무조사를 걱정해야 합니까? 현금뭉치가 오가는 불투명한 거래관행은 우리를 잠재적인 범죄자로 만듭니다. 열심히 일해서 돈을 벌어도, 떳떳하게 '사업한다'고 말하기 어려운 현실. 이 모든 고통의 원인은 단 하나입니다. '시스템의 부재'입니다. 우리는 그동안 너무나 오랫동안 '주먹구구'로 일해왔습니다.

이 책은 바로 그 고통에 대한 해답을 제시하기 위해 쓰였습니다. 단순히 "열심히 하면 된다"는 식의 구시대적인 조언은 담지 않았습니다. 저는 기획자로서, 문제를 해결할 수 있는 구체적이고 실질적인 '시스템'을 제안합니다. 송도의 흙먼지가 싫다면 '원스톱 클러스터' 이야기를 들어보십시오. 단순한 주차장이 아닌, 매입부터 말소, 정비, 선적까지 한 곳에서 해결되는 '스마트 오토밸리'와 '노후산단 활용 전략'이 왜 우리의 미래인지 이야기합니다.

바이어의 먹튀가 무섭다면 '스테이블코인과 에스크로' 전략을 확인하십시오. 불안한 현금거래 대신, 블록체인 기술을 활용한 투명하고 안전한 결제 시스템이 어떻게 우리의 자산을 지켜줄지 설계했습니다. 내수시장이 멈춰 답답하다면 '글로벌마케팅' 전략을 참고하십시오. 단순히 차를 올리는 노출이 아니라 CPO(인증중고차) 시스템과 유튜브 숏폼을 통해 '신뢰'를 팔고 팬덤을 만드는 전략을 담았습니다. 물류가 막막하다면 '디지털 물류 시스템'이 해답이 될 것입니다. 내 차가 어디 있는지 실시간으로 추적하고 쇼링 기술로 비용을 절감하는 것이 어떻게 경쟁력이 되는지 보여줍니다.

우리의 목표는 단순히 차를 많이 파는 것이 아닙니다. 한국의 중고차 유통 시스템 그 자체를 글로벌 표준으로 만드는 것입니다. 일본은 JEVIC이라는 검사 시스템을 통해 전 세계에 일본 차는 믿을 수 있다는 인식을 심었습니다. 하지만 우리는 일본을 넘어설 수 있는 강력한 무기가 있습니다. 바로 세계 최고 수준의 'IT/디지털 인프라'입니다.

우리가 구축할 CPO 인증 시스템은 단순한 종이 성적표가 아님니다. 블록체인으로 위변조가 불가능하고 전 세계 어디서든 스마트폰으로 확인할 수 있는 '디지털 신뢰자산'입니다. 우리의 투명한 물류 트래킹은 아프리카, 중동, 남미 시장의 바이어들에게 '한국과 거래하면 안전하다'라는 확신을 심어줄 것입니다. 이것은 국뽕이 아닙니다. 이미 우리 눈앞에 와 있는 현실이자, 우리가 선점해야 할 미래입니다. 이 책은 단순한 실무서를 넘어, 정책입안자들과 투자자들에게 "이 시장에 100조 원의 기회가 있다"라고 설득하는 '산업보고서'가 될 것입니다.

이제 낡은 장사꾼의 옷을 벗어 던지십시오. 우리는 더 이상 마진 몇 푼에 일희일비하는 딜러가 아닙니다. 데이터를 읽고 인프라를 활용하며, 금융을 통제하는 '글로벌 비즈니스 아키텍트'가 되어야 합니다. 이 책은 중고차 수출, 그 진화의 여정을 안내하는 나침반입니다. 야생의 정글을 지나 시스템이 흐르는 고속도로 위로 올라서십시오. 100조 시장의 주인공은 바로 시스템을 설계하는 당신이 될 것입니다.

차례

8부 시스템이 곧 브랜드다

마케팅은 노출이 아닌 증명이다

9부 온라인만으로는 완성할 수 없는 수출

흙먼지 위에 원스톱 클러스터를 설계합니다

10부 중고차 수출, 스테이블코인

디지털 자산이 국제무역의 패러다임을 바꾸는 전략적 로드맵

맨손으로 두드린
세계의 문,
야생의 기록

한국 중고차 수출, 그 시작의 발자취… 1980년대 후반 ~ 1990년대 초반

"그때 우리는 아무것도 없었습니다. 오직 차를 팔겠다는 강력한 의지와 낡은 전화기 한 대뿐이었습니다."

1980년대 후반, 서울의 공기는 뜨겁고 매캐했습니다. 최루탄 연기가 걷힌 거리에는 86아시안게임과 88서울올림픽이 가져다준 고양감이 넘실댔고 한국 경제는 해마다 두 자릿수 성장률을 기록하며 질주하고 있었습니다. 압축적인 성장의 시대, 바야로 '마이카My Car' 시대의 개막이었습니다.

현대 포니2가 엑셀로 진화하고 대우 르망이 젊은이들의 로망으로 떠오르던 그 시절, 자동차는 더 이상 부유층의 전유물이 아닌 중산층의 필수품으로 자리잡기 시작했습니다. 소비와 소유는 곧 성공의 상징이었습니다. 아파트 주차장은 차들로 빽빽해졌고 주말이면 교외로 나가는 차량 행렬이 줄을 이었습니다. 마이카시대는 단순한 이동수단의 변화를 넘어, 삶의 속도를 근본적으로 바꾸었습니다. 대중교통으로 1시간 걸리던 거리를 자가용으로 40분 만에 도착하게 만들면서, 우리 삶을 더욱 압축적이고 효율적으로 만들었습니다.

이러한 사회적 분위기 속에서, 새 차를 구매하는 것은 곧 신분상승과 안정을 상징하는 중요한 이벤트였습니다. 저의 어릴 적 기억을 되짚어보면 그때만 해도 저는 '중고차'라는 개념조차 알지 못했습니다. 명절마다 버스를 타고 할머니댁을 오가던 제게, 창밖으로 보이던 자가용 행렬은 신선한 충격이었습니다. 대중교통에 의존하던 삶이 '내 차'라는 개인적인 공간으로 바뀌는 그 모습 자체가 시대의 새로운 흐름을 보여주고 있었습니다. 저의 아버지세대도 이때 당연히 신차로 구매한 현대 엑셀이 첫 차였습니다. 내비게이션도 없던 시절, 두꺼운 지도책을 펼쳐들고 가족들과 처음으로 먼 길을 떠나던 그 설렘은, 차가 단순한 이동수단을 넘어 '새로운 경험'과 '가족의 꿈'을 상징했던 시대의 단면을 보여주고 있습니다.

하지만 빛이 강하면 그림자도 짙은 법입니다. 폭발적으로 늘어나는 신차의 화려한 행렬 뒤에는, 3년에서 5년 주기로 시장에 유입되는 '중고차'라는 거대한 파도가 소리 없이 밀려오고 있었습니다. 새 차를 산 사람들은 타던 차를 시장에 내놓았지만, 당시의 내수시장은 이 쏟아지는 물량을 감당할 구조적 준비가 되어 있지 않았습니다.

"남이 타던 헌 차를 왜 타?"라는 강력한 사회적 인식이 지배적이었던 시절, 중고차는 곧 '재고'이자 '골칫덩이'였습니다. 갈 곳 잃은 중고차들은 헐값에 넘겨지거나 폐차장으로 직행하면서 가격이 끝없이 폭락했던 상황이었습니다. 바로 그 지점, 내수시장의 '제로가치'와 해외시장의 '달러가치' 사이에서 발생하는 수요와 공급의 극심한 불균형이 만들어낸 틈새에서 누군가는 기회를 포착했습니다. 남들이 '다 쓴 고철'이라고 부르며 외면할 때 그들은 "이것은 달러를 벌어들일 수 있는 가장 현실적인 통로입니다"라고 외쳤습니다. 이 극단적인 가격차익Arbitrage이 중고차 수출산업 태동의 경제적 근거가 되고 있습니다. 결국, 이 틈새를 공략하는 것이 우리의 비즈니스에서 가장 중요한 선행전략이었다고 판단하고 있습니다.

아무런 제도적 기반, 정부의 지원, 심지어 제대로 된 물류 인프라조차 없던 그 시절, 오직 배짱과 땀으로 세계시장에 'K-중고차'의 깃발을 꽂았던 개척자들의 치열한 노력과 중대한 성과를 담은 '야생의 기록'입니다.

1-1 | **태동의 서막**
마이카시대의 환호와 그 이면의 그림자

대한민국, 바퀴 위에 올라타다

대한민국 중고차 수출의 역사를 제대로 이해하기 위해서는 시곗바늘을 1980년대 후반으로 돌려야 합니다. 이 시기는 한국 사회 전체가 거대한 용광로처럼 끓어오르던 때였습니다. 경제 호황과 함께 중산층이 두터워지면서, '내 집 마련' 다음의 목표는 자연스럽게 '내 차 마련'이 되었습니다.

1980년대 초반만 해도 연간 10만 대 수준에 머물렀던 국내 자동차 생산량은 1987년 기어이 100만 대를 돌파했습니다. 1990년대 초반에는 150만 대를 넘어서며 세계적인 자동차 생산국의 반열에 올랐습니다. 도로 위 풍경도 급변했습니다. 각진 포니가 사라진 자리를 유선형의 엑셀, 프레스토, 르망, 프라이드가 채웠습니다. 자동차는 더 이상 '부의 과시' 수단이 아니라 출퇴근과 여가를 위한 생활필수품으로 자리잡았습니다. 이러한 모터라이제이션의 완성은 국내 중고차시장의 매물 퀀텀점프를 예고하는 선행지표입니다.

이러한 신차시장의 폭발적인 성장은 선순환이라 불렸습니다만, 중고차시장의 관점에서는 곧 닥쳐올 거대한 쓰나미의 전조였습니다. 신차 판매가 늘어난다는 것은 필연적으로 일정 기간 운행된 차량들이 중고차시장으로 유입된다는 것을 의미하고 있습니다.

물량은 쏟아지는데 그것을 담을 그릇은 턱없이 부족했습니다. 1970년대까지만 해도 중고차 거래는 서울의 을지로 5가나 원효로 뒷골목에서 암암리에 이루어졌습니다. 소위 '나까마'라 불리는 중개인들이 다방에 앉아 서류봉투를 주고받으며 거래를 성사시키던 시절이었습니다. 거래는 철저히 '감'에 의존했으며, 체계도, 신뢰도 없는 야생 그 자체였습니다.

이러한 혼란을 잠재우고 시장을 양지화하기 위해 탄생한 곳이 바로 1979년 서울 성동구에 조성된 장안평 자동차매매시장입니다. 하천부지를 메워 만든 이 거대한 단지는 한국 중고차 유통 역사의 분기점이었습니다. 흩어져 있던 매매상들이 한곳에 모여 '상사'라는 간판을 걸고 영업을 시작했습니다. 비록 비가 오면 진흙탕이 되고 맑은 날엔 흙먼지가 날리던 열악한 환경이었지만, 이곳은 최초로 정보가 모이고 시세가 형성되는 플랫폼의 원형이었습니다.

서울의 장안평, 부산의 연산동 등 지역 거점을 중심으로 형성된 매매단지는 중고차 거래의 신뢰성을 높이는 첫걸음이었습니다. "중고차를 사려면 장안평으로 가라"라는 말이 공식처럼 통했고 이는 중고차산업이 제도권 안으로 진입하고 있음을 알리는 신호탄이었습니다.

정부 정책 또한 불을 지폈습니다. 1980년 '자동차공업 통합 조치'로 산업을 재편하며 경쟁력을 키운 정부는, 1980년대 중반 이후 내수 진작을 위해 자동차 보급을 장려했습니다. 1982년 포니2, 1983년 스텔라와 코란도 등 국산 모델들이 연이어 히트를 치면서 기술 기반도 탄탄해졌습니다.

하지만 1990년대 초반에 접어들면서 시장은 성장의 역설에 직면합니다. 내수시장이 예상보다 빠르게 포화상태에 이른 것입니다. 신차 판매 증가세는 둔화되었지만, 이미 팔린 차들이 3~5년 주기로 중고차시장에 쏟아져 나오기 시작했습니다. 공급은 넘치는데, "남이 타던 차는 찝찝하다"라는 소비자들의 인식 탓에 수요는 그 속도를 따라잡지 못했습니다.

매매단지 주차장은 팔리지 않은 악성재고들로 미어터졌습니다. 가격은 하락했고 재고 부담에 시달리는 딜러들의 시름은 깊어졌습니다. 내수시장만으로는 더 이상 이 거대한 물량을 소화할 수 없는 임계점에 도달한 것입니다. 이 시기는 중고차 수출이 선택이 아닌 구조적인 필연이었음을 데이터로 방증하고 있습니다.

바다 밖에서 찾은 탈출구 : 이 차들이 필요한 곳이 있습니다

바로 그 절박한 순간, 일부 선구적인 사업가들의 시선이 바다 건너로 향했습니다. 당시 아시아, 중동, 아프리카 등의 개발도상국들은 막 경제성장을 시작했지만, 자동차를 자체 생산할 능력이 없었습니다. 그렇다고 비싼 일본 차나 독일 차를 수입하기에는 구매력이 턱없이 부족했습니다.

그들에게 한국의 중고차는 완벽한 대안이었습니다. 비록 도요타나 혼다에 비해 브랜드 인지도는 낮았지만, 가격은 20~30% 저렴하면서도 성능은 뒤지지 않았습니다. '가성비의 제왕'이라는 포지셔닝이 자연스럽게 형성되고 있는 상황입니다. 특히 88서울올림픽을 통해 알려진 'KOREA'라는 브랜드는 품질에 대한 막연한 신뢰를 주기에 충분했습니다.

"한국 차는 가성비가 최고입니다."

이 소문은 바다를 건너 필리핀의 택시기사에게, 요르단의 상인에게, 칠레의 운송업자에게 퍼져나가고 있습니다. 1990년대 초반, 김포공항 입국장에는 가방에 달러 뭉치를 가득 채운 낯선 이방인들이 하나둘씩 모습을 드러내기 시작했습니다. 우리의 재고가 그들에게는 '이동의 자유'를 상징하는 희망이 된 역설적인 상황이라고 분석됩니다.

일본이라는 거울, 그리고 추격의 시작

물론 우리는 후발주자였습니다. 이웃 나라 일본은 이미 1980년대부터 전 세계 중고차 수출시장을 호령하고 있었습니다. 1980년대 말 미국을 제치고 세계 최대 자동차 생산국이 된 일본은 자국의 까다로운 차량 검사제도를 통해 3~5년 된 양질의 중고차를 해외로 대량 방출하고 있었습니다.

일본의 거대한 자동차 운반선(Ro-Ro선)이 전 세계 항구를 누비고 체계화된 경매 시스템을 통해 투명하게 가격이 결정되는 모습은 우리 개척자들에게는 충격이자 목표였습니다. 단순히 차를 많이 파는 것이 아니라 시스템으로 시장을 장악하는 그들의 방식은 우리에게 큰 통찰을 주었습니다. 일본이 하는데 우리라고 못할 게 뭐 있겠습니까? 우리 차도 충분히 좋다고 판단됩니다.

일본의 선진 시스템은 우리에게 중고차 수출이 단순한 재고처리가 아니라 하나의 거대한 '독립산업'이 될 수 있다는 중요한 통찰을 주었습니다. 그렇게 한국 중고차 수출은 일본이라는 거인을 벤치마킹하며, 장안평의 흙먼지 속에서 조용히 그러나 뜨겁게 태동하고 있었습니다.

1-2 | **맨땅에 헤딩**
옐로페이지와 벼룩시장의 시대

Hello? Can you speak English?

지금이야 스마트폰 화면을 몇 번 두드리면 지구 반대편의 바이어와 얼굴을 마주 보며 통화할 수 있는 세상입니다. 하지만 1990년대 초반은 아날로그의 정점이었습니다. 인터넷이라는 단어조차 생소하던 그 시절, 해외에 있는 바이어를 찾는다는 것은 서울에서 김 서방 찾기보다 더 막막하고 무모한 도전이었습니다.

당시 무역상들의 책상 위에는 항상 낡고 두꺼운 책 한 권이 성경처럼 놓여 있었습니다. 바로 전 세계 상호와 전화번호가 깨알같이 적힌 '옐로페이지Yellow Page'입니다.

그 시절 선배들의 일과는 무역협회 도서관이나 KOTRA 자료실로 출근하는 것으로 시작되었습니다. 먼지 쌓인 해외 기업 명부에서 'Automobile Dealer'나 'Trading Company'라는 단어가 보이면 무조건 복사했습니다. 그리고 밤이 되면 시차를 맞춰 수화기를 들었습니다. 분당 몇 천 원씩 하는 살인적인 국제전화 요금 탓에, 통화 연결음이 울릴 때마다 심장이 쫄깃해지는 긴장감을 견뎌야 했습니다. 이는 곧 국제전화 공포증이었습니다. 1분 내에 모든 협상을 끝내야 하는 극한의 시간 압박 속에서 딜러들은 생존을 위해 필수적인 첫 접근을 감행했습니다.

"Hello? I am calling from Korea. We have good used cars. Hyundai, Daewoo… Very cheap!"

세련된 비즈니스 매너나 유창한 영어는 사치였습니다. 수화기 너머로 들려오는 낯선 언어와 냉담한 반응 그리고 "No"라는 거절이 일상이었습니다. 하지만 그들은 포기하지 않았습니다. 긍정적인 반응이 오면 즉시 팩스 한 장에 차량 리스트와 가격을 손으로 적어 날렸습니다. 팩스기에서 '삐-익' 하는 기계음과 함께 종이가 느릿느릿 넘어갈 때의 그 간절함과 희열은 클릭 한 번으로 수천만 원을 송금하는 지금 세대는 느낄 수 없는 비즈니스의 무게입니다.

정보의 암흑기, 그리고 '벼룩시장'이라는 유일한 플랫폼

해외 바이어를 찾는 것만큼이나 어려웠던 것은 '물건(차량)을 확보하는 것'이었습니다. 지금처럼 엔카나 헤이딜러가 없던 시절, 중고차 시세는 그야말로 며느리도 모르는 비밀이었습니다.

해외 바이어가 어렵게 한국에 들어와도 문제가 발생합니다. 어떤 차가 좋은 차인지, 이 딜러가 부르는 300만 원이 적정 가격인지 확인할 길이 없었습니다. 딜러들조차 정확한 수출 시세를 몰라 눈치작전을 펼치기 일쑤였습니다. 어떤 딜러는 100만 원짜리 차를 300만 원에 팔아 폭리를 취하기도 했고 반대로 어떤 딜러는 정보가 없어 500만 원 받을 수 있는 차를 200만 원에 넘기고 땅을 치기도 했습니다. 그야말로 정보비대칭의 극치이자 복불복 거래가 판치는 야생이었습니다.

이러한 정보갈증을 해소해준 유일한 구세주가 있었으니, 바로 1990년 7월 부천에서 창간된 생활정보지 '벼룩시장'이었습니다. 깨알 같은 글씨로 빼곡하게 적힌 줄광고 형태의 매물정보는 당시로서는 혁신적인 빅데이터였습니다.

수출업자들은 매일 새벽 배달된 벼룩시장을 펼쳐놓고 빨간 사인펜으로 줄을 그어가며 정독했습니다. '엑셀, 89년식, 무사고 급매.' 이 한 줄의 정보를 얻기 위해 새벽잠을 설쳤고 그 신문 조각을 들고 공중전화로 달려갔습니다. 이 벼룩시장은 당시의 수출 딜러들에게는 엔카나 헤이딜러의 역할을 했던, 유일무이한 '오프라인 데이터 플랫폼'이었습니다. 그들의 정보전은 신문이라는 종이 위에서 치열하게 벌어지고 있었습니다.

식당에서 성사된 계약 : 사람이 곧 시스템이었다

업계의 전설처럼 내려오는 '남대문 식당 거래' 이야기는 당시의 분위기를 가장 잘 보여주고 있습니다.

어느 날 점심, 한 수출업자가 남대문시장 갈치조림 골목에서 밥을 먹는데, 옆 테이블에 앉은 피부색 검은 외국인들이 서툰 영어로 차 이야기를 하는 것을 들었습니다. 그는 먹던 숟가락을 내려놓고 무작정 그들에게 다가가 말을 걸었습니다.

"Do you need a car? I have many cars. Good price."

그 무모해 보였던 짧은 용기가 인연이 되어 그 자리에서 수천만 원어치의 수출 계약이 성사되었습니다. 바이어는 그를 믿고 현금 봉투를 건넸고 그는 그 믿음에 보답하기 위해 밤새워 차를 구했습니다.

시스템도, 신용장L/C도, 에스크로도 없던 시절이었습니다. 오직 사람을 믿고 눈빛을 보고 거래를 했습니다. 사기를 당해 이역만리에서 빈털터리가 된 사람도 있었고 말 한마디로 천 냥 빛을 갚으며 거상이 된 사람도 있었습니다. 당시의 수출은 거친 야생에서의 생존 게임이었지만, 역설적으로 그 시기에 형성된 끈끈한 인적 네트워크Human Network는 지금까지도 한국 중고차 수출을 지탱하는 가장 강력한 자산입니다. 이는 기술이 발전한 지금도 '관계 기반 비즈니스'의 중요성을 상기시켜주는 살아 있는 교훈이라고 판단하고 있습니다.

1-3 | **난관과 극복**
컨테이너 쇼링, 땀으로 쓴 기술

신차에 밀려난 서자의 설움

바이어를 찾고 계약을 맺었어도 끝이 아니었습니다. 더 큰 난관은 '물류'였습니다. 1990년대 초반, 인천항과 울산항은 국산 신차를 실어나르느라 눈코 뜰 새 없이 바빴습니다. 거대한 위용을 자랑하는 로로선(Ro-Ro선, 자동차 전용 운반선)은 현대, 기아, 대우의 반짝이는 새 차들로 가득 찼고 기름때 묻은 중고차를 위한 자리는 없었습니다.

중고차는 국가 주력산업인 신차 수출에 밀려난 서자 취급을 받았습니다. 선사들은 중고차 선적을 노골적으로 꺼렸습니다. "차가 낡아서 가다가 불나면 어떡하냐", "기름 새서 배 더럽히면 책임질 거냐"라며 퇴짜를 맞기 일쑤였습니다. 수출업자들은 공식적인 선적 확보가 어려워 간절한 설득과 협상으로 물량을 확보해야 하는 상황이었습니다. 배를 구하지 못해 발을 동동 구르며 항구 바닥에서 밤을 지새워야 했던 것입니다.

쇼링 : 불가능을 가능으로 만든 기예

로로선이 없으니 수출업자들은 '컨테이너'라는 대안을 선택해야 했습니다. 하지만 좁은 컨테이너 안에 자동차를 싣는 것은 보통 일이 아니었습니다. 20피트 컨테이너엔 겨우 1대, 40피트 컨테이너엔 2대밖에 실을 수 없다면 대당 물류비가 너무 비싸져 가격경쟁력이 사라집니다. 물류비를 줄이는 것이 곧 가격경쟁력의 핵심이었습니다.

그래서 탄생한 것이 바로 '쇼링Shoring' 기술입니다. 단순히 차를 주차하는 것이 아닙니다. 밧줄과 굵은 나무 각목을 이용해 차량을 공중에 매달거나 45도 각도로 비스듬히 세워 적재하는 고도의 입체적 적재기술이었습니다.

한여름, 찜통 같은 컨테이너 안 온도는 50도를 훌쩍 넘깁니다. 그 안에서 땀을 비 오듯 흘리며 작업자들은 차를 매달았습니다. 40피트 컨테이너에 소형차 3대, 많게는 경차 4~5대를 구겨넣기 위해 범퍼를 떼어내고 타이어 바람을 빼고 밀리미터 단위로 각도를 조절했습니다. 조금만 각도가 틀려도, 밧줄 매듭이 약해도 거친 파도 위에서 차가 무너져내려 전손 처리가 될 수 있었습니다. 이것은 고도의 위험 부담과 수익성이 직결된 고난이도 작업이었다고 분석됩니다.

이것은 단순한 노동이 아니었습니다. 한국 중고차의 가격경쟁력을 만들기 위한 필사적인 원가절감의 기술이자, 헝그리정신이 만들어낸 혁신이었습니다. 시스템이 없었기에 오히려 인적 역량과 기술력으로 그 공백을 메웠습니다. 밤새 항구 바닥에서 컨테이너 작업을 지켜보며 컵라면으로 끼니를 때우던 선배들의 눈물겨운 노력 덕분에 한국 중고차는 비싼 물류비를 극복하고 세계시장으로 나갈 수 있었습니다.

　　　더욱 뼈아픈 것은 정부의 무관심이었습니다. 당시 정부의 모든 정책 역량은 신차 수출과 외화획득에 집중되어 있었습니다. 중고차 수출은 공식적인 산업통계에도 잡히지 않는 기타 잡화 취급을 받았습니다.

　수출 말소등록 절차는 까다롭기 그지없었고 담당 공무원조차 "멀쩡한 차를 왜 말소하냐"라며 의심의 눈초리를 보냈습니다. 관세 환급이나 세무 처리에 대한 명확한 기준도 없어 수출업자들은 세무서를 찾아가 읍소하고 설득해야 했습니다. 이는 영세업체들에는 감당하기 힘든 야생의 세금Wilderness Tax과 같았습니다. 법의 사각지대에서 아슬아슬한 줄타기를 하며, 그들은 스스로 길을 만들어야 했던 것입니다.

　하지만 이러한 고난의 시간은 헛되지 않았습니다. 인프라의 부재는 강인한 자생력을 키웠고 제도의 공백은 현장의 유연함을 만들었습니다. 그리고 무엇보다, "아무도 가지 않은 길에도 분명 기회가 있다"라는 확신을 심어주었습니다.

　이 시기 축적된 거친 야생의 경험들은, 다가올 1997년 IMF 외환위기라는 거대한 파도 앞에서 한국 중고차 수출이 폭발적으로 성장할 수 있는 든든한 펀더멘털이 되어주었습니다. 결국 모든 역경은 우리의 비즈니스 근육을 단련시키는 혹독한 환경이었다고 판단하고 있습니다.

[Kevin's Insight] 태동기가 우리에게 남긴 유산

저는 이 태동기의 '야생'이 우리 중고차 수출산업의 DNA에 어떤 유산을 남겼는지 깊이 생각해보고 있습니다. 당시의 치열함은 단순한 과거사가 아니라 현재 우리가 글로벌시장에서 맞닥뜨리는 모든 문제의 원점原點이자 해답의 실마리가 되고 있습니다. 사업기획자로서, 저는 이 혼란의 시대에서 세 가지 핵심 통찰을 발견하고 이를 우리의 미래전략에 접목해야 한다고 판단하고 있습니다. 딱딱한 보고서의 숫자를 넘어, 이 이야기를 잠시 담담하게 풀어보려고 합니다.

1. 숫자가 보여주는 구조적 필연과 거시적 통찰

첫 번째는 숫자가 보여주는 구조적 필연에 대한 통찰입니다. 1987년 생산량 100만 대 돌파라는 거대한 통계는, 3~5년 후 국내 중고자시상이 감낭할 수 없는 수준의 물량을 쏟아낼 것이라는 거시적 운명을 이미 결정하고 있었습니다. 당시 국내 딜러들이 재고에 압사당할 위기에 처했을 때 수출은 그저 '차를 파는 행위'가 아니라 국가적 재고의 밸런스를 맞추는 구조적인 탈출구였습니다.

저는 이 시대를 보며, 사업의 성공은 눈앞의 판매기술이 아니라 구조적인 흐름을 읽는 거시적 분석력에 달려 있다는 것을 깨닫고 있습니다. 매입 물량의 안정적인 확보와 시장의 구조적 불균형을 해소하는 능력이야말로 중고차사업의 핵심이라고 생각해왔습니다. 태동기의 선배들은 데이터를 갖지 못했지만, 본능적으로 이 거대한 구조적 흐름을 읽고 바다를 건넌 것입니다. 큰 그림을 놓치지 않는 것이 우리의 핵심 역량이라고 생각됩니다.

2. 아날로그시대의 끈끈한 신뢰자산

두 번째는 아날로그시대의 끈끈한 신뢰자산입니다. 1-2 섹션에서 언급했듯이, 그 시절의 거래는 시스템 없이 오직 사람의 눈빛과 악수 하나로 이루어졌습니다. 신용장(L/C)이 늦게 도착해도, 팩스 한 장의 약속을 지키기 위해 밤을 새우던 그 관계가 바로 지금 요르단, 리비아, 칠레 등 주요 수출국의 1세대 바이어들과 우리 선배들을 연결하는 무형의 자산입니다.

이 관계는 돈으로 살 수 없는, 우리의 가장 강력한 무기입니다. 당시의 바이어들은 수천만 원의 현금을 들고 한국에 왔습니다. 그 돈이 사기당하지 않을 것이라는 믿음, 그리고 약속한 차의 품질이 보장될 것이라는 확신이 없었다면 불가능한 거래였습니다. 기술이 아무리 발전해도, 결국 거래의 가장 높은 단계에서는 '저 사람과 다시 비즈니스를 하고 싶다'라는 인간적인 신뢰가 최종 결정을 내립니다. 우리는 이 태동기에 쌓인 유산을 소중히 여기고 디지털시대에도 이 신뢰를 확장해야 하는 숙제를 안고 있다고 판단하고 있습니다.

3. 인프라의 부족이 낳은 비즈니스 DNA : 쇼링 정신

마지막은 인프라의 부족이 낳은 비즈니스 DNA입니다. 중고차는 로로선에 밀려 컨테이너에 실려야 했고 그 결과물이 바로 '쇼링'이라는 고난도 기술이었습니다. 찜통 같은 컨테이너 안에서 차를 구겨넣던 그 행위는, 물류비를 최소화하여 가격 경쟁력을 확보하려는 필사적인 원가절감 전략이었습니다.

이러한 경험은 우리 산업에 '유연성'과 '문제해결 지향적 태도'라는 놀라운 DNA를 심어주었습니다. 인프라가 갖춰진 환경에서는 나올 수 없는, 맨땅에서 길을 만드는 '야생의 혁신'이었던 것입니다. 쇼링 기술은 단순히 짐을 싣는 기술이 아니라 '제한된 자원 속에서 최적의 효율을 뽑아내는 한국적 비즈니스 정신'을 상징하고 있습니다. 오늘날 우리가 겪는 물류대란, 해외 규제 변화, 급변하는 시장 환경 속에서, 이 '쇼링 정신'은 정면돌파를 망설이지 않는 우리의 기업문화가 되고 있습니다.

태동기의 야성은 단순한 과거의 기록이 아닙니다. 구조적 통찰, 인간적 신뢰, 그리고 불굴의 유연성이라는 세 가지 핵심 자산을 우리에게 남겨준 가장 중요한 사업 기획보고서입니다. 우리는 이 교훈을 바탕으로 100조 시장을 향해 나아가 있습니다.

국가 부도의 그늘,
수출의 빛이 되다

위기를 기회로 삼다⋯ 1990년대 중반 ~ 2000년대 중반

"나라는 망했다고 하는데, 항구에는 배가 없어서 난리였다."

1997년 11월 21일, 대한민국은 멈췄습니다. 정부의 IMF(국제통화기금) 구제금융 신청 발표와 함께, 한강의 기적이라 불리던 경제신화는 모래성처럼 와르르 무너져 내렸습니다. 어제까지만 해도 평생직장이라 믿었던 곳에서 가장들이 거리로 내몰렸고 거리는 셔터를 내린 상점들과 갈 곳 잃은 사람들의 한숨으로 가득 찼습니다. 서울의 차가운 겨울바람 속에서, 장롱 깊숙이 넣어두었던 돌반지와 결혼 패물까지 꺼내들고 길게 줄을 섰던 '금모으기 운동'의 행렬만이 우리가 아직 이 나라를 포기하지 않았음을 보여주는 유일하고도 처절한 희망의 증거였습니다.

하지만 세상의 모든 일에는 양면이 존재합니다. 내수시장이 붕괴되어 비명을 지르던 바로 그 시각, 인천항과 부산항의 수출 전초기지는 전혀 다른 이유로 뜨거운 비명을 지르고 있었습니다. 밀려드는 해외 바이어들의 주문을 감당할 수 없어서였습니다. 원화가치가 바닥으로 곤두박질치자, 1달러의 가치는 두 배가 되었고 이는 곧 한국산 중고차가 전 세계 바이어들에게 '전 품목 50% 바겐세일' 상품이 되었다는 것을 의미했습니다.

바다 건너에서 날아온 낯선 이방인들이 달러를 들고 입국했고 그들은 호텔에 짐을 풀기도 전에 먼지 날리는 야적장으로 달려갔습니다. 내수 딜러들이 부도위기에 몰려 헐값에 던진 차들은 그들에게 '황금알을 낳는 거위'였습니다. 위기는 기회라는 상투적인 말이, 누군가에게는 뼈아픈 현실이자 누군가에게는 인생 역전의 기회가 되는 역설적인 순간이었습니다.

국가적 비극이 어떻게 중고차 수출산업의 퀀텀점프를 만들어냈는지, 그리고 그 거친 혼돈 속에서 어떻게 시스템의 싹이 트기 시작했는지를 복기하는 치열한 기록입니다. 우리는 이 시기를 통해 단순히 차를 파는 것을 넘어, 시장이라는 거대한 생물Organism이 위기 속에서 어떻게 진화하는지를 목격하게 될 것입니다.

2-1 | **IMF 외환위기**
역설적인 전환점과 시장의 지각변동

위기가 만든 데이터의 탄생

사실 IMF 이전까지 중고차 수출은 통계조차 제대로 잡히지 않는, 그저 알음알음 이루어지는 장사였습니다. 관세청 코드HS Code조차 모호하게 적용되던 시기였습니다. 하지만 국가 부도위기 속에서 "달러를 벌어들일 수 있는 것이라면 돌멩이라도 팔아야 한다"라는 절박함이 대한민국을 지배했습니다.

수출만이 살길이었던 그 시절, 정부와 업계는 비로소 '중고차 수출통계'를 공식적으로 집계하고 참고하기 시작했습니다. 이는 매우 중요한 변화입니다. 데이터가 잡히기 시작했다는 것은, 이 시장이 드디어 하나의 산업으로 인식되기 시작했다는 신호이기 때문입니다. 당시 정부는 외화획득을 위해서라면 수출절차를 간소화해주고 세제혜택을 주는 등 적극적인 지원책을 펼쳤고 이는 음지에 있던 중고차 수출이 양지로 나오는 결정적인 계기가 되었습니다.

환율의 마법 : 800원에서 2,000원으로

1997년 초만 해도 800원대였던 원/달러 환율은 그해 말 순식간에 1,900원을 넘어 2,000원에 육박했습니다. 수입업체 사장님들은 환차손으로 부도를 맞고 쓰러졌지만, 수출업체 사장님들에게는 믿기지 않는 일이 벌어졌습니다.

경제학적으로 설명하자면 이는 완벽한 차익거래 기회였습니다. 어제까지 1만 달러(약 800만~900만 원)를 줘야 살 수 있었던 쏘나타가 자고 일어나니 5천 달러면 살 수 있는 상황이 된 것입니다. 한국 국민에게는 재앙이었지만, 달러를 들고 오는 해외 바이어들에게 한국은 전 세계에서 가장 매력적인 '쇼핑천국'이었습니다.

김포공항의 007가방들

김포공항 입국장은 낯선 풍경으로 채워졌습니다. 요르단, 베트남, 필리핀, 몽골, 그리고 칠레와 페루에서 온 바이어들이 007가방에 현찰 달러뭉치를 가득 채워 입국했습니다. 그들은 호텔에 짐을 풀기도 전에 장안평과 인천으로 달려갔습니다.

"This car, How much?" "Okay, I take ten!"

흥정도 필요 없었습니다. 그들이 보기엔 모든 차가 너무나 쌌기 때문입니다. 현금이 말라버려 부도위기에 몰린 국내 딜러들에게 달러를 든 그들은 구세주였습니다. 당시 은행 지점장들이 달러를 환전하러 온 수출업자들에게 깍듯이 인사하며 커피를 대접했다는 일화는 전설처럼 내려옵니다.

쏟아지는 매물 : 붕괴된 내수의 탈출구

공급 측면에서도 거대한 지각변동이 일어났습니다. IMF 구조조정의 칼바람 속에 기업들은 보유하고 있던 업무용 차량들을 시장에 내놓았습니다. 실직한 가장들은 할부금을 감당하지 못해 눈물을 머금고 애지중지하던 자가용을 매물로 내놓았습니다.

특히 당시 내수 중고차시장을 호령하던 대우자동차판매의 모기업 부도위기는 엄청난 물량의 재고를 시장에 풀리게 만들었습니다. 수천 대의 재고 차량이 주인을 찾지 못해 공터에 방치되었습니다. 내수시장은 소비심리 위축으로 이 막대한 물량을 소화할 체력이 없었습니다. 가격은 끝없이 추락했고 주차장은 팔리지 않은 차들로 미어터졌습니다.

이때 수출은 선택이 아닌 유일한 생존의 탈출구가 되었습니다. 내수 딜러들은 헐값에라도 차를 처분해 현금을 만들기 위해 수출업자들을 찾아다녔습니다. 수출업자들은 밤새 차를 매집하고 트럭에 실어 항구로 날랐습니다. 이 시기를 기점으로 중고차 수출은 소규모 무역상들의 전유물에서, 내수시장의 잉여를 해소하고 외화를 벌어들이는 '국가적 순환 시스템'의 핵심 파이프라인으로 편입되기 시작했습니다.

2-2 | 새로운 시장 개척과 수출 인프라 확충
대우의 몰락이 쏘아올린 공

대우맨, 시장의 격을 높이다

이 시기를 이야기할 때 빼놓을 수 없는 아픈 역사가 있습니다. 바로 '대우자동차'의 몰락입니다. 당시 대우는 세계경영을 가치로 내걸고 최고의 호황을 누리던, 현대차와 어깨를 나란히하던 거대 자동차기업이었습니다. 하지만 IMF의 파도를 넘지 못하고 그룹이 해체되는 비운을 맞이했습니다.

대우의 몰락은 중고차시장에 예기치 못한 '인적 자원의 대이동'을 불러왔습니다. 하루아침에 직장을 잃은 수많은 대우자동차의 유능한 영업사원Car Master들이 생계를 위해 중고차시장으로 뛰어들어야 했습니다.

그들은 단순히 차를 파는 사람이 아니었습니다. 체계적인 세일즈 교육을 받고 서류 작성부터 고객관리CRM 노하우까지 갖춘 '정예요원'들이었습니다. 그들의 유입은 주먹구구식이던 중고차시장에 전문성을 더하는 결정적인 계기가 되었습니다. "대우맨들은 계약서 한 장을 써도 다르다"라는 말이 돌 정도로 그들은 위기 속에서 중고차 수출의 최전선에서 활약하며 시장의 업무 프로세스 수준을 한 단계 끌어올렸습니다.

대우자판이 만든 최초의 풍경 : 서울자동차경매장과 외국인들

2000년 6월, 경기도 용인에 문을 연 서울자동차경매장(현 오토허브 옥션의 전신)은 시장 선진화의 중요한 이정표였습니다. 흥미로운 점은 이 경매장을 만든 주체가 바로 앞서 언급한 대우자동차판매였다는 사실입니다. 대우자판은 자사의 신차 판매와 연계된 중고차 물량을 투명하게 처리하기 위해 선진국형 경매 시스템을 도입했습니다. 그리고 이곳에서는 대한민국 자동차 역사상 보기 드문 진풍경이 펼쳐졌습니다.

내국인 딜러들 사이로 피부색 다양한 외국인 바이어들이 입찰 단말기를 들고 앉아 있는 모습이었습니다. 그들은 통역을 대동하거나 서툰 한국어로 직접 버튼을 눌러가며 자국으로 보낼 차를 낙찰받았습니다. "띵동! 157번, 라노스, 낙찰!" 대우가 만든 차를, 대우가 만든 경매장에서, 외국인이 낙찰받아 수출하는 이 아이러니한 현장은 당시 한국 중고차 수출이 얼마나 역동적이었는지를 보여주는 상징적인 장면이었습니다.

그때 그 시절 : 공중전화 앞의 긴 줄

지금도 잊히지 않는 장면이 있습니다. 매주 수요일 경매가 열리는 날이면 경매장 로비에 있는 공중전화 부스 앞에는 아침부터 외국인 바이어들이 길게 줄을 서 있었습니다. 핸드폰이 귀하던 그 시절 그들은 지갑에 넣어둔 국제전화 카드를 꺼내어 본국으로 전화를 걸었습니다.

"여보세요? 압둘라? 지금 상태 아주 좋은 라노스가 나왔어. 엔진 소리도 좋고 에어컨도 잘 나와. 이거 살까? 200만 원이면 될 것 같아."

수화기 너머로 들려오는 미세한 목소리에 온 신경을 집중하며 구매 의사를 타진하던 그들의 뒷모습, 1분 1초가 아까운 국제전화 요금 탓에 땀을 뻘뻘 흘리며 다급하게 외치던 그 목소리에는, 먼

이국땅에서 차를 사서 가족을 부양해야 하는 가장의 절박함이 묻어 있었습니다.

그로부터 25년이 지난 지금도 수요일이면 경매장(현 오토허브 옥션 등)은 여전히 외국인들로 붐빕니다. 하지만 풍경은 완전히 달라졌습니다. 줄을 서는 공중전화는 사라졌고 그들은 최신 스마트폰을 들고 능숙하게 차량 주위를 돕니다. 고화질 동영상으로 엔진 소리와 외관 등을 찍어 WhatsApp으로 실시간 전송하고 본국의 바이어와 영상통화를 하며 차량 하부까지 보여줍니다. "오케이, 굿컨디션. 비딩 고!"라는 대답이 1초 만에 지구 반대편에서 날아옵니다.

25년 전, 동전 몇 개를 쥐고 공중전화 앞에서 발을 동동 구르던 그 아날로그의 간절함은 이제 클릭 한번으로 수천만 원이 오가는 디지털의 속도로 바뀌었습니다. 세상은 변했고 수출의 방식도 진화했습니다. 하지만 변하지 않은 것은 더 좋은 차를 찾아내어 삶을 개척하려는 그들의 뜨거운 열정뿐입니다.

송도유원지의 탄생 : 왜 하필 송도였나?

물량이 폭발적으로 늘어나니 공간이 필요했습니다. 장안평이나 부천의 소규모 주차장, 혹은 여기저기 흩어져 있던 공터에서 알음알음 작업하던 방식으로는 수천 대의 수출차량을 감당할 수 없었습니다. 자연스럽게 항만과 가깝고 넓은 부지가 있는 곳으로 업체들이 모여들기 시작했는데, 그곳이 바로 현재의 '인천 송도유원지' 일대입니다.

송도유원지 일대가 본격적인 수출단지의 면모를 갖추기 시작한 것은 2005년 무렵입니다. 당시 인천항을 통한 중고차 수출 물동량이 급증하면서 기존의 야적장만으로는 그 수요를 감당할 수 없게 되었습니다. 이에 인천시는 송도유원지 인근의 유휴부지를 임시 야적장으로 활용할 수 있도록 허용했고 이것이 오늘날 대한민국 최대 중고차 수출단지의 시작이 되었습니다.

당시 송도는 지금처럼 번듯한 도시가 아니었습니다. 바닷바람이 부는 허허벌판, 비포장 흙바닥 위에 컨테이너 사무실을 놓고 영업을 시작했습니다. 비가 오면 진흙탕이 되어 신발이 푹푹 빠지고 맑은 날엔 흙먼지가 날려 차가 뿌옇게 변하는 열악한 환경이었지만, 수백 개의 수출업체가 한곳에 모여 있다는 것은 엄청난 '집적 효과'를 냈습니다.

해외 바이어들은 이곳저곳 헤맬 필요 없이 송도에만 오면 수천 대의 차량을 한눈에 비교하고 구매할 수 있게 되었습니다. 차량 매집, 광택, 덴트, 정비, 말소대행 등 연관 비즈니스가 결합된 수출 클러스터가 자연 발생적으로 형성된 것입니다. 이는 한국 중고차 수출 역사에서 매우 중요한 인프라적 진보였습니다.

2-3 | **정부의 관심과 시장의 제도화 노력**
위기가 잉태한 새로운 질서

달러를 벌어오라 : 애국자가 된 딜러들

IMF 관리 체제 하에서 외화획득은 지상과제였습니다. 장롱 속 금붙이까지 꺼내던 시절, 폐차될 운명의 차들을 팔아 달러를 벌어오는 수출업자들은 애국자 대접을 받기 시작했습니다. 정부는 그동안 거들떠보지도 않던 중고차 수출을 '수출효자종목'으로 재평가했습니다. 관세청과 통계청이 공식적으로 수출 데이터를 집계하기 시작했고 언론에서도 '연매출 100억 수출왕' 같은 성공사례를 조명했습니다. 음지에 있던 시장이 비로소 양지로 나오기 시작한 것입니다.

현장 에피소드 : 기름 묻은 점퍼와 빳빳한 100달러

1998년 봄, 서울의 한 시중은행 지점에 썰렁한 객장에 허름한 점퍼 차림의 남자가 들어섰습니다. 그의 바지와 신발에는 야적장의 흙먼지와 기름때가 잔뜩 묻어 있었고, 창구 직원은 의례적인 눈빛으로 그를 쳐다보았습니다. 하지만 그가 품에서 꺼낸 두툼한 봉투가 열리는 순간, 은행 안의 공기가 바뀌었습니다.

봉투 안에는 빳빳한 미화 100달러 지폐가 가득했습니다. 당시 은행들은 보유 달러가 부족해 비상이 걸린 상태였습니다. "수출대금입니다. 전부 원화로 바꿔주세요." 지점장이 뛰어나와 그 남자의 손을 잡았습니다. 커피가 나오고 그는 순식간에 VIP 대접을 받았습니다. 불과 몇 달 전만 해도 중고차 딜러라고 하면 색안경을 끼고 보던 시선들이 '달러를 벌어오는 애국자'를 보는 경외의 눈빛으로 바뀐 것입니다.

그날, 환전된 원화 다발을 들고 은행 문을 나서던 선배는 이렇게 회상했습니다. "내 평생 그렇게 떳떳해본 적이 없었다. 우리가 파는 건 고철이 아니라 이 나라를 살릴 외화라는 자부심이 그때 생겼지."

혼란 속에 피어난 기회 : IT와 전국구 시장의 태동

1998년, IMF 사태로 온 나라가 신음하고 있을 때 역설적이게도 중고차시장은 전에 없던 거대한 기회의 문 앞에 서 있었습니다. 사회 전체로는 큰 혼란이었지만, 위기를 기회로 만드는 한국인 특유의 저력은 중고차시장에도 혁명적인 변화를 가져왔습니다.

이 시기, 김대중정부는 경제위기를 극복하기 위한 승부수로 'IT 강국 코리아'를 천명하며 초고속 인터넷망을 전국에 깔기 시작했습니다. PC방이 우후죽순 생겨나고 다음Daum, 네이버Naver 같은 포털사이트가 등장하던 바로 그 시점입니다. 이 IT기술의 발전은 가장 보수적이었던 중고차시장의 판도를 뒤흔들었습니다.

이전까지 중고차 거래는 서울 장안평이나 지역 매매단지를 직접 방문해야만 가능한 '로컬 비즈니스'였습니다. 하지만 초기 인터넷 커뮤니티와 벼룩시장 웹사이트를 통해 매물정보가 공유되기 시작하면서, 시장은 물리적 한계를 넘어 전국구로 확장되었습니다. 생계형 트럭 수요가 폭발하면서 중고차는 더 이상 '남이 타던 헌 차'가 아니라 '생존을 위한 필수재'가 되었습니다. 이러한 내수 수요의 폭발적인 증가는 중고차시장의 덩치를 키웠고 이는 곧 수출물량을 안정적으로 공급할 수 있는 거대한 저수지 역할을 하게 되었습니다.

번호판의 변화, 시장통합의 신호탄

이러한 전국구 시장확장을 행정적으로 뒷받침한 결정적인 사건이 있었습니다. 바로 2004년 1월 1일, '전국 번호판'의 도입입니다.

그전까지 자동차 번호판에는 '서울 52', '경기 31'처럼 지역명이 큼지막하게 박혀 있었습니다. 차주가 이사를 가거나 차를 타 지역으로 팔면 반드시 관청에 가서 번호판을 떼고 새로 달아야 했습니다. 이 번거로운 절차와 지역 번호판에 대한 텃세는 중고차 유통을 가로막는 거대한 비관세 장벽과 같았습니다.

하지만 지역명이 사라진 전국 번호판이 도입되면서 중고차는 비로소 지역의 족쇄를 풀고 대한민국 전역을 하나의 거대한 장터로 삼아 자유롭게 흐르기 시작했습니다. 부산의 차가 서울 경매장으로 올라오고 대전의 차가 인천 수출단지로 직행하는 물류의 혁명이 시작된 것입니다.

제도의 첫걸음 : 시장에서 산업으로

폭발하는 거래량과 함께 소비자 피해도 늘어나자, 정부는 중고차 거래의 투명성을 확보하기 위한 제도적 장치를 마련하기 시작했습니다. 특히 차량의 상태를 속여 파는 행위를 근절하기 위한 법적 기틀이 이 시기에 마련되었습니다.

- **성능·상태점검기록부 의무화의 법제화(1999년)** : "사고차를 무사고로 속여 팔았다"라는 분쟁이 끊이지 않자 1999년 「자동차관리법」 개정을 통해 중대한 변화가 시작되었습니다. 중고차 매매업자가 차량의 성능 및 상태를 점검하여 매수인에게 고지할 의무가 법적으로 명시된 것입니다. 이는 관행에 의존하던 거래방식에 법적 책임을 부여한 최초의 시도였습니다.
- **제도의 체계화와 양식 마련(2005년)** : 법제화 이후에도 현장의 혼란은 있었으나 2005년부터는 시행규칙 양식이 구체적으로 마련되면서 제도가 체계화되었습니다. 비로소 딜러와 소비자가 동일한 기준의 성적표를 놓고 거래할 수 있는 기반이 닦인 것입니다.

혼돈 속에서 다져진 바닥

이러한 제도적 변화는 단순히 종이 한 장(성능점검기록부)이 생긴 것을 넘어, 시장의 투명성을 한 단계 끌어올리는 결정적인 계기가 되었습니다.

수출 초기, 해외 바이어들은 "한국 차는 겉만 번지르르하고 속은

알 수 없다"라며 끊임없이 클레임을 제기했습니다. 매물 확보는 어려웠고 품질에 대한 불신은 거래를 가로막는 거대한 벽이었습니다. 하지만 성능점검이 의무화되고 전국의 매물이 하나의 데이터망으로 연결되면서 수출업체들은 검증된 차량을 전국 단위로 소싱할 수 있는 시스템의 기반을 갖추게 되었습니다.

비록 완벽하지는 않았지만, 이 시기는 대한민국 중고차시장이 야생의 장사판에서 제도가 있는 산업으로 진화하기 위한 성장통을 겪으며, 미래의 도약을 위해 단단하게 바닥을 다지던 시기였습니다.

[Kevin's Insight] 위기가 만든 기회, 그 이면의 교훈

IMF 외환위기는 한국 중고차 수출의 빅뱅이었고 이 시기는 우리가 반드시 기억해야 할 구조적인 교훈을 남겼습니다. 단순히 "그때 좋았지"라고 회상하는 것이 아니라 '위기가 어떻게 시장의 체질을 바꾸었는지'를 복기하는 것은 미래의 위기 대응전략을 수립하는 데 있어 핵심적인 단서가 되기 때문입니다.

가격경쟁력이라는 날개를 달다 : '가성비의 제왕'의 탄생

• Before : IMF 이전, 한국 차는 글로벌시장에서 일본 차의 '저렴한 아류' 혹은 '싼 맛에 타는 차' 정도로 인식되었습니다. 브랜드파워는 미약했고 품질에 대한 의구심은 여전했습니다.

• After . '가성비의 제왕'. 환율 폭등(1딜러 800원 → 2,000원)은 한국 차의 가격을 하루아침에 절반으로 만들었습니다. 하지만 중요한 것은 품질은 그대로였다는 점입니다. 반값에 풀린 한국 차를 반신반의하며 구매했던 해외 바이어들은 생각보다 뛰어난 내구성과 성능에 놀랐습니다. 이 시기의 강제적인 체험은 "한국 차, 생각보다 튼튼하고 좋다"는 인식을 전 세계에 심어주었고 이는 일시적인 덤핑 판매를 넘어 장기적인 재구매(Retention)로 이어지는 가장 강력한 마케팅 자산이 되었습니다.

수출주도형 공급 구조의 형성 : '밀어내기'가 만든 B2B 생태계

내수시장이 호황일 때는 중고차도 내수에서 돌고 도는 것이 일반적입니다. 하지만 IMF로 인한 내수 붕괴와 기업 구조조정은 감당할 수 없는 잉여물량을 시장에 쏟아냈습니다.

이때 형성된 구조가 바로 'B2B 대량 매입 채널'입니다. 렌터카 회사나 법인들이 대량으로 매각하는 차량들이 경매장이나 공매를 통해 수출시장으로 흘러 들어가는 '파이프라인'이 이 시기에 구축되었습니다. 이는 수출업체들에 소매B2C 매입의 불확실성을 줄여주고 안정적인 물량확보를 가능하게 했습니다. 즉, 위기가 만든 강제 밀어내기는 역설적으로 수출의 안정적인 공급망을 완성한 셈입니다.

양적 성장의 그림자와 송도의 딜레마

폭발적인 성장은 필연적으로 짙은 그림자를 동반합니다. 물량은 쏟아지는데 이를 담을 그릇(인프라)이 없었기에, 우리는 급한 대로 유원지 부지나 공터에 차를 세우기 시작했습니다. 이것이 바로 '송도유원지 수출단지'의 시작입니다.

당시에는 생존을 위한 불가피한 선택이었지만, 이는 20여 년이 지난 지금까지도 우리를 괴롭히는 무허가 난개발, 환경오염, 불투명한 거래관행이라는 고질적인 문제의 씨앗이 되었습니다. 우리는 위기를 기회로 바꾸어 양적 성장을 이루는 데는 성공했지만, 그 기회를 지속 가능한 시스템으로 정착시키는 데는 소홀했습니다. 그 뼈아픈 숙제를 해결하는 것, 즉 야생의 인프라를 첨단 산업단지로 전환하는 것이 바로 우리 세대 기획자들에게 남겨진 마지막 과제입니다.

직감의 시대가 가고 데이터의 시대가 도래하다

디지털 고속도로를 놓다… 2000년대 중반~2010년대 후반

"김 부장, 제발 팩스 좀 그만 보내고 이메일 좀 쓰십시오. 지금이 어느 시대인데 아직도 감열지를 씁니까?"

"아니, 이 사람아. 바이어가 종이로 받아봐야 믿지, 모니터 쪼가리로 뭘 안다고 그럽니까? 그리고 이메일은 보내도 읽었는지 안 읽었는지 모르잖습니까!"

2000년대 중반, 인천의 어느 무역 사무실에서는 매일 이런 실랑이가 벌어졌습니다.

바야흐로 대한민국은 'IT강국'이라는 타이틀을 거머쥐며 초고속 인터넷망이 혈관처럼 뻗어가던 격동의 시기였습니다. '싸이월드'가 전 국민의 일상이 되고 벽돌만 하던 휴대폰이 손 안의 컴퓨터로 진화하던 그 시절, 디지털의 거센 파도는 가장 보수적이고 폐쇄적이라 여겨졌던 중고차시장의 문턱까지 넘실대고 있었습니다.

제가 중고차업계, 그중에서도 기획업무에 처음 발을 들인 것도 바로 이 무렵이었습니다. 당시 인천 연수구 옥련동, 우리가 흔히 송도유원지라 부르던 수출단지의 풍경은 기묘한 부조화 그 자체였습니다. 한쪽 컨테이너 사무실에서는 여전히 팩스밀리가 '삐-익, 찌이익' 하는 소리를 내며 쉴 새 없이 돌아가고 누렇게 변한 수기장부가 선풍기 바람에 펄럭이는 아날로그 관행이 지배하고 있었습니다. 그들은 "장사는 감(感)이야"라고 외치며 바이어의 눈빛을 읽으려 애썼습니다. 흙먼지 날리는 야적장에서 현금 다발을 침 묻혀가며 세고 고성을 지르며 멱살잡이 직전까지 가는 흥정의 모습은 흡사 1980년대 남대문시장을 방불케 했습니다.

하지만 벽 하나를 사이에 둔 다른 쪽 사무실에서는 전혀 다른 풍경이 펼쳐지고 있었습니다. 에어컨 바람 아래 넥타이를 맨 젊은 직원들이 디지털카메라로 차 사진을 찍어 '엔카'나 '보배드림' 같은 온라인 플랫폼에 올리느라 분주했습니다. 그들은 엑셀 파일을 열어 전국의 렌터카 매각 리스트를 분석하고 메신저로 지구 반대편에 있는 바이어에게 고화질 차량 사진을 전송하고 있었습니다. 그들은 "장사는 데이터야"라고 믿었습니다.

'감'으로 장사하던 낭만의 시대가 저물고 있었습니다. 엔진 소리에 귀를 기울이고 배기구 냄새를 맡으며 차의 상태를 진단하던 야수의 본능은 여전히 중요했습니다. 하지만 이제 그 본능만으로는 생존할 수 없는 거대한 파도가 몰려오고 있었습니다. 바로 데이터와 플랫폼, 그리고 시스템이라는 파도였습니다.

이 시기는 한국 중고차 수출산업이 동네장사의 껍질을 깨고 연간 30만 대를 수출하는 글로벌 비즈니스로 도약하던 격동의 기록입니다. 벼룩시장 신문조각을 들고 다니던 딜러들이 컴퓨터 모니터 앞에 앉기 시작했고 주먹구구식 가격 산정이 빅데이터 시세로 대체되던 시기였습니다. 누군가에게는 밥그릇을 빼앗길 위기였지만, 준비된 누군가에게는 전에 없던 기회였습니다.

이것은 시스템을 만들려는 자와 시스템을 이용하려는 자, 그리고 그 틈새에서 생존본능을 불태운 우리들의 치열한 '야생의 기록'입니다.

나까마의 종말과 플랫폼 비즈니스의 태동

금요일 아침의 전쟁과 정보비대칭의 극치

불과 10여 년 전만 해도 중고차 딜러의 핵심 역량은 오직 정보력 하나로 평가받았습니다. 그리고 그 정보력의 실체는 고작 몇백 원짜리 종이 신문이었습니다.

1990년대 말부터 2000년대 초반까지, 매주 금요일 아침이면 전국의 딜러들은 편의점과 가판대 앞에서 보이지 않는 전쟁을 벌였습니다. 벼룩시장, 교차로, 가로수 같은 생활정보지가 배포되는 시간이었기 때문입니다. 신문 트럭이 도착하자마자 딜러들은 맹수처럼 달려들어 신문을 낚아채듯 집어들었습니다. 그들의 눈은 미친 듯이 '자동차 매매' 섹션을 훑어내려갔습니다.

빨간색 사인펜을 손에 쥐고 급매, 이민, 주행거리 짧음, 무사고, 여성운전 같은 키워드에 동그라미를 쳤습니다. 그러고는 곧장 공중전화 부스로 달려갔습니다. 휴대전화가 귀하던 시절, 1분 1초가 아까웠습니다. 동전 떨어지는 소리와 함께 다급한 목소리들이 터져 나왔습니다. "사장님, 그 소나타 제가 삽니다! 지금 현금 들고 갑니다! 다른 데 팔지 마세요! 제가 10만 원 더 드릴게!"

차를 보지도 않았습니다. 시동을 걸어보지도 않았습니다. 일단 계약금부터 입금하고 보는, 이른바 깜깜이거래가 비일비재했습니다. 당시에는 정보가 극도로 폐쇄적이었습니다. 차주는 내 차의 시세가 얼마인지 알 길이 없었고 딜러는 그 무지를 이용해 헐값에 차를 매입하고 소비자에게는 비싸게 파는 정보차익을 누렸습니다.

이때까지만 해도 우리는 정식 사업가라기보다, 흔히 말하는 나까마(중간 브로커)에 가까웠습니다. 법적인 보호도, 체계적인 시스템도 없었습니다. 그저 발 빠르고 목소리 큰 사람이 이기는 시장, 그것이 20세기 말 중고차시장의 민낯이었습니다.

삭발투쟁의 역설 : 시장의 양지화를 이끈 거인의 등장

불론 우리에게도 양지로 나가려는 노력은 있었습니다. 역사를 거슬러 올라가면 1972년 1월, 「도로운송차량법」에 의거해 중고차 매매업이 처음으로 법적 인정을 받았습니다. 이후 부산에서 23개 상사가 허가를 받으며 허가제 시장의 문을 열었고 각 지역별 조합이 설립되었습니다.

2005년 12월에는 전국 8개 지역조합 이사장들이 모여 '한국자동차매매사업조합연합회'를 창립(2006.07.25)했습니다. 단순한 친목을 넘어, 매매사원증 제도를 만들고 시장질서를 스스로 통제하려는 시도였습니다.

"우리도 이제 뭉쳐야 산다"라며 흩어진 모래알 같던 딜러들이 연합회를 만들며 자정 노력을 기울이던 그때 거대한 포식자가 등장했습니다. 바로 대기업 SK였습니다.

2000년 SK가 사내 벤처로 출발한 엔카Encar를 통해 온라인 중고차시장에 진출한다는 소식은 업계에 떨어진 핵폭탄과 같았습니다. "재벌 대기업이 영세한 골목상권까지 침범해서 밥그릇을 뺏으려 한다! 대기업은 물러가라!"

위기감은 극에 달했습니다. 전국의 매매상사 대표와 딜러 3천여 명이 여의도 국회의사당 앞에 집결했습니다. 머리를 깎고 혈서를 쓰며 대기업의 진출을 결사반대했습니다. 생존권을 지키기 위한 처절한 몸부림이었습니다. 매매단지마다 'SK 결사반대' 현수막이 나부꼈고 엔카 직원들의 출입을 막는 물리적 충돌까지 빚어졌습니다.

하지만 역사는 참으로 짓궂고 아이러니하게 흘러갔습니다. 뉴스에 보도된 딜러들의 격렬한 투쟁 모습은, 오히려 소비자들에게 정반대의 신호를 주었습니다. 허위매물과 강매, 바가지요금에 지쳐 있던 대중들은 이렇게 생각했습니다. "대기업이 중고차를 한다고? 딜러들이 저렇게까지 반대하는 걸 보니, 엔카는 뭔가 다른가 보네? 믿을 수 있겠어."

삭발투쟁은 역설적으로 엔카에게 최고의 홍보가 되었습니다. 엔카의 진단보증 시스템과 정찰제는 순식간에 소비자들의 마음을 사로잡았습니다. 오프라인 권력의 저항은 디지털플랫폼의 편리함과 투명성 앞에서 모래성처럼 무너져 내렸습니다.

정보대칭의 시대 : 3대 플랫폼이 바꾼 시장의 지형도

엔카의 등장은 신호탄에 불과했습니다. 이후 다양한 플랫폼들이 등장하며 시장을 세분화하고 고도화시켰습니다. 이 시기 디지털 전환을 이끈 주요 플레이어들의 면면을 살펴보는 것은 한국 중고차시장의 진화 과정을 이해하는 핵심 열쇠입니다.

먼저 2000년, 야후! 코리아와 LG그룹이 손잡고 만든 합작법인 얄게닷컴(GS카넷)은 비운의 선구자였습니다. '중고차도 인터넷으로 사고팔 수 있다'라는 개념을 처음 심었지만, 스마트폰이 없던 시절 PC 기반 웹 환경의 한계와 비대면거래에 대한 불신으로 폭발적인 성장을 이루진 못했습니다. 하지만 그들이 닦아놓은 길 위에서 후발주자들이 달릴 수 있었습니다.

이어서 등장한 엔카Encar는 명실상부한 대한민국 최대의 중고차 플랫폼으로 자리잡았습니다. 가장 큰 공로는 진단차량 제도의 도입입니다. '엔카가 직접 진단하고 보증한다'는 문구는 불신으로 가득 찬 시장에 신뢰라는 씨앗을 뿌렸습니다. 수출업자들에게 엔카는 전국 매물을 한눈에 볼 수 있는 가장 강력한 소싱채널이자, 해외 바이어들에게 한국 차 가격의 '표준시세표'가 되었습니다. 수출업자들은 아침마다 엔카에 접속해 최저가순으로 정렬하고 수출마진이 나오는 차를 낚아채는 것이 일과가 되었습니다. 이를 우리는 '새로고침 전쟁'이라 불렀습니다.

또한 보배드림은 단순한 매매 사이트가 아니라 자동차를 사랑하는 사람들이 모인 광장이었습니다. 슈퍼카, 튜닝카, 올드카 같은 희귀 매물은 보배드림에만 있었습니다. 수출업자들에게 보배드림은 러시아나 몽골 바이어가 찾는 특수차량(예 : 오프로드 튜

닝된 갤로퍼, 구형 코란도)을 발굴하는 보물창고였습니다.

이러한 플랫폼들의 활약으로 '정보비대칭'은 '정보대칭'으로 전환되었습니다. 어느 날, 요르단 바이어 압둘라가 스마트폰으로 엔카 앱을 켜서 제게 화면을 들이밀었습니다. "미스터 케빈, 거짓말하지 마십시오. 엔카에는 같은 연식 쏘나타가 450만 원이던데 왜 당신은 500만 원을 부릅니까? 나 한국 시세 다 압니다." 순간 등골이 서늘했습니다. 딜러들만의 비밀장부가 사라진 것입니다. 저는 시대가 완전히 바뀌었음을 직감했습니다. 더 이상 바이어의 무지를 이용한 '눈먼 돈'은 없었습니다. 우리는 이제 정보가 아닌 서비스와 품질로 승부해야 하는 진짜 경쟁의 시대로 내던져졌습니다.

3-2 | **황금기의 도래와 포트폴리오의 확장**
시장은 어떻게 폭발했는가?

2012년의 퀀텀점프 : 요르단 특수와 사막을 달리는 K-중고차

2012년은 한국 중고차 수출 역사상 가장 기념비적인 퀀텀점프의 해로 기록됩니다. 연간 수출 37만3천 대. 전년 대비 30% 가까이 급성장한 이 수치는 이후 2019년까지 깨지지 않는 전설적인 기록이 되었습니다. 그 폭발적인 성장의 중심에는 중동의 작은 왕국, 요르단이 있었습니다.

당시 요르단은 단순한 소비시장이 아니었습니다. 이라크, 시리아, 사우디아라비아 등 인접 국가로 차량을 재수출하는 거대한 중개 허브 역할을 수행하고 있었습니다. 요르단 자르카 프리존에 입고된 한국산 아반떼와 쏘나타는 현지 딜러들의 손을 거쳐 중동 전역으로 흩어졌습니다. 이것은 한국 중고차가 단순히 요르단이라는 한 국가에 팔린 것이 아니라 중동 전체의 '표준 이동수단'으로 자리잡았음을 의미합니다.

특히 이 시기는 현대·기아차의 품질혁명이 빛을 발하던 때와 맞물렸습니다. 아반떼 HD/MD, 베르나 그리고 YF쏘나타 하이브리드까지. 사막의 뜨거운 열기를 견디는 내구성과 경쟁 차종 대비 압도적인 옵션은 현지인들에게 '한국 차는 고장나지 않는다'는 강력한 믿음을 심어주었습니다. 끝도 없이 펼쳐진 붉은 사막 위로 수만 대의 한국 차가 끝이 보이지 않게 도열한 자르카의 풍경은, K-중고차가 글로벌시장에서 확실한 우위를 점했음을 보여주는 웅장한 시각적 증거였습니다. 심지어 차 뒷유리에 붙은 초보운전, 아기가 타고 있어요, 모범택시 스티커조차 떼지 않은 채 아랍의 도로를 질주했는데, 이는 사고 수리를 하지 않은 한국산 순정임을 증명하는 일종의 품질보증 마크처럼 여겨지는 진풍경을 연출하기도 했습니다.

송도유원지 속의 리틀 미들이스트

요르단 붐은 인천 송도유원지의 풍경도 송두리째 바꿔놓았습니다. 단지 내에는 아랍어로 된 간판이 즐비해졌고 점심시간이 되면 어디선가 '알라후 아크바르'라는 기도 소리가 들려왔습니다. 컨테이너 사무실 사이사이에는 무슬림 기도실이 마련되었고 케밥을 파는 푸드트럭에서는 양고기 굽는 냄새가 진동했습니다. 한국 딜러와 요르단 바이어, 이라크 바이어들이 섞여 앉아 한국식 믹스커피를 마시며 수다를 떠는 모습은 흡사 인종 전시장을 방불케 했습니다. 그곳은 단순한 야적장이 아니라 치열한 비즈니스와 문화가 뒤섞이며 국경을 초월한 기묘한 우정이 싹트는 '리틀 유엔'이자 '리틀 미들이스트'였습니다.

렌터카의 나비효과 : 제도적 규제가 만든 수출효자, LPG 차량

성숙기의 가장 큰 특징 중 하나는 수출 포트폴리오의 극적인 다변화였습니다. 특히 2010년대 중반, LPG 중고차의 약진은 눈부셨습니다. 여기에는 한국만의 독특한 제도적 배경이 숨어 있었습니다.

당시 국내법상 LPG 승용차는 일반인 구매가 엄격히 제한되어 있었습니다. 장애인이나 국가유공자, 혹은 렌터카/택시 사업자가 아니면 신차를 구매할 수 없었기에, 3~5년 운행 후 매물로 나온 렌터카와 택시들은 내수시장에서 갈 곳 잃은 천덕꾸러기 신세였습니다. 멀쩡한 차가 법규 때문에 폐차장으로 가야 할 처지였죠. 하지만 우리는 이 제도적 불일치에서 거대한 기회를 포착했습니다.

고유가시대, 저렴한 가스비는 개발도상국 바이어들에게 엄청난 매력이었습니다. 특히 도미니카공화국이나 일부 중동국가들은 이미 LPG 충전 인프라가 잘 갖춰져 있었지만, 마땅한 LPG 전용 차량을 구하지 못해 휘발유 차를 개조해 타고 있었습니다. 이때 현대·기아차의 세계 유일 LPI(액상분사) 엔진 기술은 그들에게 혁명과도 같았습니다. 기존의 기화기Mixer 방식 개조차량들이 겪던 겨울철 시동불량이나 출력저하 문제가 전혀 없는 LPI 엔진은, 현지에서 "휘발유 차보다 조용하고 힘이 좋다"라는 찬사를 받았습니다.

"한국 차는 고장도 안 나는데 기름값은 절반이다"라는 소문이 퍼지자, 한국의 은색 택시 부활차(주로 쏘나타, K5)는 도미니카의 국민차가 되었습니다. 한국에서 30만㎞를 주행하고 은퇴한 택시들이 태평양을 건너가 도미니카에서 제2의 전성기를 맞이했습니다. 현지 신문 헤드라인에 '한국산 소나타의 침공La invasión de los Sonatas coreanos'이라는 문구가 실릴 정도로 그 파급력은 대단했습니다. 이는 버려질 뻔한 자원을 기술력과 기획력으로 되살려낸 자원순환과 수출역군이라는 두 마리 토끼를 잡은 쾌거였습니다.

택시 부활의 연금술 : 야매 정비의 세계

이 폭발적인 수출물량을 소화하기 위해 송도유원지의 뒷골목에는 독특하고도 치열한 생태계가 형성되었습니다. 바로 '택시 부활' 공장들입니다. 겉보기에는 허름한 천막 아래였지만, 그곳은 분업화된 시스템으로 돌아가는 거대한 야전병원이었습니다. 택시 특유의 흔적을 지우고 일반 승용차로 둔갑시키는 이 과정은 '속도'와 '비용절감'의 예술이었습니다.

이 작업은 크게 세 가지 공정으로 나뉘어 숨 가쁘게 진행되었습니다. 먼저 구멍 메우기입니다. 미터기가 있던 대시보드의 흉한 구멍은 플라스틱 마감재로 덮거나 아예 센터패시아를 통째로 교체해 감쪽같이 일반 차량처럼 보이게 했습니다. 그다음은 색칠 공부, 즉 야매 도색이었습니다. 택시 특유의 꽃담황토색이나 은색을 바이어가 선호하는 흰색으로 바꾸는 작업이 성행했습니다. 정식 도장 부스가 없어 맨땅에서 신문지로 유리를 가리고 페인트를 뿌렸지만, 숙련된 기술자들의 손놀림은 놀라울 정도로 빨랐습니다. 바람이 불면 흙먼지가 페인트와 함께 굳어버리기도 했지만, 이를 현장 용어로 후끼라 부르며 저렴한 비용으로 해결했습니다.

마지막으로 LPG 통 가리기입니다. 트렁크 공간을 차지하는 거대한 가스통을 가림막으로 덮어, 마치 일반 휘발유 차량처럼 보이게 마감했습니다. 이 모든 과정이 불과 3~4시간 만에 끝났습니다. 비록 품질은 조악했지만, 가성비를 최우선으로 여기는 바이어들에게는 최적의 솔루션이었습니다. 이것이 바로 송도유원지가 만들어낸, 거칠지만 효율적인 '메이드 인 송도'의 경쟁력이었습니다.

3-3 │ 제도적 족쇄
성장을 가로막는 규제와 관행의 역설

수출물량은 폭발적으로 늘어났지만, 이를 뒷받침해야 할 국내 제도는 여전히 1980년대 수준에 머물러 있었습니다. 이 시기 동안 수출업체들은 바이어와 싸우는 시간보다, 한국의 불합리한 규제와 싸우는 시간이 더 많았습니다.

부가세 매입세액 공제의 악몽 : 조세특례제한법 파동

가장 큰 타격은 세금 문제였습니다. 수출업자는 주로 개인에게 중고차를 매입하는데, 개인은 세금계산서를 발행할 수 없습니다. 이에 정부는 차값의 일정 비율(9/109 등)을 매입세액으로 인정해주었습니다. 이를 통해 마진을 확보하는 것이 업계의 관행이었습니다.

하지만 2010년대 초반 일부 악덕업체들이 이를 악용했습니다. 실제로는 차를 사지도 않았으면서 서류상으로만 수천 대를 산 것처럼 꾸며 부가세 환급만 챙겨 달아나는 일명 폭탄업체(자료상)들이 기승을 부렸습니다. 이에 국세청은 빈대 잡겠다고 초가삼간을 태우는 식의 대응을 했습니다. "수출업계 전반에 탈세 혐의가 있다"며 공제율을 대폭 축소하고 매입 증빙 요건(차주 인감증명서, 송금 내역 등)을 현미경 검증하듯 강화한 것입니다.

그 결과 정상적으로 영업하던 수출업체들까지 잠재적 탈세범 취급을 받았습니다. 수개월씩 수억 원의 환급이 지연되면서 자금난으로 흑자 도산하는 사례가 속출했습니다. "차를 팔아서 남기는 마진보다, 못 받은 환급금이 더 많다. 이게 나라냐?"라며 송도유원지 컨테이너 사무실 곳곳에서 한탄이 터져 나왔습니다. 세무서 조사관이 들이닥칠 때마다 장부를 들고 뛰어다니던 그 시절은 우리에게 잊지 못할 트라우마로 남았습니다.

송도유원지의 딜레마 : 쫓겨나는 유목민들

인천항에서 수출되는 중고차의 80%가 나가는 곳, 송도유원지. 하지만 이 땅은 법적으로 유원지(관광시설)입니다. 즉, 이곳에 컨테이너 사무실을 놓고 중고차를 야적하는 행위 자체가 도시계획법 위반인 불법입니다.

연수구청은 해마다 수십억 원의 이행강제금(과태료)을 부과하고 수출업체는 이를 마치 월세처럼 내며 버티는 기형적인 구조가 고착화되었습니다. 비가 오면 진흙탕이 되어 신발이 푹푹 빠지고 맑은 날엔 흙먼지가 날려 차가 뿌옇게 변하는 열악한 환경. 상하수도 시설조차 제대로 없어 간이 화장실을 써야 했습니다. 그럼에도 딜러들은 떠날 수가 없었습니다. 인천항과 가깝고 수많은 바이어와 정비업체, 쇼링업체가 모여 있는 클러스터의 효율을 포기할 수 없었기 때문입니다. 정부는 "불법이니 나가라"고만 할 뿐, 대안 부지를 마련해주지 않았습니다. 우리는 연간 1조 원의 외화를 벌어들이는 수출역군이면서 동시에 매일 단속을 피해 도망쳐야 하는 범법자인, 서글픈 유목민 신세였습니다.

"한국형 디즈니랜드 꿈꾸던 송도유원지, 불법 중고차 수출단지로 전락"(2013. 04. 서울신문)

관광단지로 지정된 부지에 컨테이너 수백 동이 들어서며 불법 야적장이 되었습니다. 비산먼지와 오일 누유로 인한 환경오염 민원이 빗발쳤지만, 지자체는 뚜렷한 대안 없이 과태료(이행강제금) 부과라는 소극적 처방으로 일관했습니다.

"갈 곳 없는 수출업체들… 행정대집행 앞두고 '결사항전'"(2016. 07. 연합뉴스)

연수구청의 강제철거 예고에 업체들은 폐전신주로 바리케이드를 치며 저항했습니다. "대체부지를 달라"는 그들의 외침은 단순한 떼쓰기가 아니었습니다. 연간 수조 원을 벌어오는 산업역군이 범법자로 내몰리는 아이러니한 현실을 적나라하게 보여주었습니다.

3-4 │ 그림자 금융

돈은 어떻게 국경을 넘었나?

디지털 전환이 정보의 혁명이었다면 돈의 흐름은 여전히 원시적이고 위험했습니다. 아직 블록체인이나 핀테크가 도입되기 전, 수출대금은 어떻게 오고 갔을까요?

환치기의 세계 : 리스크 위의 줄타기

중동이나 아프리카 바이어들은 달러 송금이 자유롭지 않았습니다. 미국의 경제제재를 받는 국가(이란, 리비아 등)는 은행

망SWIFT 자체가 막혀 있었습니다. 그래서 그들은 '환치기'라는 지하 금융을 이용했습니다. 바이어가 본국의 환전상에게 현지 화폐를 주면 한국의 파트너(주로 이태원이나 안산의 특정 환전소)가 그에 상응하는 원화를 딜러의 통장에 꽂아주는 방식이었습니다. "사장님, 오늘 환율 좋습니다. 지금 입금합니다." 수수료는 쌌고 속도는 빨랐지만, 리스크는 엄청났습니다. 환치기 계좌가 보이스피싱이나 자금세탁에 연루되어 동결되는 날이면 딜러는 차값 수천만 원을 고스란히 날려야 했습니다.

보따리상과 현금가방 : 아날로그 결제의 한계

더 원시적인 방법도 있었습니다. 바이어가 직접, 혹은 보따리상을 통해 달러뭉치를 복대나 가방에 숨겨 입국하는 것입니다. 송도유원지 근처 은행 앞에는 점심시간마다 묘한 풍경이 펼쳐졌습니다. 외국인들이 두꺼운 봉투를 들고 줄을 서 있고 한국 딜러들은 그 옆에서 초조하게 기다렸습니다. 위조지폐 감별기를 돌리는 소리가 은행창구를 가득 채웠습니다. 이 모든 불안정한 결제 시스템은 딜러들에게 끊임없는 스트레스였습니다. 이는 스테이블코인USDC/USDT 도입의 당위성을 설명하는 가장 강력한 배경Pain Point이 됩니다.

"중고차 수출업자 낀 700억대 '환치기' 조직 적발"(2011. 07. 연합뉴스)

당시 경찰은 베트남 등 외국인 근로자 계좌를 이용해 700억 원대 불법 외환거래를 한 조직을 검거했습니다. 이들은 중고차 수출대금을 환치기 수법으로 국내에 들여오거나 해외로 송금하며 수수료를 챙겼는데, 이는 제도권 금융망이 부재했던 당시 시장의 현실을 보여주는 단적인 사례입니다.

"수출 서류 위조해 127억 상당 중고차 밀수출… '대포차'의 세탁소"(2016. 02. 관세청)

도난차량이나 대포차를 정상 수출차량인 것처럼 서류를 위조해 해외로 빼돌린 일당이 적발되었습니다. 이 과정에서 발생하는 불법자금은 다시 음성적인 경로로 유통되며 시장의 투명성을 심각하게 훼손했습니다.

3-5 │ 대기업의 실패 보고서

왜 그들은 짐을 쌌나?

시장이 커지자 대기업들도 본격적으로 진출했습니다. SK네트웍스, AJ렌터카, 코오롱 등 내로라하는 기업들이 "중간 상인을 없애고 우리가 직접 해외에 팔겠다"라며 뛰어들었습니다. 그들은 막대한 자본으로 요르단 암만, 도미니카 산토도밍고 베트남 하노이에 화려한 지사Showroom를 세웠습니다. 하지만 불과 2~3년 만에 그들은 막대한 손실을 안고 철수했습니다. 왜 자본과 시스템을 갖춘 골리앗이, 야생의 다윗에게 패배했을까요?

여기, 제가 직접 목격하고 경험한 두 가지 결정적인 사례가 있습니다.

AJ셀카의 도미니카 공화국 프로젝트, 환율과 문화의 벽에 갇히다

2017년, 저는 AJ셀카의 이름으로 중미 도미니카 공화국에 직영 매장을 내고 현지 판매에 도전하는 프로젝트의 최전선에 있었습니다. 우리의 전략은 단순하고도 명확했습니다. "한국에서 엄선한 A급 차량을 보내고 현지에 한국식의 깔끔한 매장과 A/S를 제공하여 프리미엄 시장을 장악한다."

하지만 엑셀 장부와 현장의 현실은 달랐습니다. 가장 큰 복병은 예상치 못한 '환율'이었습니다. 도미니카 현지 화폐는 달러와 연동되지만, 정부가 3개월 단위로 환율을 고정하는 독특한 시스템이 있었습니다. 실시간 시장 환율과 고정 환율 사이의 괴리는 우리의 예상을 뛰어넘었습니다. 차를 팔아 현지 화폐를 회수하고 이를 다시 달러로 환전해 송금하는 과정에서 환차손으로 마진이 증발해 차를 팔면 팔수록 장부상 손해는 커져만 갔습니다.

더 큰 문제는 외상 문화였습니다. 현지 딜러들은 차를 먼저 가져가고 돈은 나중에 주는 방식에 익숙했습니다. 하지만 대기업의 재무 규정상 담보 없는 외상은 불가능했습니다. "현금박치기 아니면 차 못 줍니다"라고 버티자 바이어들은 미련 없이 등을 돌렸습니다. 시스템이 현지의 관행을 이기지 못한 것입니다.

SK엔카의 중국 진출 실패와 스핀오프의 반전

　　국내 중고차시장의 절대 강자였던 SK엔카 역시 2014년, 중국 상하이에 직영 1호점을 내며 대륙 진출을 시도했습니다. 한국의 선진화된 진단 시스템을 중국 내수시장에 이식하겠다는 야심 찬 계획이었습니다. 하지만 중국의 까다로운 통관 절차와 보이지 않는 무역장벽, 그리고 현지의 꽌시(관계) 문화를 뚫기에는 역부족이었습니다. 결국 SK는 2017년 그룹 차원에서 중고차사업 철수를 결정하고 오프라인(현 케이카)과 온라인(현 엔카닷컴) 사업부를 모두 매각하며 손을 뗐습니다.

　하지만 이 실패의 역사 속에 흥미로운 반전이 숨어 있습니다. SK엔카가 철수할 무렵, SK엔카 내부의 한 사내 벤처 팀은 전혀 다른 선택을 했습니다. 그들은 "대기업의 무거운 시스템으로는 야생의 수출시장을 감당할 수 없다"고 판단하고 과감하게 분사를 선택했습니다.

　이들은 거대한 자본 대신 '가벼운 몸집'과 '플랫폼 기술'을 택했습니다. SK라는 대기업 간판을 떼어내고 아프리카와 중남미 바이어들과 왓츠앱으로 직접 소통하며 바닥부터 다시 시작했습니다. 그 결과, 모기업인 SK는 시장에서 철수했지만, 독립한 이 작은 벤처는 현재 글로벌 1위 중고차 수출 플랫폼인 '오토위니'로 성장했습니다. 이는 "거함은 갯벌에 들어갈 수 없다"는 것을 증명한 가장 극적인 사례입니다.

시스템이 야생을 이기지 못한 이유

이 두 사례가 우리에게 시사하는 바는 명확합니다. 대기업이 실패한 이유는 자본이 부족해서가 아니라 시장의 야생성을 시스템으로 통제하려 했기 때문입니다.

첫째는 경직된 재무 시스템입니다. 중동이나 중남미 딜러들은 신용과 외상을 기반으로 거래합니다. 하지만 리스크 관리가 최우선인 대기업 시스템에서 담보 없는 외상은 결재조차 올라갈 수 없는 안건입니다. 유연성이 생명인 시장에서 규정을 들이미는 순간, 비즈니스는 멈춰 섰습니다.

둘째는 언더 밸류Under-value의 딜레마입니다. 현지 바이어들은 관세 절감을 위해 다운 계약서를 요구하는 경우가 많습니다. 투명한 회계를 해야 하는 상장기업은 이를 들어줄 수 없습니다. 정직하게 신고한 대기업의 차는 세금 폭탄을 맞아 가격경쟁력을 상실했습니다. 옆집 개인 딜러가 500만 원에 팔 때 대기업은 세금 때문에 700만 원을 받아야 했습니다. 도저히 게임이 되지 않았습니다.

마지막으로 현지화의 실패입니다. 송도의 딜러들은 바이어와 술 마시고 사우나 가며 '형님, 동생'이 됩니다. 문제가 생기면 밤새 술잔을 기울이며 품니다. 하지만 5시에 칼퇴근하고 매뉴얼을 들이미는 대기업 주재원은 바이어들에게 말 안 통하는 관리자일 뿐이었습니다.

결국 이 시장은 서류나 시스템이 아니라 신뢰와 끈끈한 관계 Human Network로 움직이는 야생이었습니다. 대기업의 실패는 우리에게 "어설픈 시스템만으로는 결코 야생의 본능을 이길 수 없다"
는 귀중한 교훈을 남겼습니다.

"SK, 중고차사업 17년 만에 완전 철수⋯ 엔카 매각 결정" (2017.11 매일경제)

대기업의 골목상권 침해 논란과 수익성 악화로 SK그룹은 2017년 SK엔카(오프라인)와 엔카닷컴(온라인) 지분을 전량 매각하며 시장에서 철수했습니다. 이는 막대한 자본과 시스템을 갖춘 대기업도 중고차시장의 구조적 장벽을 넘기 어렵다는 것을 보여준 상징적 사건입니다.

"AJ네트웍스, AJ셀카 매각 결정⋯ '대기업도 버거운 중고차 유통'" (2021.01 딜사이트)

렌터카 사업에서 분사(Spin-off)하여 독자 생존을 모색하던 AJ셀카조차 치열한 경쟁과 수익성 저하를 견디지 못하고 결국 매각되었습니다. 이는 대기업 시스템이 '야생의 시장'에 적응하는 데 한계가 있음을 보여주는 대표적인 사례입니다.

3-6 | 디지털과 아날로그의 기묘한 동거

빛과 그림자

    디지털 전환의 이면에는 어두운 그림자도 있었습니다. 송도유원지의 뒷골목에서는 기술의 발전이 오히려 사기를 고도화시키는 데 악용되기도 했습니다.

이 시기 송도유원지는 세계 최고의 자동차 성형수술 센터였습니다. 하지만 그 방식은 합법적인 정비가 아닌, 눈속임에 가까웠습니다.

대표적인 것이 주행거리 조작의 진화였습니다. 아날로그시대에는 기계식 계기판을 뜯어 드릴로 돌리는 미싱질을 했습니다. 하지만 디지털 계기판시대가 오자, 기술자라 불리는 사람들이 노트북과 OBD 스캐너를 들고 다녔습니다. "사장님, 몇 킬로로 맞춰드릴까? 5만? 7만?" 차에 잭을 꽂고 엔터를 치는 데 걸리는 시간은 단 30초. 그 짧은 시간에 20만㎞를 뛴 택시는 5만㎞의 신차급 매물로 둔갑했습니다. 이는 한국 차의 신뢰를 갉아먹는 암적인 존재였습니다. 하지만 아이러니하게도 본국의 수입 연식 제한이나 관세를 피하고 싶어하는 바이어들의 묵인 하에 공공연한 비밀로 유지되었습니다.

길거리 도색 또한 만연했습니다. 정식 도장 부스는 꿈도 꿀 수 없었습니다. 맨땅 위에서 신문지와 마스킹 테이프로 유리를 가리고 일명 '빠데(Putty)'로 찌그러진 곳을 대충 메운 뒤 차량용 스프레이를 뿌렸습니다. 열처리를 안 했기 때문에 현지에 도착해 뜨거운 햇빛을 받으면 도장면이 갈라지거나 벗겨지는 클레임이 속출했습니다. 이것은 훗날 신뢰붕괴와 CPO(인증중고차) 도입 필요성을 역설하는 결정적 배경이 됩니다.

소셜미디어 혁명 : 비대면거래의 탄생

그럼에도 불구하고 긍정적인 디지털 혁명은 분명히 있었습니다. 스마트폰과 WhatsApp, Viber의 등장은 무역의 패러다임을 완전히 바꿨습니다.

2010년 이전만 해도 딜러들의 주머니에는 늘 '00700' 국제전화카드가 있었습니다. 분당 수백 원의 비싼 요금 때문에 통화는 짧고 굵어야 했습니다. "Hello, Car good, Price down, OK?" 같은 생존형 단답 영어가 표준어였습니다.

하지만 2012년 이후, 무료 메신저 앱이 보급되자 모든 것이 변했습니다. 이제 딜러들은 고화질 사진 20장과 엔진 시동 영상을 실시간으로 바이어에게 전송했습니다. "살람 알라이쿰, 무함마드! 오늘 들어온 싼타페인데 상태가 아주 좋아. 사진 보낼게." 바이어는 비싼 비행기 표를 끊어 한국에 오지 않고도, 침대에 누워 사진만 보고 수천만 원을 송금하는 비대면거래를 시작했습니다.

"사진 믿고 돈 보냅니다." 이 무모해보이는 거래방식의 정착은 단순한 편의성 증가가 아니었습니다. 훗날 전 세계가 멈춰 선 팬데믹시대에도 한국 중고차 수출이 멈추지 않고 돌아가게 만든 결정적인 면역체계가 되었습니다.

[Kevin's Insight] 시스템 뼈대는 세웠지만, 기반흔들린다

이 시기를 복기하며, 저는 "외형적 성장은 크게 이루었으나 발밑은 여전히 불안정한 형국"이라고 정의하고 싶습니다. 우리는 분명 30만 대 수출이라는 유의미한 양적 팽창을 이루어냈고 온라인 플랫폼을 통해 '동네장사'를 '글로벌 비즈니스'로 격상시키는 데 성공했습니다.

특히 요르단 허브를 공략하고 도미니카공화국에 LPG 부활차라는 틈새상품을 안착시킨 전략은, 한국 특유의 적응력이 빛을 발한 순간이었습니다. 남들이 규제 때문에 안 된다고 할 때 우리는 그 규제의 틈바구니에서 새로운 시장을 창출해냈습니다. 이것은 시스템이나 자본만으로는 설명할 수 없는, 한국 수출업자들만의 야생성과 생존본능이 만들어낸 성과입니다.

하지만 냉정하게 돌아보면 우리는 절반의 성공에 취해 있었는지도 모릅니다. 물량은 늘었지만, 그것을 담아내는 그릇인 인프라는 여전히 30년 전 수준에 머물러 있었습니다. 송도유원지의 불법 야적 논란은 단순한 행정문제가 아닙니다. 연간 수조 원을 벌어들이는 산업이 여전히 임시거처를 전전하고 있다는 것은, 우리 산업의 뿌리가 그만큼 얕다는 방증입니다. 대기업들이 막대한 자본을 쏟아붓고도 실패하고 철수한 이유 역시, 화려한 사무실만 지어놓고 정작 현장의 흙먼지를 이해하지 못했기 때문입니다.

결국 우리에게 남긴 교훈은 명확합니다. "디지털 전환만으로는 부족하다. 물리적 인프라와 금융 시스템이 뒷받침되지 않는 성장은 사상누각이다."
우리는 엔카를 통해 정보의 비대칭은 해결했지만, 여전히 송금하는 데 3일이 걸리는 낡은 금융망과 비만 오면 진흙탕이 되는 야적장이라는 현실적 한계에 갇혀 있습니다. 이것이 바로 우리가 '본 궤도'에 진입했다고 믿었지만, 실상은 깊은 '구조적 함정' 속에 발이 묶여 있는 이유입니다.

팬데믹이 쏘아올린 공, 위기 속에서 찾아낸 슈퍼사이클

새로운 도전과 기회 ··· **2020년대 이후**

2020년 상반기, 세상은 정말로 멈춘 듯했습니다. 마스크 한 장을 구하기 위해 약국 앞에 수백 미터씩 줄을 서야 했던 그 시절, 인천항의 중고차 수출야적장 또한 짙은 적막에 휩싸여 있었습니다. 2020년 2분기 선적량은 전년 동기 대비 35% 이상 급감했고 자금력이 약한 영세업체들은 하나둘 셔터를 내렸습니다. 한때 외국인 바이어들로 북적이며 활기가 넘치던 송도유원지는 마치 폐허처럼 변해갔습니다. 곳곳에서 "이제 중고차 수출은 끝난 것인가"라는 탄식이 터져나왔고 업계의 공포감은 극에 달했습니다.

하지만 반전은 예고 없이, 2020년 하반기부터 드라마처럼 시작되었습니다. 전 세계 자동차공장이 코로나19 방역 조치로 셧다운되면서, 차량용 반도체 공급망이 끊기는 초유의 사태가 벌어졌습니다. 신차를 주문하면 짧게는 6개월, 인기 차종의 경우 길게는 1년 6개월 이상을 기다려야 하는 출고 대란이 발생한 것입니다. 차가 당장 필요한 사람들은 기약 없는 신차 대리점 대신, 즉시 출고가 가능한 중고차 매장으로 달려갔습니다.

"지금 당장 키를 받을 수 있는 차라면 뭐든 좋습니다. 웃돈을 얹어 드릴게요."

이러한 현상은 한국뿐만 아니라 전 세계적인 추세였습니다. 미국에서는 중고차 가격 지표인 맨하임 지수가 2021년 중반, 2.5배 이상 폭등하며 사상 최고치를 경신했고 일부 인기 차종은 중고차 가격이 신차 가격을 역전하는 '신차보다 비싼 중고차'라는 기현상까지 벌어졌습니다. 이 거대한 글로벌 수요의 파도는 곧바로 한국 수출시장을 덮쳤습니다. 적막했던 사무실 전화기에 불이 나고 해외 바이어들의 WhatsApp 메시지가 빗발치기 시작했습니다.

"Mr. Kevin! 싼타페 있나요? 투싼 있나요? 가격은 상관없어요. 물건만 잡아주세요! 선금 먼저 보낼게요!"

2021년과 2022년, 한국 내수시장은 또 다른 악재인 금리 인상을 만났습니다. 기준금리가 가파르게 오르며 3%대에 진입하자, 중고차 할부금리가 10%를 훌쩍 넘어가기 시작했습니다. 이자 부담에 내수 소비심리는 꽁꽁 얼어붙었고 수원과 장안평의 내수 딜러들은 팔리지 않는 차들의 재고금융 이자비용에 허덕여야 했습니다. 하지만 수출 야적장의 풍경은 정반대였습니다.

"내수는 멈췄지만, 수출은 달린다."

내수시장에서 소화되지 못한 양질의 차량들이 갈 곳을 잃고 수출단지로 쏟아져들어왔고 들어오는 족족 해외로 팔려나갔습니다. 여기에 강달러(고환율) 현상까지 겹치면서 달러로 대금을 받는 수출업체들의 환차익 마진은 평소의 두 배, 세 배로 뛰었습니다. 이를 경제학 용어로 '디커플링Decoupling(탈동조화)'이라 합니다. 한국 경제가, 그리고 내수시장이 고금리와 경기침체의 늪에 빠져 허우적거릴 때 중고차 수출업계는 오히려 그 위기를 연료 삼아 '단군 이래 최대 호황'이라는 슈퍼사이클에 올라탔습니다.

그 결과 2021년 수출량은 V자 반등에 성공해 46만1천 대를 기록했고 2023년에는 사상 최초로 55만6천 대를 돌파하는 기염을 토했습니다. 위기가 곧 기회다라는 말은 우리에게 교과서 속의 진부한 문구가 아니었습니다. 그것은 매일매일 통장에 찍히는 숫자로 증명되는 현실이었습니다.

4-1 | 글로벌 자동차시장
환경 변화와 국내 자동차관리사업 시장 동향

"내수는 얼어붙었고 수출은 끓어오른다."

2025년 현재, 대한민국 자동차산업의 현주소를 한마디로 요약하면 'Super Decoupling'의 시대라 할 수 있습니다. 과거에는 내수시장이 호황일 때 중고차 발생량이 늘어나고 수출도 자연스럽게 늘어나는 동반성장의 구조였습니다. 하지만 지금은 메커니즘이 다릅니다. 내수시장은 성장의 한계에 부딪혀 싸늘하게 식어가는 반면 수출시장은 그 잉여 에너지를 흡수하며 뜨겁게 달아오르고 있습니다.

기획자로서 저는 매일 아침 통계 데이터를 확인합니다. 숫자는 감정 없이 시장의 진실을 말해주기 때문입니다. 최근 발표된 2024년 결산 자료와 2025년 상반기 지표들이 가리키는 방향은 명확합니다. 우리는 지금 되돌릴 수 없는 '구조적 변곡점'을 지나고 있습니다.

성장의 시대는 끝났다 : 자동차 등록 대수의 정체

26,297,919대. 2024년 12월 말 기준, 대한민국 국토 위에 등록된 자동차의 총 대수입니다. 실로 엄청난 숫자입니다. 인구 2명당 1대꼴로 차를 가지고 있다는 뜻이니까요. 하지만 우리가 주목해야 할 것은 총량이 아니라 증가율입니다.

2023년 말 대비 증가율은 고작 1.3%에 그쳤습니다. 이는 통계 작성 이래 역대 가장 저조한 기록입니다. 2000년대 연평균 4.9%씩 질주하던 성장세는 2010년대 3.6%로, 그리고 2020년대 들어 2.0%대로 주저앉더니 기어이 1%대 바닥을 찍었습니다.

이것이 의미하는 바는 냉혹합니다. 대한민국은 이제 자동차대 중화의 완성단계를 지나 완벽한 포화상태에 진입했습니다. 인구는 줄고 도로는 꽉 찼으며, 주차장은 전쟁터입니다. 더 이상 내수시장에서 과거와 같은 양적 성장을 기대하는 것은 불가능합니다. 이러한 정체는 후방산업인 자동차관리업계에 직격탄이 되고 있습니다. 매매업, 정비업, 해체재활용업(폐차장) 모두가 더 이상 커지지 않는, 아니 줄어드는 파이를 놓고 생존경쟁을 벌여야 하는 상황에 내몰린 것입니다.

기저효과에 속지 마라 : 신차 판매의 부진과 연료의 대전환

2025년 1월부터 4월까지 신차 판매량은 55,392대로 전년 동기 대비 1.7% 증가했습니다. 언뜻 보면 회복세 같지만, 이는 숫자의 착시입니다. 2024년 실적이 워낙 처참했기에 나타난 기저효과일 뿐입니다. 2023년과 비교하면 무려 8.0%나 감소했습니다. 특히 국산차 판매는 9.2%나 곤두박질쳤습니다.

더욱 심각한 것은 '내연기관의 몰락'입니다. 판매가 늘어난 차종을 뜯어보면 대부분 하이브리드HEV나 전기차EV입니다. 전통적인 경유, 휘발유 차량의 설자리는 급격히 좁아지고 있습니다. 이는 기존 자동차 생태계에 공포스러운 시그널을 보냅니다. 엔진오일을 갈고 필터를 교체하고 타이밍벨트를 수리하며 먹고살던 전국의 수만의 카센터와 부품대리점들의 미래가 불투명해졌다는 뜻이기 때문입니다. "기름 냄새 나는 차는 이제 끝났다"라는 말이 정비 현장에서 현실이 되고 있습니다.

딜러들의 생존본능, 수출 밀어내기

최근 중고차 매매통계를 뜯어보다가 흥미로운, 아니 기이한 현상을 발견했습니다. "상품용 차량 매입은 늘었는데, 소비자에게 파는 매도는 줄었다."

2025년 1~4월, 매매상사들이 차를 사들이는 건수는 전년 대비 4.1% 증가했습니다. 그런데 소비자에게 파는(당사자 거래 포함) 건수는 2.8% 감소했습니다. 상식적으로라면 재고가 쌓여 딜러들이 망해야 정상입니다. 그런데 시장은 돌아갑니다. 도대체 매입한 그 많은 차들은 다 어디로 갔을까요?

정답은 수출입니다. 차가 안 팔리고 재고금융이자만 나가자, 딜러들이 손해를 감수하고서라도 이전등록(소비자 판매) 대신 수출말소(반환신고)를 선택하고 있는 것입니다.

"사장님, 이거 마당에 세워놔봤자 이자만 한 달에 수십만 원씩 나가요. 그냥 마진 50만 원 덜 먹더라도 수출단지에 넘겨서 현금화합시다."

전국의 매매단지에서 매일같이 들리는 소리입니다. 내수시장이 차를 소화하지 못하자, 딜러들이 생존을 위해 수출업체들에 물량을 밀어내고 있습니다. 즉, 수출시장이 꽉 막힌 내수시장의 숨통을 틔워주는 배수구 역할을 하며 전체 시장의 붕괴를 막고 있는 형국입니다.

위기 속의 유일한 구원투수 : 수출의 독주

내수시장이 신음하는 동안, 중고차 수출시장은 그야말로 '나 홀로 호황'을 누리고 있습니다. 2023년 연간 63만2천 대를 돌파하며 역대 최고치를 찍었을 때 일각에서는 '일시적 거품'이라고 우려했습니다. 하지만 2024년에도 62만5천 대를 유지하며 펀더멘털을 증명했고 2025년 들어서는 아예 '슈퍼사이클'에 진입했습니다.

[데이터로 보는 2025년의 폭발적 성장]

수출 대수 : 2025년 1~5월 누적 37만3천여 대(전년 동기 24만8천 대 대비 +49.9%)

수출금액 : 32억1천만 달러(전년 동기 18억5천만 달러 대비 +73.1%)

증가율이 무려 50%에 육박합니다. 제조, 유통 등 대한민국 전 산업을 통틀어 이런 성장세를 보이는 곳은 없습니다. 특히 주목할 점은 대수보다 금액의 증가폭(73.1%)이 훨씬 크다는 것입니다. 2024년 월평균 7,800달러 수준이던 대당 단가가 2025년 5월에는 9,500달러까지 치솟았습니다.

이것은 무엇을 의미할까요? 이제 한국 중고차 수출이 '싼 맛에 타는 저가차량' 위주에서, 팰리세이드, 쏘렌토, 싼타페 신형 등 '고부가가치 차량' 위주로 체질이 완전히 바뀌었다는 뜻입니다. 해외 바이어들이 한국 차를 더 이상 '가성비'가 아닌 '프리미엄'으로 인식하기 시작했다는 강력한 증거입니다.

[Story] 러시아의 전쟁, 송도의 축제 : 탄 루트의 비밀

2022년 2월, 러시아가 우크라이나를 침공했습니다. 뉴스를 보며 전 세계가 경악하고 평화를 기원할 때 송도유원지의 분위기는 묘하게 돌아갔습니다. 서방의 강력한 경제제재로 현대·기아차, 도요타, 벤츠 등 글로벌 완성차업체들이 러시아시장에서 철수하자, 거대한 '공급공백'이 생겼기 때문입니다. 러시아 사람들은 차가 필요했지만, 살 수 있는 신차가 없었습니다.

키르기스스탄, 우회수출의 성지가 되다

러시아로 가는 직항 뱃길은 막혔거나 전쟁보험료 급등으로 너무 위험했습니다. 게다가 한국 정부는 2023년 기준 5만 달러가 넘는 고가 차량의 대러시아 수출을 금지했습니다. 그러자 지도를 펴놓고 고민하던 딜러들은 기막힌 묘수를 찾아냈습니다. 바로 '중앙아시아'였습니다.

러시아는 카자흐스탄, 키르기스스탄, 벨라루스 등 구소련 국가들과 유라시아 경제연합EAEU을 맺고 있었습니다. 이 조약의 핵심은 단일 관세구역입니다. 즉, 이들 국가 중 한 곳에서만 통관을 마치면 그 뒤로는 러시아까지 국경을 넘을 때 추가 관세가 없다는 뜻입니다.

"한국에서 키르기스스탄으로 보내서 통관하고 거기서 트럭에 실어 육로로 러시아로 보내자!"

이른바 탄 루트가 열렸습니다. 특히 키르기스스탄은 러시아에 비해 차량가액을 낮게 평가해주는 관행이 있어, 관세를 획기적으로 아낄 수 있는 거대한 세탁소 역할을 톡톡히 했습니다. 데이터는 거짓말을 하지 않습니다. 2023년 한국의 대 키르기스스탄 중고차 수출량은 전년 대비 1,500% 폭증하며, 수출금액 기준으로는 단숨에 1위로 올라서는 기현상이 벌어졌습니다. 인구 600만 명의 작은 산악국가가 한국 중고차의 핵심 관문이 된 것입니다.

팰리세이드와 쏘렌토의 대이동 : 송도에 뜬 별들

수출되는 차종도 바뀌었습니다. 과거에는 10년 된 아반떼나 쏘나타 같은 500만 원 이하의 저가차량이 주류였지만, 러시아행 루트가 뚫리면서 프리미엄 차들이 야적장을 채우기 시작했습니다. 팰리세이드, 쏘렌토, 카니발, 제네시스 GV80, 그리고 BMW와 벤츠 등 한국에서도 없어서 못 파는 3천만 원, 5천만 원, 심지어 1억 원짜리 차들이 줄을 지어 컨테이너에 실렸습니다. 러시아 현지에서는 신차를 구할 수 없으니, 주행거리 1~2만㎞의 한국산 준신차가 신차 가격보다 비싸게 팔리는 기현상이 벌어졌습니다.

"러시아 사람들은 현금을 싸들고 온다." 송도에는 이런 소문이 돌았습니다. 실제로 러시아와 중앙아시아 바이어들은 두툼한 현금가방을 들고 와서, 시운전도 해보지 않고 "이거, 이거, 이거 주세요"라며 백화점에서 쇼핑하듯 차를 쓸어담았습니다. 전쟁이라는 비극이 지구 반대편 딜러들에게는 씁쓸한 축제가 된 것입니다.

4-2 │ 온라인 플랫폼 및 데이터 기반 수출의 확산
기술이 이끄는 변화

"더 이상 인천에 오지 않는 바이어들, 그들은 지금 접속 중이다"

2020년 봄, 코로나19가 전 세계를 강타하며 하늘길이 막혔을 때 인천 송도유원지의 풍경은 기묘하게 변했습니다. 시끌벅적하던 야적장은 침묵에 잠겼습니다. 매일 아침 사무실 문을 두드리던 요르단, 리비아 바이어들의 발길이 뚝 끊긴 것입니다. "이제 망했다"는 탄식이 곳곳에서 터져나왔습니다.

하지만 그 절망의 시간은 길지 않았습니다. 오프라인의 문이 닫히자, 온라인이라는 거대한 문이 활짝 열렸기 때문입니다. 야적장의 흙먼지는 가라앉았지만, 사무실의 컴퓨터와 서버는 그 어느 때보다 뜨겁게 돌아가기 시작했습니다. 하지만 이 디지털 르네상스는 팬데믹이라는 특수한 상황이 만들어낸 한시적인 풍경이었습니다.

과거 보수적인 중동이나 아프리카 바이어들에게는 불문율이 있었습니다. "차는 내 눈으로 직접 보고 시동을 걸어보고 엑셀을 밟아봐야 산다." 그들에게 사진 몇 장만 보고 수천만 원을 송금하는 것은 미친 짓이나 다름없었습니다.

하지만 2020년부터 2022년까지 이어진 팬데믹은 이 견고한 고정관념을 강제로 깨뜨렸습니다. 차는 필요한데 한국에 올 수 없으니, 그들은 울며 겨자 먹기로 스마트폰을 집어들었습니다. 이때 오토위니와 같은 글로벌 수출 플랫폼의 약진은 눈부셨습니다.

- **디지털 검수 리포트** : 차량 하부의 부식상태를 보여주는 고화질 영상, 엔진 구동음의 파형, 심지어 도막 측정기(페인트 두께)를 통해 수치화하여 제공했습니다. 단순한 사진이 아니라 '데이터'로 차량 상태를 증명한 것입니다.
- **실시간 소통** : 왓츠앱과 연동된 채팅창에서는 시차를 넘어 실시간 상담이 이루어졌습니다. "오일 누유가 있나요?"라고 물으면 담당자가 현장에서 바로 차를 리프트에 띄워 영상통화로 하부를 비춰줍니다.

엔데믹과 회귀 : 다시 송도를 찾은 바이어들

하지만 2023년 엔데믹 선언 이후, 흥미로운 현상이 벌어졌습니다. 하늘길이 열리자마자 바이어들이 다시 인천 송도로 쏟아져 들어온 것입니다. 온라인으로 거래하던 그들이 왜 다시 먼 길을 날아왔을까요?

결국 신뢰와 관계 때문입니다. 온라인은 효율적이지만, 현장에서 차의 냄새를 맡고 엔진의 떨림을 느끼며 딜러와 밥 한 끼를 먹는 '오프라인의 경험'을 완벽히 대체하지 못했습니다. 특히 고가의 차량일수록, 바이어들은 여전히 자신의 눈과 손을 믿고 싶어합니다.

팬데믹 기간의 디지털화는 저에게 중요한 교훈을 남겼습니다. 디지털은 오프라인을 대체하는 것이 아니라 오프라인의 한계를 보완하고 신뢰를 강화하는 강력한 도구라는 사실입니다. 이제 저는 온라인의 데이터와 오프라인의 경험을 결합한 하이브리드 전략을 고민하고 있습니다.

러시아시장의 새로운 거상 : 인플루언서와 마이크로 무역

특히 흥미로운 현상은 러시아시장에서 나타났습니다. 우크라이나 전쟁 이후 서방의 제재로 공식적인 무역통로가 좁아지고 결제 시스템이 막히자, 그 틈새를 개인 미디어들이 파고들었습니다.

Vladislav Kolesnikov, KoreaCarImport 같은 유튜브 채널이나 텔레그램 인플루언서들은 단순한 리뷰어가 아니었습니다. 그들은 한국의 엔카 진단 센터나 경매장 현장을 라이브로 생중계하며 이렇게 외칩니다. "자, 지금 2020년식 팰리세이드가 경매에 올라왔습니다. 상태 A급입니다. 입찰하실 분?"

러시아 현지의 구독자(잠재 고객)들은 채팅창에서 실시간으로 가격을 부르고 낙찰이 되면 가상자산이나 우회송금을 통해 대금을 지불합니다. 이는 기업 대 기업B2B이 주도하던 전통적인 무역이, 인플루언서와 팔로워 간의 신뢰를 바탕으로 한 마이크로무역으로 진화하고 있음을 보여줍니다. 거대 상사가 하던 일을 이제는 스마트폰 하나 든 유튜버가 해내고 있는 것입니다. 마케팅의 주도권은 이제 '기업'에서 '소통하는 개인'으로 넘어가고 있습니다。

데이터가 돈이 되는 시대 : 감의 종말

이제 야적장을 돌며 감으로 차를 매입하던 야수의 심장은 설자리가 없습니다. 빅데이터 기술은 우리가 미처 인지하지 못한 시장의 흐름을 먼저 읽어냅니다.

"키르기스스탄의 관세정책이 바뀌기 전, 2018년식 쏘렌토를 집중 매입하십시오. 다음 달부터 관세가 2배 오르면 현지 시세가 급등할 것입니다." "라마단 기간이 시작되면 중동 쪽 수요가 30% 줄어듭니다. 대신 남미 쪽 소형차 재고를 늘리십시오."

데이터가 내려주는 오더는 그 어떤 베테랑의 직감보다 정확합니다. 이제 중고차 수출은 땀 흘려 발로 뛰는 노동이 아니라 모니터 앞에서 숫자를 읽고 판단하는 정보전이 되었습니다.

폐차업계의 위기 : 뜰을 차가 없다

수출이 역대급 호황을 누리는 동안, 국내 자동차 후방산업 (정비, 폐차, 검사)은 짙은 그늘에 덮여 있습니다. 이 불균형을 들여다보는 것은 수출산업의 지속 가능성을 위해 매우 중요합니다.

예전 같으면 대형 폐차장에 폐차 대기 차량들이 산더미처럼 쌓여 있어야 할 야적장이 휑합니다. 사장님은 먼 산을 보며 한숨을 쉽니다. "차가 안 들어와요. 다 수출 나간대요. 바퀴만 굴러가면 리비아나 이집트에서 다 사 가니까, 우리한테 올 차가 없어요."

과거에는 연식이 오래된 차는 폐차장으로 와서 압축기에 눌리거나 부품으로 분해되었습니다. 하지만 지금은 수출업체들이 폐차값(고철값)보다 10만 원에서 30만 원이라도 더 쳐주니, 폐차장으로 들어올 물량이 씨가 마른 것입니다. 이는 단기적으로는 수출업계에 좋아보이지만, 장기적으로는 '부품수급 불균형'이라는 부메랑이 되어 돌아옵니다. 해외로 보낸 차를 수리할 중고부품(재생부품)을 만들 원자재가 부족해지기 때문입니다. 부품이 없으면 수출된 차는 고물이 되고 한국 차에 대한 신뢰도 떨어집니다.

정비업계의 보릿고개 : 내연기관의 황혼

동네 카센터들의 사정은 더 심각합니다. 최근 5년간 정비소 일감은 평균 15% 이상 감소했습니다. 전기차 보급이 늘어나면서 일감이 급감했습니다. 엔진오일도, 미션오일도, 타이밍벨트도 갈 필요 없는 전기차는 정비소에는 재앙과도 같습니다. 여기에 정부의 노후 경유차 조기폐차 정책까지 더해져, 정비수요가 있는 낡은 차들이 도로에서 빠르게 사라지고 있습니다. 정비사들은 "이제 기술이 아니라 타이어나 갈아야 하나"라며 자조 섞인 말을 내뱉습니다.

새로운 기회 : 수출 전용 상품화 센터로의 전환

저는 이 위기 속에서 새로운 상생 모델을 봅니다. 위기에 처한 국내 정비업체들의 뛰어난 기술력을, 수출차량의 상품화에 활용하는 것입니다.

해외 바이어들의 눈높이는 높아졌습니다. 이제는 싼 차가 아니라 깨끗하고 완벽한 차를 원합니다. 하지만 영세한 수출업체는 자체 정비소를 갖추기 어렵고 정비소는 일감이 없습니다. 이 둘을 연결하여, 수출 나가기 전 차량을 완벽하게 정비하고 도색하는 '수출 전용 상품화 클러스터'를 구축한다면 어떨까요? 정비소는 안정적인 일감을 얻고 수출업체는 차량의 부가가치를 높여 더 비싼 값에 팔 수 있습니다. 이것이 바로 우리가 앞으로 주목해야 할 애프터마켓과의 연결고리이자, 국내 산업을 보호하며 수출을 키우는 Win-Win 전략입니다.

4-4 | 렌터카시장의 변화
중고차 수출에 미치는 영향

"120만 대의 저수지가 요동치고 있다. 물길이 바뀌면 우리도 바뀌어야 한다."

저희 같은 중고차 수출기획자들에게 렌터카시장은 단순한 산업 그 이상입니다. 2025년 기준 10조 원 시장 규모, 대한민국 전체 자동차 등록 대수의 약 4.7%에 달하는 무려 120만 대가 등록된 거대한 '매물저수지'이기 때문입니다. 렌터카는 보통 3~4년 주기로 신차로 교체되면서, 양질의 중고차를 규칙적으로 시장에 쏟아내는 가장 확실한 공급원이었습니다.

하지만 2020년부터 2025년까지 이 저수지의 물길이 완전히 바뀌었습니다. 이 시기를 저는 단순히 시장이 커진 시기가 아니라 질적 대전환이 일어난 시기라고 정의합니다. 팬데믹, 공급망 위기, 그리고 고금리라는 거대한 파도가 휩쓸고 간 자리, 시장은 어떻게 변했을까요?

패러다임의 전환 : 소유하지 않고 빌려서 쓴다

기억하십니까? 불과 몇 년 전만 해도 '허, 하, 호' 번호판은 법인차 아니면 사고 대차라는 인식이 강했습니다. 하지만 2020년, 팬데믹이 이 고정관념을 송두리째 흔들었습니다.

코로나19로 인해 사람들은 대중교통 대신 자차를 원했지만, 경제적 불확실성으로 인해 목돈을 쓰는 것은 꺼려졌습니다. 그때 등장한 대안이 바로 렌트였습니다. 특히 실용주의를 추구하는 MZ세대를 중심으로 "굳이 큰돈 들여 내 명의로 차를 사야 하나?"라는 인식이 퍼져나갔습니다. 홈쇼핑과 다이렉트 앱에서 차를 주문하는 비대면문화는 이 불길에 기름을 부었습니다. 이제 렌터카시장은 법인B2B이 아닌 개인B2C이 주도하는 시장으로 완벽히 재편되었습니다.

위기가 만든 새로운 표준 : 중고 장기렌트의 급부상

2022년의 '반도체대란'을 기억하실 겁니다. 신차를 계약하면 1년 6개월을 기다려야 했던 그 끔찍한 시기 말입니다. 이때 렌터카 회사들이 선점해둔 즉시 출고 차량은 가뭄의 단비 같았습니다.

여기에 결정타를 날린 것은 금리였습니다. 2023년부터 이어진 고금리 기조로 신차 할부금리가 두 자릿수로 치솟자, 소비자들은 계산기를 두드리기 시작했습니다. "신차 사서 3년 타면 감가상각으로 30~40% 까먹고 이자만 수백만 원이다. 차라리 정비된 중고 렌터카를 타자."

이것은 엄청난 변화입니다. 과거에는 신차를 살 능력이 안 돼서 중고렌트를 탔다면 이제는 가장 합리적인 소비를 위해 중고렌트를 선택합니다. 대기업(롯데, SK 등)들이 반납된 차량을 최상급으로 상품화하여 내놓는 인증 중고차 시스템은 이러한 신뢰를 뒷받침했습니다. 그 결과, 신차 렌트 대비 월 납입료가 20~30% 저렴한 중고 장기렌트 시장이 폭발적으로 성장했고 수출시장으로 흘러나와야 할 A급 매물들이 내수 렌트시장에서 다시 소비되는 순환구조가 강화되었습니다.

시장의 그림자 : 저신용·무심사와 구독형의 양날의 검

시장 규모가 커지며 빛만 있었던 것은 아닙니다. 그림자도 짙어졌습니다. 제1금융권 대출규제가 강화되자, 금융 소외계층을 타깃으로 한 저신용·무심사 렌트시장이 비대해졌습니다. 중소형 렌터카업체들이 자체 심사를 내세워 이 틈새시장을 공략했지만, 높은 리스크 비용과 보증금 미반환(먹튀) 같은 부작용도 속출했습니다.

또한, 3~5년 계약의 경직성을 깬 월렌트(구독형) 시장도 등장했습니다. 위약금 없이 한 달 단위로 차를 쓰고 반납하는 이 유연한 방식은 전기차EV를 경험해보고 싶은 소비자들에게 큰 호응을 얻었습니다.

이것은 우리 수출업체에 무엇을 의미할까요? 바로 리스크 매물의 다양화입니다. 높은 렌트료를 감당하지 못해 쏟아져 나오는 부실채권 차량들, 주인이 자주 바뀌어 관리가 소홀했던 구독형 차량들이 경매장과 수출야적장으로 유입되고 있습니다. 이제는 단순히 연식과 주행거리만 볼 것이 아니라 이 차가 어떤 이력(1인 장기인지, 구독형인지, 저신용 렌트)을 가졌는지 꼼꼼히 따져보는 '현미경 검수'가 필수가 되었습니다.

거인들의 전쟁과 막혀가는 공급망

제가 기획자로서 가장 우려하는 대목은 바로 이곳입니다. 최근 렌터카업계의 M&A 소식을 들으셨을 겁니다. 업계 1, 2위를 다투는 공룡기업들이 사모펀드의 손에 넘어갔거나 매각 이슈의 중심에 있습니다.

자본의 논리는 명확합니다. 수익성 극대화입니다. 과거 렌터카 회사들은 만기된 차량을 다량으로 경매장에 넘겨 현금화하는 데 급급했습니다. 덕분에 우리 같은 수출업체나 매매상사들이 싼값에 차를 낙찰받을 수 있었습니다.

하지만 이제는 다릅니다. 그들은 자체적인 수출팀을 꾸려 직접 해외로 차를 보내거나 자사의 인증 중고차 플랫폼을 통해 소매로 비싸게 팝니다. 물량확보 전쟁이 시작된 것입니다. 단순히 입찰 버튼만 누르면 차를 사던 시대는 끝났습니다. 이제는 렌터카회사와 직접적인 파트너십을 맺거나 그들이 처리하기 곤란한 악성재고까지 패키지로 매입할 수 있는 해결사 능력을 보여주지 못하면 수출물량 자체를 구하기 힘든 보릿고개가 올 것입니다.

연료의 대전환 : LPG는 가고 하이브리드가 온다

마지막으로, 우리 수출업계의 미래가 걸린 데이터를 보여드리겠습니다. 렌터카 하면 무엇이 떠오르십니까? 트렁크에 가스통이 실린 LPG 쏘나타일 겁니다. 하지만 데이터는 냉정합니다. 렌터카 신규 등록 중 LPG 비중은 2018년 16%에서 최근 3%대로 추락했습니다.

그 빈자리를 누가 채웠을까요? 바로 하이브리드HEV입니다. 2024년 기준 신규 렌터카의 30%에 육박하는 수치가 하이브리드입니다. 렌터카의 평균 운영주기가 3~4년임을 감안하면 2027년에서 2028년 사이, 우리 수출야적장은 하이브리드 차량으로 뒤덮이게 될 것입니다.

이것이 제가 후배들에게 "영어 공부보다 배터리 공부를 하라"고 잔소리하는 이유입니다. "이 차 배터리 효율SOH이 몇 퍼센트입니까?" 미래의 바이어는 이것부터 물을 것입니다. 고전압 배터리를 진단하고 인버터 상태를 체크할 수 있는 장비와 기술이 없다면 우리는 다가오는 미래의 주력상품을 팔 수 없습니다. 120만 대의 저수지가 전기로 바뀌고 있습니다. 우리는 그 변화에 올라탈 준비가 되었는지, 스스로에게 물어봐야 할 시점입니다.

4-5 | 지정학적 롤러코스터
리비아의 봄과 러시아의 겨울(2025년의 기록)

"2025년은 가장 뜨거운 여름과 혹독한 겨울을 동시에 안겨줬습니다."

2026년의 문턱에서 지난 1년을 되돌아보면 마치 롤러코스터를 탄 듯한 현기증이 납니다. 상반기 송도유원지는 밀려드는 리비아 바이어들로 인해 발 디딜 틈 없이 뜨거웠지만, 하반기 특히 12월의 인천항은 러시아발 한파로 인해 꽁꽁 얼어붙었습니다.

이 극단적인 '온탕과 냉탕'의 경험은 뼈저린 교훈을 남겼습니다. 바로 "중고차 수출은 단순한 무역이 아니라 국제정세에 춤추는 파도"라는 사실입니다. 한 해에도 시장상황이 천국과 지옥을 오가는 이 변동성은 이제 예외가 아닌 상수가 되었습니다.

리비아의 봄 : 총성이 멈추자 주문이 쇄도했다

2025년 초, 오랫동안 내전으로 신음하던 리비아에서 들려온 정치적 안정화와 내전종료 선언 소식은 송도유원지에 거대한 훈풍을 몰고 왔습니다. 총성이 멈추고 재건사업이 시작되자, 리비아 국민들은 가장 먼저 이동수단을 찾았습니다.

무조건 튼튼하고 싼 차를 달라

리비아는 전통적으로 한국 중고차의 최대 수입국이자, 북아프리카(튀니지, 이집트 등)로 향하는 중계무역의 허브입니다. 억눌려 있던 수요가 폭발하자, 한국산 베르나 엑센트, 투싼 구형 모델의 씨가 마를 지경이었습니다.

- **현장의 풍경** : 야적장에는 리비아행 컨테이너를 싣기 위한 트레일러가 장사진을 이뤘고 폐차 직전의 노후차량까지 "엔진

만 굴러가면 된다"라며 웃돈을 주고 사가는 진풍경이 벌어졌습니다.

- **데이터의 증명** : 2025년 상반기 대 리비아 수출량은 전년 동기 대비 40% 이상 폭증하며, 전체 수출실적을 견인했습니다. 이는 단순한 호황이 아니라 전쟁의 폐허 위에서 피어난 재건 특수였습니다.

우리는 환호했습니다. 다시 한번 슈퍼사이클이 왔다고 믿었습니다. 하지만 그 환호가 채 가라앉기도 전인 12월, 북쪽에서 매서운 한파가 몰아쳤습니다.

러시아의 겨울 : 관세 장벽이라는 철의 장막

"12월 1일부로 러시아행 선적 올 스톱입니다."

2025년 하반기부터 조짐은 좋지 않았습니다. 러시아 정부가 자국 자동차산업 보호를 명분으로 수입차에 대한 폐차세를 기습적으로 인상하더니, 급기야 12월에는 사실상의 관세 폭탄을 투하했습니다.

특히 우리가 우회수출 경로로 애용하던 키르기스스탄 등 유라시아 경제연합EAEU 국가를 통한 '통관 혜택 축소'는 결정타였습니다. "제3국을 통해 들어오는 차도 러시아 본토 기준으로 세금을 매기겠다"라는 발표가 나오자, 소위 탄 루트가 하루아침에 막혀버린 것입니다.

- **가격경쟁력의 상실** : 하루아침에 대당 세금이 수백만 원에서

많게는 천만 원 가까이 치솟았습니다. 한국에서 3,000만 원에 보낸 팰리세이드가 현지에서는 6,000만 원이 넘어야 팔리는 구조가 되자, 러시아 바이어들은 주문을 취소하고 잠적했습니다.

- **인천항의 비명** : 12월의 송도유원지는 그야말로 초상집이었습니다. 러시아로 보내려던 수천 대의 고가 차량들이 야적장에 묶였고 미리 차를 매입해둔 딜러들은 자금 회수가 막혀 도산 위기에 몰렸습니다. 12월 대 러시아 수출량은 전월 대비 70% 이상 급감하며, 그래프는 수직으로 곤두박질쳤습니다.

지정학적 리스크, 그리고 포트폴리오의 중요성

2025년의 리비아와 러시아 사태는 저에게 명확한 메시지를 던집니다.

"특수는 영원하지 않으며, 정책 하나에 시장은 증발할 수 있다."

리비아의 호황은 내전종료라는 정치적 변수 덕분이었고 러시아의 불황은 관세정책이라는 정부의 규제 때문이었습니다. 두 시장 모두 우리가 통제할 수 없는 외부변수에 의해 춤을 췄습니다. 한 해에도 시장이 이렇게 널뛰기를 하는데, 과연 우리는 '운'에만 기대어 사업을 할 수 있을까요?

2026년의 변수 : 우크라이나 휴전 시나리오와 그 이면

많은 전문가들이 2026년에는 우크라이나 전쟁이 휴전국

면에 접어들 것이라 조심스럽게 예측하고 있습니다. 만약 휴전이 성사된다면 파괴된 우크라이나의 인프라를 복구하기 위한 거대한 '재건시장'이 열릴 것입니다. 트럭, 중장비, 그리고 승용차에 대한 수요가 폭발하며 제2의 리비아 특수처럼 우리에게 기회가 될 수도 있습니다.

하지만 마냥 낙관하지 않습니다. 휴전은 곧 '제재 해제'를 의미할 수도 있기 때문입니다. 서방의 제재가 풀리면 그동안 러시아시장에서 철수했던 글로벌 완성차업체들이 다시 복귀할 것이고 꽉 막혀 있던 유럽산 중고차들이 우크라이나와 러시아로 쏟아져 들어갈 것입니다. 그렇게 되면 우리가 누렸던 '공급공백에 따른 반사이익'은 순식간에 사라질 수 있습니다. '특수'가 또 다른 '위기'로 변하는 순간입니다.

결국 해답은 하나입니다. 포트폴리오 다각화입니다. 러시아가 막히면 대안이 없고 리비아가 흔들리면 전체가 휘청이는 천수답 경영에서 벗어나야 합니다. 전쟁특수나 환율 같은 요행을 바라는 것이 아니라 어떤 외풍에도 흔들리지 않는 안정적인 제3, 제4의 시장(남미, 동남아 등)을 발굴하고 육성하는 것. 그것만이 2025년의 냉탕과 온탕, 그리고 다가올 2026년의 불확실성이 기획자인 저에게 남긴 가장 뼈아프고도 시급한 숙제입니다.

[Kevin's Insight] 시스템으로 다음 시대를 준비하라

지금까지 우리는 2020년대의 격변을 숨 가쁘게 돌아봤습니다. 내수시장은 성장을 멈췄지만 수출은 폭발했습니다. 팬데믹은 비대면 플랫폼을 일상으로 만들었고 렌터카시장의 변화는 다가올 전동화 수출시대를 예고하고 있습니다. 2025년에 겪은 리비아와 러시아시장의 극단적인 온도차는 우리에게 뼈아픈 교훈을 남겼습니다. 단순히 많이 팔았다는 숫자에 취해 있을 때가 아닙니다. 시장은 언제든 정치적 이유로, 혹은 제도적 변화로 인해 하루아침에 닫힐 수 있다는 것을 우리는 목격했습니다.

핵심은 디커플링과 불확실성의 공존입니다. 내수와 수출은 이제 다른 길을 갑니다. 내수가 침체될수록 수출은 대한민국의 자동차산업을 지탱하는 더 중요한 기둥이 될 것입니다. 이 혼돈의 시간은 우리에게 한 가지 명확한 진리를 가르쳐주었습니다. 시장은 결코 멈추지 않는다는 것입니다.

전염병이 돌면 비대면 영상거래를 창조했고 배가 없으면 차를 구겨 넣어서라도 보냈습니다. 전쟁으로 길이 막히면 옆 나라를 돌아서라도 기어이 팰리세이드를 보냈습니다. 이것은 단순한 상술이 아니라 극한상황에서 발현된 생존본능이 만들어낸 유연성과 혁신이었습니다.

하지만 2026년 이후, 우리가 마주할 파도는 지금까지와는 질적으로 다를 것입니다. 우크라이나 전쟁의 휴전 가능성, 전기차 보조금 정책의 변화, 각국의 탄소배출 규제강화 등은 우리에게 또 다른 도전이자 기회가 될 것입니다. 만약 우크라이나 재건시장이 열린다면 우리는 트럭과 중장비를 보낼 준비가 되어 있습니까? 반대로 유럽산 중고차가 다시 러시아로 유입된다면 우리는 어떤 경쟁력으로 시장을 방어할 것입니까?

저는 여기서 두 가지 이야기를 하고 싶습니다.

첫째, 포트폴리오 다각화는 선택이 아닌 생존의 필수조건입니다. 현재 우리 수출의 상당 부분은 러시아나 리비아 같은 특정 국가의 특수에 과도하게 의존하고 있습니다. 이는 마치 한 바구니에 모든 달걀을 담은 것과 같습니다. 리비아 내전종료가 호재였다면 러시아 관세인상은 악재였습니다. 이처럼 한 국가의 정책변화나 정세불안이 우리 사업 전체를 흔들 수 있는 구조는 매우 위험합니다. 우리는 남미의 칠레나 도미니카공화국, 동남아의 캄보디아나 라오스, 그리고 아프리카의 가나나 나이지리아 등 제3, 제4의 시장을 지속적으로 발굴하고 육성해야 합니다. 비록 당장 큰 수익을 주지 않더라도, 한쪽 문이 닫혔을 때 다른 쪽 문을 열 수 있는 '유연한 파이프라인'을 미리 깔아두는 것. 그것이 불확실성시대를 건너는 리스크 관리의 핵심입니다.

둘째, '품질과 인프라'를 통한 본원적 경쟁력 강화입니다. 전동화가 중요한 흐름인 것은 맞지만 그것만이 전부는 아닙니다. 결국 바이어가 원하는 것은 '믿고 탈 수 있는 차'입니다. 그것이 내연기관차이든 전기차이든 본질은 변하지 않습니다. "한국 차는 사진과 실물이 똑같다", "한국에서 온 차는 정비가 잘 되어 있다"라는 인식을 심어주는 것이 무엇보다 중요합니다. 이를 위해서는 투명한 검수 시스템과 안정적인 물류 인프라가 필수적입니다. 바이어가 한국 차를 선택하는 이유가 단지 가격이 아니라 '신뢰'가 되도록 만들어야 합니다.

결국 K-중고차를 찾는 바이어의 마음으로 시장을 준비해야 합니다. 그들이 가장 불안해하는 것이 무엇인지, 그들이 가장 필요로 하는 것이 무엇인지 고민하고 그것을 해결해주는 시스템을 갖추는 것이며 시스템 구축의 이유이자 목표입니다. 이제 이 화려한 성장 뒤에 숨겨진, 하지만 반드시 직시해야 할 '위험과 어두운 그림자'를 냉철하게 파헤쳐 보겠습니다. 상처를 알아야 치료할 수 있기 때문입니다.

화려한 성장의 그늘, 레몬마켓의 오명을 벗기 위하여

2025년 여름, 송도의 진흙탕 위에서

2026년의 봄바람이 불어오는 지금, 저는 지난 여름의 그 뜨거웠던 송도를 떠올립니다. 2025년 7월의 어느 장마철 아침, 저는 인천 송도유원지 3구역의 진흙탕 위에 서 있었습니다. 간밤에 내린 폭우로 야적장은 거대한 뻘밭으로 변해 있었고 제 구두는 발목까지 빠지는 붉은 진흙에 잠겨 꼼짝달싹할 수 없었습니다.

당시 라디오에서는 "대한민국 중고차 수출, 사상 최초 60만 대 돌파… 수출액 50억 달러 달성"이라는 아나운서의 들뜬 목소리가 흘러나오고 있었습니다. 반도체가 주춤

하고 조선업이 불황일 때도, 대한민국 중고차 수출산업은 묵묵히 우상향 곡선을 그리며 나라 경제를 지탱해왔다는 자부심이 느껴지는 뉴스였습니다.

하지만 제 눈앞에 펼쳐졌던 현실은 그 화려한 숫자와는 너무나도 다른, 처참한 민낯이었습니다. 매캐한 디젤 발전기 소음과 외국인 바이어들의 고성 사이로, 수천 대의 수출차량들이 흙먼지를 뒤집어쓴 채 방치되어 있었습니다. 번듯한 아스팔트 도로는 커녕, 제대로 된 펜스조차 없이 찢어진 천막 사이로 비가 들이치고 있었습니다. 바이어는 진흙이 튄 바지를 털며 인상을 찌푸리고 있었고 딜러는 민망한 표정으로 가격을 깎아주며 달래고 있었습니다.

저는 그 순간 씁쓸한 괴리감을 느꼈습니다. 대한민국은 세계 5위 자동차 생산국이자 최첨단 IT강국이라 자부하는 나라였습니다. 세계 최고 수준의 반도체를 만들고 글로벌문화를 선도하는 K-Pop의 나라였습니다. 그런데 왜 유독 연간 7조 원의 외화를 벌어들인다는 중고차 수출시장만큼은 1990년대의 낙후된 시스템에서 한 발자국도 나아가지 못한 채, 그토록 초라한 모습으로 남아 있었던 것일까요?

수출물량이 증가하며 양적 성장의 샴페인을 터뜨리는 사이, 당시 시장의 밑바닥에서는 치명적인 독버섯들이 조용히, 그러나 깊게 뿌리내리고 있었습니다.

서로를 믿지 못하는 만연한 불신.

법의 사각지대를 파고드는 교묘한 사기.

그리고 이 모든 것을 방관하게 만든 시스템의 부재.

이것이 바로 화려한 수출통계 뒤에 숨겨진, 시장이 애써 외면해왔던 '불편한 진실'이었습니다. 이 글은 그 어두운 이면을 정면으로 마주했던 시간의 기록입니다. 곪은 상처를 덮어두고 붕대만 감는다면 결국엔 다리를 잘라내야 할지도 모른다는 위기감이

팽배했습니다. 아프더라도 상처를 도려내고 소독해야 새 살이 돋을 수 있었습니다. 저는 단순히 시장의 치부를 고발하려는 것이 아닙니다. 왜 2025년 그 시점에 이 낡은 판을 갈아엎지 않으면 공멸할 수밖에 없었는지, 그리고 새로운 미래를 설계하기 위해 무엇을 뜯어고쳐야 했는지, 그 절박했던 위기의식을 복기하고자 합니다.

5-1 ｜ 중고차 수출산업에서 마주하는 사기의 그림자

신뢰의 붕괴

중고차는 믿을 수 없다는 낙인, 수출시장으로 번지다

당시 중고차시장에서 사기는 어제오늘의 일이 아니었습니다. 허위매물, 주행거리 조작, 침수차 둔갑… 내수시장에서 오랫동안 소비자를 괴롭혀온 이 고질적인 신뢰의 문제는 안타깝게도 수출시장으로까지 전이되어 있었습니다. 아니, 감시의 눈길이 덜하고 법적 제재가 느슨한 수출시장에서 더욱 독버섯처럼 자라나고 있었습니다.

문제의 핵심은 소수의 악질적인 사기꾼들이 저지르는 범죄행위가, 묵묵히 땀 흘려 일하는 다수의 정상적인 수출 딜러들까지 잠재적 범죄자 취급을 받게 만들었다는 점입니다. "수출업자는 다 사기꾼이다", "수출 보내면 차 뺏긴다"라는 오해와 편견은 정직한 비즈니스를 하는 사람들의 의지를 꺾고 시장 전체의 품격을 떨어뜨리는 주범이었습니다. 제가 현장에서 목격하고 상담해왔던, 그리고 반드시 뿌리뽑아야 했던 대표적인 사기 유형들은 다음과 같았습니다.

미끼견적과 감가 후려치기 : 희망고문과 인질극

가장 흔하면서도 많은 선량한 판매자들이 당하는 수법이었습니다. 사기꾼들은 처음에는 시장가격보다 터무니없이 높은 금액을 부르며 판매자의 욕망을 자극했습니다. 이를 업계 은어로 미끼견적이라고 했습니다.

"사장님, 그 쏘나타 제가 300만 원에 사겠습니다. 다른 데 알아 보셨죠? 거기는 200만 원도 안 줄걸요? 저는 다이렉트로 바이어랑 연결돼서 더 드릴 수 있습니다."

판매자는 혹시나 하는 마음에 솔깃해집니다. 계약금을 먼저 입 금해주겠다는 말에 의심은 눈 녹듯 사라집니다. 하지만 차량을 탁 송기사 편에 보내는 순간, 딜러의 태도는 180도 돌변하곤 했습니 다. 차가 자신의 마당(야적장)에 도착해 통제권이 넘어오자마자 전화를 걸었습니다.

"사장님, 차를 받아보니 상태가 영 아닙니다. 엔진에서 '딱딱' 소 리가 심하게 나네요. 미션도 튀고요. 하부에는 오일이 떡져 있습 니다. 이거 수리비만 최소 150만 원 나옵니다. 이대로는 잔금 못 드려요."

물론 새빨간 거짓말이었습니다. 하지만 차는 이미 딜러의 수중에 있고 판매자는 멀리 있었습니다. 당황한 판매자가 "그럼 거래 없던 걸로 하고 차를 돌려달라"고 하면 그들은 본색을 드러냈습니다.

"이미 인천항 야적장에 입고돼서 왕복 탁송비랑 보관료, 점검비 로 50만 원 나왔습니다. 그리고 위약금도 있어요. 입금 안 하면 차 못 뺍니다. 법대로 하세요."

이것은 전형적인 인질극이었습니다. 차를 볼모로 잡고 돈을 요 구하는 것이었습니다. 법적 절차를 밟으려 해도 시간과 비용이 부담스러운 개인 판매자는 결국 울며 겨자 먹기로 150만 원이나 깎인 헐값에 차를 넘기게 되었습니다. 이런 일을 당한 판매자는 다시는 중고차 수출을 쳐다보지도 않게 되며, 주변 사람들에게 "수출은 사기다"라고 전파하는 안티가 되었습니다.

말소 불이행과 대포차 유통 : 인생을 파괴하는 범죄

이것은 단순한 금전피해를 넘어 한 사람의 인생을 파탄낼 수 있는 악질범죄였습니다. 주로 급전이 필요한 서민들을 노렸습니다.

"당신 명의로 차를 사서 수출 보내면 수출 면장으로 세금 혜택받고 대당 200만 원을 벌게 해주겠다. 명의만 빌려주면 된다."

고수익 아르바이트를 빙자해 명의를 빌린 뒤, 그 명의로 고가의 차량을 전액 할부로 구매했습니다. 그리고 약속대로 수출 말소를 하는 것이 아니라 그 차를 대포차로 둔갑시켜 국내 시장에 유통해버렸습니다. 심지어 해외로 밀수출해버리기도 했습니다.

차량은 서류상 여전히 피해자 명의로 남아 있었습니다. 어느 날 날아온 수십 장의 속도위반 과태료 고지서, 수천만 원의 자동차세 체납통지서, 심지어 뺑소니사고 연루 연락을 받고 나서야 피해자는 자신의 명의가 범죄에 이용되었음을 깨닫게 됩니다. 할부금 독촉에 시달리다 신용불량자가 되고 범죄 연루혐의로 경찰 조사를 받게 되는 기막힌 상황, 이것이 당시 시스템 없는 시장이 낳은 괴물이었습니다.

김씨의 뼈아픈 하루 : 시스템의 공백이 만든 비극

여기, 2025년 당시 평범한 가장 김씨의 이야기를 복기해
봅니다. 이는 제가 현장에서 목격한 수많은 피해사례를 바탕으로
재구성한 르포입니다.

퇴직을 앞둔 김씨는 10년 정든 그랜저를 처분하려 했습니다. 국
내 딜러들은 주행거리가 많다며 150만 원을 불렀지만, 인터넷 광
고 속 글로벌무역이라는 업체는 250만 원을 제시했습니다. 김씨
는 "역시 수출이 답이구나" 생각하며 덜컥 전화를 걸었습니다.

말끔한 양복을 입은 딜러가 집 앞으로 찾아왔습니다. 그는 현장
에서 계약금 150만 원을 5만 원권 현찰로 쥐어주며 김씨를 안심시
켰습니다. "사장님, 차 관리 정말 잘하셨네요. 나머지 100만 원은
내일 구청에서 말소증 나오면 바로 입금해 드립니다. 저희는 허가
받은 업체니 걱정 마십시오." 김씨는 그의 깍듯한 태도에 의심을
거두고 차 키를 넘겼습니다.

다음날 오후, 기다리던 입금 문자는 오지 않고 전화벨이 울렸습
니다. 수화기 너머 딜러의 목소리는 어제와 딴판이었습니다. 싸늘
하고 위압적이었습니다. "김 사장님, 큰일났습니다. 성능장 가서
리프트 띄워보니 프레임이 다 부식돼서 구멍이 났어요. 이거 수출
못 나갑니다. 폐차해야 하는데, 고철값 빼고 나면 오히려 저희한
테 30만 원을 돌려주셔야겠습니다."

김씨는 황당해서 손이 떨렸습니다. "무슨 소리냐, 어제는 멀쩡
하다며! 거래 안 할 테니 차 돌려달라!" 딜러는 비웃듯 대답했습니

다. "이미 배차 잡혀서 인천 야적장 깊숙이 입고됐고요. 지금 빼려면 위약금이랑 보관료, 탁송비 해서 70만 원 내셔야 합니다. 그리고 말소 안 하고 그냥 두면 자동차세랑 보험료 계속 사장님 앞으로 나가는 거 아시죠? 알아서 하세요." 뚝.

다시 전화를 걸어도 받지 않았습니다. 차는 볼모로 잡혔고 법적 책임은 김씨를 옥죄어왔습니다. 경찰에 신고해도 "민사 사안이라 개입하기 어렵다"는 답변뿐이었습니다. 김씨는 결국 잔금 100만 원을 포기하고 오히려 20만 원을 더 보내주고 나서야 며칠 뒤 겨우 차량 말소증을 받을 수 있었습니다. 250만 원을 기대했던 차가 130만 원짜리가 된 순간, 김씨는 중고차라면 치를 떨게 되었습니다.

사기의 구조적 원인 : 행정적 시차의 덫

왜 이런 사기가 근절되지 않았을까요? 저는 그 원인을 개인의 도덕성이 아닌 시스템의 결함에서 찾았습니다. 내수거래는 구청에 가서 이전등록을 하는 순간 명의와 책임이 즉시 넘어갑니다. 하지만 수출거래는 달랐습니다. 차량을 인도한 시점과 구청에서 수출 말소가 완료되는 시점 사이에 필연적으로 행정적 시차가 발생했던 것입니다. 이 24~48시간의 공백기 동안, 차량은 물리적으로는 업자에게 있지만 법적으로는 판매자의 소유였습니다. 악덕업자들은 바로 이 책임의 공백을 악용하여 인질극을 벌이거나 대포차로 유통했습니다. 시스템이 이 시차를 줄이지 못하는 한, 사기는 계속될 수밖에 없었습니다.

사업자 등록증 확인 : 명함만 믿지 말고 국세청 홈택스에서 사업자 상태(휴/폐업 여부)를 반드시 조회해야 합니다.

계약서 특약 사항 : "차량 인수 후 발생하는 모든 민형사상 책임은 매수인이 진다"는 문구와 함께, "인수 후 24시간 이내 말소 미이행 시 계약을 무효로 하고 위약금을 지급한다"는 특약을 넣어야 합니다.

차량 인수증 및 사진 : 차량을 넘겨줄 때 딜러의 신분증과 함께 차량 앞에서 찍은 사진, 그리고 날짜와 시간이 적힌 인수증을 반드시 확보해야 합니다.

5-2 │ 중고차 수출산업의 현실과 숨겨진 위험

파편화된 시장의 한계

수익의 불균형 : 가치는 높은데, 담을 그릇이 없다

앞서 살펴본 사기가 횡행했던 근본적인 이유는 시장이 고도로 파편화되어 있었고 이를 통제할 시스템이 부재했기 때문입니다. 중고차 수출은 본질적으로 가치의 차익거래였습니다. 데이터는 이 사실을 명확히 증명했습니다. 2020년 1월을 기준점(100)으로 했을 때 내수 중고차 가격지수는 116.2 수준에 머물렀지만, 수출 가격지수는 무려 309.4까지 치솟았습니다. 해외시장에서 한국 차의 가치가 그만큼 높게 평가받고 있었다는 뜻입니다. 하지만 이 높은 부가가치를 정당하게 누려야 할 판매자와 정상적인 딜러들은 시스템의 미비로 인해 이익을 온전히 가져가지 못하고 있었습니다.

영세성의 늪 : 2,000개의 점만 있고 선은 없다

국내 수출물량의 80%를 처리하는 인천항 인근, 특히 송도유원지 일대는 약 2,000여 개(등록/무등록 포함)의 수출업체가 밀집된 거대한 정글이었습니다. 숫자로만 보면 엄청난 규모의 경제가 형성된 것 같지만, 실상은 흩어진 모래알과 같았습니다. 이곳 업체들의 90% 이상은 직원 5명 미만, 심지어 사장 혼자 북 치고 장구 치는 '1인기업'입니다. 일본의 'SBT'나 'BE FORWARD' 같은 거대 중견기업들이 매집부터 검수, 물류, 판매까지 일관된 시스템으로 처리하며 규모의 경제를 실현하는 것과 대조적이었습니다.

한국의 2,000개 업체들은 각자도생하며 출혈경쟁을 벌였습니다. 수출을 체계적으로 지원할 전문적인 쇼링(적재) 업체나 통합 물류 기업조차 부재하여, 개별 업체들이 알음알음 용달차를 부르고 인부들을 고용하는 비효율이 매일 반복되었습니다. 산업이라 부르기엔 민망한, 전형적인 가내수공업 단계에 머물러 있었던 것입니다.

송도 디스카운트 : 진흙탕 위에서 명품을 팔 수 있는가?

송도유원지의 가장 큰 비극은 이곳이 정식 수출단지가 아니었다는 점입니다. 원래는 유원지 부지였으나 개발이 지연되면서 수출업체들이 알박기식으로 들어와 형성된, 기형적인 공간이었습니다. 그러다보니 가장 기본적인 인프라인 주차장조차 제대로 갖춰져 있지 않았습니다.

비만 오면 바닥은 거대한 뻘밭으로 변했습니다. 해외로 나갈 귀한 차들이 진흙탕 속에 바퀴가 잠긴 채 방치되고 하부는 붉게 녹이 슬었습니다. 전기도 제대로 들어오지 않아 발전기를 돌려야 했고 변변한 가로등이나 CCTV도 없었습니다. 밤이 되면 이곳은 우범지대가 되어, 고가의 촉매 변환기나 부품을 훔쳐가는 도난사고가 빈번하게 발생했습니다.

이러한 환경은 송도 디스카운트라는 치명적인 결과를 낳았습니다. 해외 바이어가 한국을 방문했을 때 가장 먼저 마주했던 것이 바로 이 처참한 풍경이었습니다. "이게 한국 1등 수출단지입니까? 내 차가 이런 쓰레기장 같은 곳에 있었나요?" 바이어의 실망감은 곧바로 가격 후려치기로 이어졌습니다. 이런 환경에서 정밀한 차량검수나 상품화(광택, 세차)는 사치였습니다. 결국 저급한 인프라는 저품질 관리를 낳았고 이는 낮은 가격으로 이어지는 악순환의 고리가 되었습니다. "한국 차는 싸니까 산다"라는 오명은 시장 참여자들이 자초한 것이었습니다.

낮은 진입장벽이 부른 저질경쟁의 악순환

중고차 수출업은 특별한 면허나 자격증, 자본금 규정이 없는 자유업이었습니다. 세무서에 가서 사업자 등록만 하면 누구나 내일부터 '글로벌 무역상'이 될 수 있었습니다. 심지어 등록도 안 하고 대포폰 하나 들고 영업하는 나까마들도 부지기수였습니다.

"돈 천만 원만 있으면 시작할 수 있다." 이 달콤한 말에 속아 은퇴자, 청년실업자 등 수많은 사람들이 준비 없이 시장에 뛰어들었습니다. 전문지식도, 자본금도, 해외 네트워크도 없는 그들이 할 수 있는 유일한 생존전략은 무엇이었을까요? 바로 가격파괴와 속여 팔기였습니다.

정상적인 마진을 포기하고 덤핑으로 차를 넘기거나 침수차나 사고차를 무사고로 속여 파는 일이 비일비재해졌습니다. "일단 팔고 보자. 문제 생기면 전화번호 바꾸면 그만이지." 이렇게 시장 물을 흐려놓고 몇 달 뒤 폐업하거나 잠적해버렸습니다. 그리고 그 자리에 또 다른 준비 안 된 신규 진입자가 들어왔습니다. 이 끊임없는 실패와 사기의 회전문이 도는 동안, 성실하게 세금 내고 정직하게 영업하는 기존업체들은 가격경쟁력을 잃고 도산위기에 내몰렸습니다. 악화가 양화를 구축한다는 경제학법칙이 2025년 송도유원지에서 그대로 재현되고 있었던 것입니다.

5-3 │ 호황의 역설
송도의 딜러들은 왜 배고픈가?

"수출은 역대 최고라는데, 우리 지갑은 왜 비어가는가?"

당시 인천 송도유원지의 야적장은 그 어느 때보다 바빴습니다. 컨테이너를 실은 트레일러가 쉴 새 없이 드나들고 매일 수백 대의 차가 번호판을 떼고 선적을 기다렸습니다. 통계상으로도 중고차 수출은 2023년 이후 해마다 최고 실적을 갈아치웠습니다. 하지만 아이러니하게도, 정작 이곳에서 땀 흘려 일하는 한국 토종 딜러들의 표정은 어둡기만 했습니다. 겉으로는 수출호황이었지만, 속을 들여다보면 수익성 악화라는 깊은 늪에 빠져 있었기 때문입니다.

외국인 바이어의 직접 진출 : 파트너에서 포식자로

가장 큰 원인은 시장의 구조적 변화, 바로 외국인 바이어의 법인화 및 직접 진출이었습니다. 과거에는 해외 바이어들이 한국 딜러를 통해 차를 샀습니다. 그들은 한국의 지리를 모르고 경매장 아이디가 없었으며, 말소 절차를 몰랐기에 한국 딜러들에게 중개수수료를 지불했습니다. 국내 딜러들은 그들에게 좋은 차를 찾아주는 파트너였습니다.

하지만 상황은 달라졌습니다. 자금력을 갖춘 해외 거상들이 한국에 직접 법인을 설립하고FDI, 자국 직원을 파견하거나 한국 사정에 밝은 외국인(주로 CIS, 중동 출신 노동자)들을 고용해 직접 차를 매집하기 시작했습니다. 그들은 이제 한국 딜러들에게 차를 사러 오는 손님이 아니라 경매장에서 한국 딜러들과 경쟁하여 입찰하는 강력한 경쟁자가 되었습니다.

마당장사의 몰락 : 우리는 그저 주차장 관리인인가?

이러한 변화 속에서 영세한 국내 수출 딜러들은 설자리를 잃어갔습니다. 외국인 법인들은 막대한 자금력Cash Power으로 대량 매입을 시도하고 본국으로 직수출하며 유통마진을 독식했습니다. 반면 자금력이 부족한 국내 딜러들은 그들에게 차를 공급하는 단순 소싱책 혹은 플랫폼 노동자로 전락했습니다. 힘들게 발품 팔아 차를 구해와도 외국인 바이어가 "이 가격 아니면 안 산다"고 버티면 울며 겨자 먹기로 헐값에 넘길 수밖에 없었습니다. 왜냐하면 그들이 아니면 사줄 사람이 없었기 때문입니다.

"열심히 차 떼다가 마당(야적장)에 세워두면 외국인들이 와서 쏙쏙 골라가요. 우리는 비싼 월세 내고 마당 깔아주는 '주차장 관리인'밖에 안 되는 거죠."

한 딜러의 자조 섞인 한탄은 당시 송도의 씁쓸한 현실을 대변했습니다. 재주는 곰(국내 딜러)이 부리고 돈은 왕서방(외국인 법인)이 버는 구조가 고착화되고 있었던 것입니다.

위험한 거래 : 뜬차의 공포

외국인 딜러들과의 직거래가 늘어나면서, 단순히 마진이 줄어드는 것을 넘어선 법적·금전적 리스크도 급증했습니다. 현장에서 가장 빈번하고 치명적이었던 문제는 바로 말소 미처리로 인한 뜬차였습니다.

• **말소 미처리** : 외국인 딜러가 차량을 인도받아갔음에도 불구

하고 차일피일 미루며 말소 절차를 진행하지 않는 경우가 있었습니다. 서류상 차주는 여전히 판매자(국내 딜러)로 남아 있기 때문에, 차량에 부과되는 세금과 과태료 책임이 고스란히 판매자에게 남았습니다.

- **불법운행 및 사고 책임** : 더 끔찍한 것은 말소되지 않은 차량을 외국인 딜러가 보험도 없이 타고 다니다가 사고를 내는 경우였습니다. 이 경우 사고의 법적 책임이 명의자인 판매자에게 전가될 수 있었습니다. 심지어 일부 악질적인 외국인들은 번호판을 떼어버리고 본국으로 출국해버리는 '먹튀'를 하기도 했습니다. 잡을 방법도, 보상받을 길도 막막했습니다.

- **사기 및 허위거래** : 최고가 매입을 미끼로 차량을 먼저 가져간 뒤 대금을 지급하지 않고 잠적하거나 계약서나 세금계산서 발행을 거부하는 '깜깜이거래'도 성행했습니다.

이들은 국내법의 사각지대에 있거나 언제든 출국하면 그만이라는 태도를 보였기에, 문제가 발생했을 때 해결이 매우 어려웠습니다. 결국 거래 전 반드시 대금을 다 받고 말소증을 눈으로 확인할 때까지 긴장을 놓지 말아야 한다는 것이 현장의 슬픈 철칙이 되었습니다. 호황이라는데, 거래는 더 불안해진 역설적인 상황이었습니다.

5-4 | 무너진 5개의 기둥
물류, 마케팅, 애프터마켓, 인프라, 금융의 현주소

시장이 겪었던 이 고통의 원인은 무엇이었을까요? 단순히 경기가 나빠서가 아니었습니다. 중고차 수출이라는 거대한 비즈니스의 모든 디테일을 이 지면에서 다룰 수는 없겠지만, 저는 현장에서 뼈저리게 느꼈던 가장 치명적이고 시급한 문제들을 5가지 핵심 영역으로 압축했습니다. 이 산업을 지탱해야 할 5개의 기둥이 뿌리째 흔들리고 있었기 때문입니다. 저는 당시 제기된 문제의 본질을 5가지 영역으로 나누어 냉철하게 진단했었습니다. 이것은 마치 기둥이 썩어가는 펜타곤과 같았습니다.

애프터마켓의 부재 : 국제 고아가 된 한국 차

당시 수출업체들은 차를 파는 데만 급급했습니다. 그 차가 몽골의 초원에서 고장났을 때 요르단의 사막에서 부품이 필요할 때 아무런 대안을 주지 못했습니다. 사후관리가 없는 수출은 단발성 거래에 불과했습니다. 부품공급망이 끊긴 상태에서 한국 차는 해외에서 고장나면 버려지는 고아 신세가 되었습니다. 실제로 요르단 자르카 프리존에서 만난 바이어 아흐메드는 제게 이렇게 토로했습니다. "Kevin, 한국 차는 가성비가 좋지만, 범퍼 하나를 구하려면 폐차장을 3일 동안 뒤져야 해요. 일본 차는 주문하면 다음날 배달되는데 말이죠." 부품공급망이 끊긴 한국 차는 그들에게 '수리해서 타는 차'가 아니라 '고장나면 버리는 일회용 차'로 인식되고 있었습니다. 지속 가능한 성장을 기대하는 것은 어불성설이었습니다. 이는 단순한 불편함이 아니라 브랜드 가치를 갉아먹는 치명적인 약점이었습니다.

물류 시스템의 낙후 : 아직도 엑셀 지옥에서 배차하나?

2025년에도 시장은 1990년대 방식의 물류를 고수하고 있었습니다. 바이어는 내 차가 어디 있는지 전화로 물어봐야 했고 직원들은 엑셀시트를 뒤적이며 전화통에 고함을 질러야 했습니다. 선적 스케줄은 수기장부나 엑셀파일로 관리되었기에 누락이나 오류가 빈번했습니다. 선복량이 부족하면 속수무책으로 당하고 운임이 오르면 고스란히 마진을 깎아먹었습니다. 실제로 송도 현장에서 조사한 데이터에 따르면 선적지연과 서류 오기재로 인해 발생하는 불필요한 비용이 차량 1대당 마진의 약 15~20%를 갉아먹고 있었습니다. 이는 순이익 50만 원 중 10만 원을 길바닥에 버리는 것과 같습니다. 통제되지 않는 물류는 단순한 불편함이 아니라 우리의 지갑을 터는 구멍이었습니다.

마케팅의 수동성 : 감나무 밑에서 입만 벌리고 있을 것인가?

마케팅은 지나치게 수동적이었습니다. 바이어가 제 발로 송도에 찾아오거나 알음알음 소개받기만을 기다리는 천수답영업이었습니다. 우리 회사가 왜 믿을 만한지, 이 차가 왜 좋은지를 증명할 브랜딩이 전무했습니다. 데이터 기반의 타겟팅은커녕, 누가 우리 차를 사가는지에 대한 기본적인 고객 데이터CRM조차 없었습니다. 결국 남들이 다 하는 가격경쟁에만 매몰되어 제 살 깎아먹기 식의 출혈경쟁을 반복할 뿐이었습니다. 정작 우리만의 고유한 가치를 보여주지 못하고 있었습니다.

인프라의 빈곤 : 슬럼가에서 명품을 팔 수 있는가?

비포장 흙바닥, 전기조차 제대로 들어오지 않는 컨테이너 사무실. 이것이 대한민국 중고차 수출의 현주소였습니다. 이런 환경에서 고가의 하이브리드 차량이나 전기차를 제대로 검수하고 전시할 수 있을까요? 바이어가 진흙탕을 걸어와서 수천만 원짜리 차를 계약해야 하는 상황은 코미디에 가까웠습니다. 이는 단순한 불편함의 문제가 아니었습니다. 바이어에게 "이 차는 관리가 안 된 차"라는 무언의 신호를 보내는 것이나 다름없었습니다. 일본의 수출업체들이 JEVIC(일본수출자동차검사협회)의 'QR코드 인증서'를 내밀 때 한국 시장은 '진흙 묻은 타이어'를 보여주고 있었습니다. 이것은 단순한 환경의 차이가 아닙니다. '1류산업'과 '3류장사'의 격차였습니다. 인프라가 바뀌지 않으면 우리는 영원히 저가 시장의 굴레를 벗어날 수 없었습니다.

금융의 고립 : 현금다발 들고 다니는 돈맥경화

송금하는 데 3일이 걸리고 수수료로 수십만 원을 떼이며,

환율변동에 밤잠을 설쳤습니다. 여전히 현금뭉치를 들고 다니는 전근대적인 결제방식은 거래의 투명성을 해치고 자금회전을 막는 가장 큰 걸림돌이었습니다. 바이어들은 현금을 들고 다니다 강도를 당할까 두려워했고 은행은 출처가 불분명한 자금이라며 송금을 거절하기 일쑤였습니다. 돈이 혈관을 타고 돌지 못하니 비즈니스 전체가 돈맥경화에 걸려 신음하고 있었습니다. 경쟁자들이 엔화 송금 앱으로 10분 만에 결제를 끝낼 때 한국의 바이어는 '달러 뭉치'를 복대에 차고 환전소를 찾아헤매고 있었습니다. 금융의 혁신 없이는 거래의 속도도, 규모도 키울 수 없었습니다.

5-5 │ 악순환을 끊는 5대 핵심 미션
신뢰붕괴의 악순환고리

지금까지 우리는 2025년의 수출통계 뒤에 숨겨져 있었던 '불편한 민낯'을 회고해 보았습니다. 파편화된 시장, 기승을 부리는 사기, 외국 자본에 종속되어가는 딜러들, 그리고 무너진 5개의 기둥. 이 모든 현상은 하나의 고리로 연결되어 있었습니다. 저급한 인프라가 저품질 상품화를 낳았고 이는 바이어의 불신으로 이어졌습니다. 결국 가격 후려치기를 당해 수익이 악화되면 다시 인프라에 재투자할 여력이 없어지는 영세성의 늪에 빠지게 되었습니다.

문제를 정확히 안다는 것은 이미 해결의 실마리를 잡았다는 뜻이기도 했습니다. 이 악순환의 고리를 끊고 대한민국 중고차 수출산업을 '100조 원 시장'에 걸맞은 글로벌 스탠다드로 격상시키기 위해, 저는 다음의 '5대 핵심 미션'을 제안했습니다. 이것은 단순한 개선안이 아니라 생존을 위한 필수적인 피벗 전략이었습니다.

미션1 : 애프터마켓의 가치 사슬 확장

과거의 "팔고 나면 끝"이라는 단절된 사고방식은 더 이상 유효하지 않습니다. 부품공급망의 부재로 인한 '한국 차는 일회용'이라는 오명을 벗어야 합니다. 저는 차를 파는 딜러가 아니라 차량의 생애주기를 관리하는 솔루션기업으로의 진화를 제안합니다. 폐차장의 잔존물을 자원화하여 부품으로 공급하고 현지 정비소와 연계한 A/S 네트워크를 구축해야 합니다. 이것은 버려지던 것들을 황금으로 바꾸는 고부가가치 전략이자, 바이어를 생태계에 묶어두는 락인 효과를 창출할 것입니다.

미션2 : 물류의 디지털 통제권 확보

엑셀과 수기장부에 의존하는 주먹구구식 물류로는 글로벌 경쟁력을 가질 수 없습니다. 통제 불가능한 비용과 예측 불가능한 일정은 리스크일 뿐입니다. 저는 선적 스케줄, 화물위치 추적, 비용 정산까지 모든 과정을 디지털데이터로 통제할 것을 제안합니다. 스마트 물류 시스템을 통해 보이지 않는 비용을 찾아내고

바이어에게 실시간 위치정보를 제공함으로써 '예측가능성'이라는
신뢰자산을 확보하는 것이 시급합니다.

미션3 : 신뢰의 제도화 및 브랜딩

가격경쟁에만 매몰된 수동적 영업은 한계에 다다랐습니다. 싸구려 이미지에 갇힌 한국 중고차 브랜드를 탈피해야 합니다. 이제 감으로 차를 파는 시대는 끝났습니다. 저는 엄격한 CPO(인증 중고차) 시스템을 도입하여 품질을 데이터로 증명하는 전략을 제시합니다. 바이어가 오기를 기다리는 것이 아니라 투명한 검수 리포트와 체계적인 브랜딩을 통해 바이어의 마음을 선제적으로 훔쳐야 합니다. 신뢰를 시스템화하여 제값을 받는 시장을 만드는 것이 마케팅의 본질입니다.

미션4 : 하드웨어 인프라의 현대화

송도유원지의 진흙탕과 컨테이너 사무실은 글로벌 비즈니스의 격을 떨어뜨리는 낙후된 환경입니다. 이제 슬럼가를 벗어나 산업의 격을 높여야 할 때입니다. 저는 비가 와도 차가 더러워지지 않는 포장된 야적장, 원스톱 행정처리가 가능한 비즈니스센터, 그리고 최첨단 검수장비를 갖춘 스마트 수출 클러스터 구축을 제안합니다. 이는 단순한 부동산 개발이 아니라 산업의 존엄성을 회복하고 지속가능한 성장을 담보하는 물리적 토대입니다.

미션5 : 핀테크 기반의 금융혁신

현금뭉치를 들고 다니는 전근대적 결제방식과 환율 리스크, 송금 지연은 심각한 '돈맥경화'를 유발합니다. 돈이 막힘없이 흘러야 비즈니스도 성장합니다. 저는 블록체인과 스테이블코인 같은 핀테크 기술을 도입하여 국경 간 결제의 속도와 투명성을 혁신할 것을 제안합니다. 에스크로 시스템으로 먹튀 공포를 없애고 금융비용을 획기적으로 낮춰 유동성을 공급하는 것. 이것이 바로 100조 시장을 여는 마지막 열쇠입니다.

위기는 위험과 기회의 준말이라고 합니다. 2025년의 혼돈은 어쩌면 대한민국 중고차 수출이 진정한 글로벌 산업으로 도약하기 위해 반드시 거쳐야 할 성장통이었을지도 모릅니다. 이제 그 통증을 치유하고 더 단단해질 시간입니다.

선진국의 인건비와 개도국의 기술력을 잇는 비용의 미학

"왜 고장난 차를 그대로 수출합니까? 싹 수리해서 비싸게 팔면 더 좋지 않나요?"

2026년의 시점에서 지난 시간을 되돌아보면 중고차 수출을 처음 시작하는 분들이 가장 많이 던졌던 질문이 바로 이것이었습니다. 얼핏 들으면 타당한 말처럼 들립니다. 깨끗하게 수리해 상품성을 높이면 더 비싼 값을 받고 클레임도 줄일 수 있을 테니 요. 하지만 제 계산기는 늘 다른 답을 내놓았습니다. 그것은 '시장'을 모르는 순진한 발상입니다.

냉정한 현실을 직시해야 합니다. 2026년 현재, 대한민국은 명실상부한 선진국입니다. 최저임금은 이미 오래전 1만 원을 훌쩍 넘겼고 숙련된 정비사의 공임은 시간당 수만 원을 호가합니다. 국내의 PDI(출고 전 검사 및 정비) 비용구조는 이미 임계점을 넘었습니다. 반면 우리의 주력 수출국인 중동, 아프리카, 중앙아시아, 남미는 어떻습니까? 그곳의 정비기술은 다소 투박할지 몰라도 인건비는 한국의 5분의 1, 심지어 10분의 1 수준에 불과합니다. 여기서 바로 중고차 비즈니스의 핵심인 비용의 딜레마가 발생합니다.

한국에서 100만 원을 들여야 고칠 수 있는 범퍼와 펜더를, 현지에서는 단돈 20만 원이면 감쪽같이 복원해냅니다. 한국에서 비싼 인건비를 태워 완벽한 차를 만들면 그 차는 현지 바이어에게 '가격경쟁력을 상실한, 매력 없는 사치품'이 될 뿐입니다. 결국 글로벌 중고차시장은 명확하게 두 가지로 양분되었습니다. 하나는 신차급 컨디션으로 신뢰와 품질을 파는 하이엔드High-end 시장이고 다른 하나는 굴러만 가면 된다는 실용주의가 지배하는 로엔드Low-end 시장입니다. 여기서는 오직 가격만이 정의입니다.

제가 주목하는 애프터마켓의 핵심은 바로 두 번째 시장에 있습니다. 비싼 인건비를 들여 완제품을 만들어 보내는 것이 아니라 그들이 저렴한 인건비로 직접 가치를 창출할 수 있도록 원재료(잔존물, 부품)를 효율적으로 공급하는 것. 이것이 바로 글로벌 분업구조에 입각한 가장 현실적이고 영리한 생존전략입니다. 이러한 전략을 바탕으로 성장한 기업들의 현장 속으로 들어가 보겠습니다.

[Story] 벵가지의 40도 열기, 멈춰선 쏘나타의 절규

지중해의 습한 바람과 사하라사막의 건조한 모래가 뒤섞이는 리비아 제2의 도시, 벵가지. 도시 외곽에 위치한 알-카라마 정비단지는 오늘도 40도가 넘는 폭염 속에서 끓어오르고 있습니다. 훅 끼쳐오는 열기 속에는 매캐한 디젤 엔진오일 냄새와 쇠를 깎는 그라인더의 날카로운 소음, 그리고 여기저기서 고함을 지르는 아랍어의 억양이 뒤섞여 있습니다. 그 혼돈의 한복판, 모래바람을 하얗게 뒤집어쓴 2012년식 은색 현대 쏘나타 한 대가 보닛을 입처럼 벌린 채 멈춰 서 있습니다.

기름때와 땀으로 범벅이 된 작업복을 입은 현지 정비사 아흐메드의 거친 손이 쏘나타의 엔진룸을 더듬습니다. 그의 표정은 난감함 그 자체입니다. 라디에이터 상부 호스가 터져 냉각수가 줄줄 새어나와, 메마른 모래바닥을 검게 적시고 있기 때문입니다. 한국의 카센터였다면 커피 한 잔 마실 시간이면 끝날 단순한 정비지만, 이곳 벵가지에서는 생존이 걸린 문제입니다. 아흐메드는 벌써 3일째 이 호스 하나를 구하지 못해 폐차장을 전전했습니다.

"야! 아흐메드! 도대체 내 차는 언제 고쳐줄 거야? 나도 처자식 먹여 살려야 할 거 아냐!"

차주인 택시기사 무함마드의 고함소리가 정비소의 양철지붕을 때립니다. 그에게 이 낡은 쏘나타는 단순한 이동수단이 아닙니다. 다섯 식구의 생계를 책임지는 유일한 밥줄이자, 전쟁 이후 무너진 삶을 지탱하는 마지막 희망입니다. 차가 멈춘 하루하루는 그에게 곧 굶주림의 공포입니다.

그 절박한 순간, 저 멀리 뿌연 흙먼지를 일으키며 낡은 1톤 트럭 한 대가 정비소 마당으로 들어옵니다. 한국의 수출업체 '케빈무역'이 보낸 컨테이너에서 막 내린 부품들을 싣고 온 보급 트럭입니다. 아흐메드의 눈이 번쩍 뜨입니다. 그가 트럭 짐칸으로 달려가 거칠게 박스를 뜯어냅니다.

박스 안에는 그가 기다리던 순정부품 로고가 선명한 라디에이터와 호스 세트가 담겨 있습니다. 아흐메드가 부품을 높이 쳐들자, 무함마드의 얼굴에 안도의 미소가 번집니다. 그것은 단순한 고무 호스와 알루미늄 덩어리가 아니었습니다. 멈춰버린 무함마드의 일상을 다시 뛰게 할, 사막 건너편에서 날아온 심장이었습니다.

틈새를 뚫는 게릴라들

보이지 않는 철옹성, 대기업의 순정 통제망

많은 분들이 2020년대 초반까지만 해도 순진하게 생각했습니다. "현대차 부품이요? 그냥 동네 부품대리점에서 사서 컨테이너에 실어보내면 되는 거 아니에요?"

천만의 말씀입니다. 현장의 현실은 냉혹했습니다. 현대모비스를 비롯한 국내 대기업 부품사들은 자사의 글로벌 공급망을 철저히 보호하기 위해 보이지 않는 철옹성을 쌓았습니다. 그들은 해외 현지법인이나 공식 딜러망을 통해 비싼 가격에 정품 부품을 유통하고 있었고 한국에서 저렴한 내수용 부품이 병행수입 형태로 흘러들어가 현지 시장가격을 교란하는 것을 결코 용납하지 않았습니다.

이것은 일종의 견고한 폐쇄적 공급망이었습니다. 국내 부품대리점들은 본사의 엄격한 감시망 아래 놓여 있었습니다. 내수용 부품을 대량으로 사들여 수출하려는 징후가 포착되면 해당 대리점은 경고장을 받거나 심할 경우 대리점 코드가 삭제되어 하루아침에 장사를 접어야 했습니다.

이 때문에 2025년경 수출업체들은 부품을 구하기 위해 007작전을 방불케 하는 노력을 기울여야 했습니다. 직원을 시켜 10군데 대리점을 돌며 부품을 하나씩 사모으거나 웃돈을 얹어주고 뒷문으로 물건을 빼내는 일이 비일비재했습니다. 공식 루트로는 부품을 제때 저렴하게, 그리고 대량으로 공급하는 것이 구조적으로 불가능했던 것입니다.

10년 묵은 명차의 비애 : 돈을 줘도 못 구한다

또 다른 문제는 단종이라는 시간의 벽이었습니다. 2026년 현재, 수출시장의 주력 차종은 여전히 YF쏘나타, 아반떼 MD, 그랜저 HG, 싼타페 DM 등 연식이 10년을 훌쩍 넘긴 명차들입니다. 이 차들은 국내 도로에서는 자취를 감췄지만, 해외에서는 여전히 현역으로 맹활약하고 있습니다.

하지만 이 차들의 순정부품은 국내에서도 멸종위기입니다. 완성차업체는 법적으로 단종 후 8년까지만 부품 보유 의무를 지기 때문입니다. 생산 라인은 멈췄고 물류센터의 재고는 바닥났습니다. 간혹 재고가 남아 있어도 희소성 때문에 가격이 천정부지로 치솟아, 배보다 배꼽이 더 큰 상황이 연출되곤 했습니다. 부품이 없어 차를 못 고치는 '정비난민'이 해외뿐만 아니라 국내에서도 발생하기 시작했던 것이 바로 이 시기입니다.

아프리카의 전설이 된 30만㎞ 그랜저 택시

여기 재미있는, 하지만 뼈 있는 이야기를 하나 해드리겠습니다. 한국에서는 10년이 넘고 주행거리가 30만㎞가 넘은 그랜저 HG 택시라고 하면 어떤 취급을 받습니까? 폐차장에서도 고철값이나 쳐주면 다행이라며 손사래치는, 그야말로 수명을 다한 고물 취급을 받습니다.

하지만 아프리카, 특히 가나나 나이지리아 같은 서아프리카시장에서는 이야기가 완전히 달라집니다. 현지 바이어들은 이 낡은 택시를 '코리안 벤츠'라고 부르며 극진히 모셔갑니다. 한국의 도로 위에서 30만㎞를 묵묵히 달려온 그랜저 택시의 엔진은, 현지의 거친 비포장도로와 무더운 날씨 속에서도 끄떡없이 버티는 경이로운 내구성을 자랑하기 때문입니다.

그들에게 주행거리는 숫자에 불과합니다. "한국 택시기사들은 차 관리에 목숨을 건다"는 믿음이 있기 때문입니다. 실제로 30만㎞를 뛴 택시 엔진을 열어보면 오일 누유 하나 없이 깨끗한 경우가 허다합니다. 이 강인한 심장을 가진 그랜저 택시는 현지에서 VIP 의전용 차량이나 고급 택시로 제2의 전성기를 누립니다. 껍데기는 낡았을지언정, 그 안에는 'Made in Korea'의 혼이 살아 숨쉬고 있는 것입니다.

문제는 이 전설의 명차들도 결국엔 기계라는 점입니다. 가혹한 환경에서 달리면 서스펜션이 나가고 라디에이터가 터집니다. 그런데 한국에서는 이미 단종되어 부품을 구할 길이 막막합니다. 차는 멀쩡한데 부품 하나가 없어 멈추는 비극이 벌어지는 것이죠.

가성비의 역습과 신뢰의 위기 : OE 부품 유통의 재발견

그럼에도 불구하고 부품수출은 멈추지 않았습니다. 아니,

오히려 더 뜨거워졌습니다. 한국무역협회의 통계를 분석해보면 글로벌 경기침체로 완성차 수출이 주춤할 때조차 부품수출 그래프는 꾸준히 우상향 곡선을 그렸습니다.

이유는 간단합니다. 전 세계 도로 위를 달리는 수천만 대의 한국 차들은 경기가 좋든 나쁘든 매일매일 브레이크 패드를 닳게 하고 범퍼를 깨먹고 오일 필터를 더럽히기 때문입니다. 완성차 구매가 선택의 영역이라면 고장난 차를 고치는 것은 생존의 영역입니다.

이 거대한 수요 앞에서 중국발 저가공세라는 강력한 도전에 직면했습니다. 중국은 세계의 공장답게 상상을 초월하는 저가부품으로 아프리카와 중동시상을 융단폭격했습니다. 하지만 빛이 강하면 그림자도 짙은 법입니다. 중국산 저가부품, 특히 브랜드만 흉내낸 가짜 부품들이 내구성을 담보하지 못하고 빈번한 고장을 일으키자, 현지 바이어들 사이에서는 신뢰의 위기가 찾아왔습니다. 싼 게 비지떡이라는 것을 뼈저리게 경험한 것이죠.

바로 이 지점에서 OE 부품 유통망이라는 새로운 길의 개척이 필요합니다. OE 부품이란 완성차에 납품하는 것과 동일한 공장에서 생산되지만, 자동차제조사의 로고 대신 부품 제조사의 자체 브랜드를 달고 나오는 제품을 말합니다.

"파란 박스가 아니어도 됩니다. Made in Korea면 됩니다."

현지 바이어들의 요구는 명확했습니다. OE 부품은 순정품 대비 가격이 30~40% 저렴하면서도, 품질은 100% 동일합니다. 무엇보다 'Made in China'가 줄 수 없는 내구성에 대한 확신을 줍니다. 저는 국내의 기술력 있는 중소·중견 강소기업들과 협력하여 브레이크 패드, 필터류, 서스펜션 부품 등을 한국산 OE 부품 패키지로 만들어져야 합니다.

중국산 짝퉁부품에 지친 바이어들에게 이 패키지는 가성비와 신뢰를 동시에 잡은 완벽한 대안이 되었습니다. 대기업이 막아놓은 순정품 유통망의 틈새를, 저는 OE라는 무기로 뚫어낸 것입니다. 이것이 바로 거대자본이 지배하는 부품시장에서 살아남은 게릴라들의 생존전략입니다.

6-2 | 폐차장의 재발견
잔존물이라는 이름의 보물지도

우리가 흔히 폐차장이라고 부르는 곳의 정식 명칭은 자동차 해체 재활용업체입니다. 뉘앙스가 완전히 다릅니다. 폐차장이 자동차의 무덤이라면 해체 재활용업체는 부품과 자원이 부활하는 산실입니다.

최근 중고차 수출시장에서 가장 뜨거운 화두는 단연 잔존물입니다. 멀쩡한 중고차가 아니라 사고가 나거나 물에 잠겨 보험사로부터 전손 판정을 받은 차들, 혹은 수명을 다해 폐차장으로 들어온 노후차량들이야말로 수출업자들에게는 흙 속에 묻힌 진주와 같습니다.

업계에서 말하는 잔존물의 핵심은 경제적 가치의 차이에 있습니다.

- **보험 전손차량의 역설** : 한국에서는 가벼운 접촉사고라도 수리비가 차량가액을 초과하면 전손 처리됩니다. 인건비가 비싸고 사고차에 대한 인식이 나쁘기 때문입니다. 엔진과 미션이 멀쩡해도 범퍼와 펜더가 나갔다는 이유로 고철 취급을 받습니다.
- **수출시장의 시각** : 하지만 인건비가 저렴한 개발도상국 바이어에게 이 차는 로또입니다. 한국에서 300만 원 견적이 나오는 판금 도색 작업이 현지에서는 30만 원이면 해결됩니다. 찌그러진 문짝은 펴면 되고 깨진 범퍼는 꿰매면 됩니다. 그들에게 중요한 건 껍데기가 아니라 심장이 뛰느냐입니다.

이 가치의 차이를 꿰뚫어본 기업들이 등장하면서 시장은 요동치기 시작했습니다.

잔존물 공매 플랫폼의 혁신 : 시장을 뒤흔든 디지털 삼각편대

이 잔존물 시장의 판도를 바꾼 세 가지 비즈니스 모델이 있습니다. 태생과 접근 방식은 달랐지만, 결국 디지털과 수출이라는 키워드로 수렴하는 '오토위니AutoWini' '해피카매니아Happy Car Mania', 그리고 '조인스오토Joins Auto'입니다.

① 오토위니 : 한국의 폐차를 전 세계의 보물로

오토위니는 태생부터 철저하게 수출을 타깃으로 설계된 글로벌 B2B 플랫폼입니다. "한국에서는 폐차지만, 당신 나라에서는 보물이지 않습니까?"라는 메시지로 전 세계 바이어들을 사로잡았습니다.

- **기업 소개 및 특징** : 오토위니는 국내 폐차장 및 수출업체와 전 세계 200여 개국 바이어를 직접 연결하는 직수출 마켓플레이스입니다. 과거 오프라인 딜러를 통해 알음알음 거래되던 방식을 100% 온라인으로 전환시켰습니다. 특히 사진과 동영상, 그리고 자체 검수 리포트를 통해 바이어가 한국에 오지 않고도 차량 상태를 확인할 수 있게 하여 비대면수출의 표준을 만들었습니다.

- **성장성** : 2019년 약 2만8천 대였던 온라인 수출대수는 2021년 4만 대를 돌파하며 누적 거래액 1억 달러(약 1,300억 원)를 달성했습니다. 2024년 현재는 누적 수출 10만 대를 훌쩍 넘기며, 명실상부한 '중고차 수출의 아마존'으로 자리잡았습니다. 회원 수만 60만 명이 넘는 이 플랫폼은 한국산 잔존물이 글로벌시장에서 얼마나 강력한 상품성을 갖는지 증명하는 살아있는 지표입니다.

② 해피카매니아 : 수출호황이 쏘아올린 내수 공매의 잭팟

해피카매니아는 2009년 설립된 '보험 잔존물 공매 1위 기업'입니다. 초기에는 국내 1급공업사나 부품업자들이 사고차를 낙찰받아 수리하거나 부품용으로 쓰는 폐쇄적인 내수 리그였습니다. 하지만 최근 수출호황은 이 회사의 위상을 완전히 바꿔 놓았습니다.

- **기업 소개 및 특징** : 국내 주요 손해보험사 및 공제조합과 계약을 맺고 사고로 전손 처리된 차량을 독점적으로 공매에 부칩니다. 연간 처리 물량만 2만 대가 넘으며 이는 국내 발생 잔존물의 약 25%에 달하는 압도적인 점유율입니다.
- **성장성** : 해피카매니아의 실적은 수출 바이어의 유입과 정비례하여 폭발적으로 성장했습니다.

  2016년 : 매출 실거래 금액 약 203억 원

  2019년 : 약 235억 원(완만한 성장)

  2021년 : 약 368억 원(수출 수요 증가 시작)

  2022년 : 약 476억 원(수출 슈퍼사이클 도래)

  2024년 : 약 425억 원(안정적인 고성장 유지)

과거에는 국내업자가 100만 원을 부르던 아반떼 사고차를, 리비아 바이어가 200만 원에 낙찰받는 현상이 속출하면서 낙찰가가 급등했습니다. 이제 해피카매니아는 내수용 플랫폼을 넘어, 수출 물량을 공급하는 거대한 '도매 허브'로서 수출 딜러들의 필수 접속 사이트가 되었습니다.

③ 조인스오토 : 규제를 뚫고 폐차의 A to Z를 완성하다

가장 극적인 혁신 사례는 '조인스오토'입니다. 이들은 폐차시장의 가장 큰 장벽인 규제와 정면으로 맞서 싸우며 B2C 폐차 플랫폼을 개척했습니다.

- **기업 소개 및 특징** : 기존에는 관청 허가를 받은 폐차장만이 폐차 영업을 할 수 있었습니다. 조인스오토는 이 장벽에 막혀 사업 중단 위기까지 갔으나 2019년 과학기술정보통신부의 ICT 규제 샌드박스 1호 실증 특례를 받아내며 "플랫폼을 통한 폐차 중개도 가능하다"는 합법적인 길을 열었습니다. 이는 폐쇄적이던 폐차시장을 투명한 경쟁 입찰시장으로 바꾼 역사적인 사건입니다.
- **성장성 및 제휴 전략** : 이 혁신성을 알아본 국내 1위 내 차 팔기 서비스 '헤이딜러'가 전략적 투자를 단행했습니다. 이로써 중고차 판매(헤이딜러)에서 상품성이 떨어져 탈락한 차량들이 자연스럽게 폐차 경매(조인스오토)로 넘어오는 거대한 순환 생태계가 완성되었습니다.
- **누적 거래액** : 2022년 기준 320억 원 돌파
- **최근 동향** : 2025년 12월, 폐차 빅데이터를 활용해 전국의 부품용 차량 재고를 연결해주는 부품 차량 찾기 서비스를 오픈하며 애프터마켓 영역으로 비즈니스를 확장하고 있습니다.

폐차 프로세스 : 해체는 단순노동이 아닌 기술이다

잔존물이 진짜 가치를 가지려면 체계적인 해체 프로세스가 필수적입니다. 이것은 무작정 뜯어내는 파괴가 아니라 가치를

추출하는 정교한 마이닝Mining 공정입니다.

- **[Step 1] 입고 및 친환경 사전처리** : 차가 들어오면 가장 먼저 엔진오일, 냉매 등 환경오염 물질을 회수합니다. 이는 친환경 수출의 기본 조건입니다.

- **[Step 2] 핵심부품 정밀 적출** : 숙련된 기술자가 엔진, 미션 등 고부가가치 부품을 손상 없이 떼어냅니다. 중요한 건 테스트입니다. 엔진 시동을 걸어 압축비를 확인하고 등급(A/B급)을 매겨야 비싼 상품이 됩니다.

- **[Step 3] 차체 절단 및 가공** : 노즈 컷Nose-cut, 차량의 전면부를 통째로 잘라냅니다. 선년 사고가 많은 국가에서 가장 선호하는 방식입니다. 하프 컷Half-cut, 차량을 반으로 잘라 부피를 줄입니다.

- **[Step 4] 적재 및 자원순환** : 모든 유가물을 떼어낸 껍데기는 압축기에 들어가 고철이 됩니다. 반면 정성스럽게 분리된 부품들은 컨테이너에 테트리스 하듯 빈틈없이 적재되어 수출길에 오릅니다. 이 적재기술이 곧 마진입니다.

결국 폐차장은 자동차 생애주기의 끝이 아니라 부품수출의 시작점이자 자원순환의 허브입니다. 오토위니, 해피카매니아, 그리고 조인스오토 같은 플랫폼들이 이 허브를 디지털로 연결하며 판을 키우고 있습니다. 우리는 이제 낡은 차를 보는 것이 아니라 그 안에 숨겨진 부품과 자원의 가치를 꿰뚫어보는 '투시력'을 가져야 합니다.

6-3 | **틈새를 수익으로 바꾸는 연금술**
3가지 실전 돌파전략

대기업의 견제와 단종된 부품이라는 척박한 환경 속에 놓여 있지만, 길이 없는 것은 아닙니다. 저는 여기서 기존의 방식을 뒤집는 세 가지 실전 돌파전략을 제시합니다. 특히 '암묵적 물류'와 '기술적 개조'라는 개념에 주목해야 합니다.

없으면 우리가 만든다 : OE 부품과 규모의 경제

도미니카 공화국이나 리비아 같은 곳으로 수출된 YF쏘나타들은 현지의 거친 도로 사정과 운전습관 때문에 접촉사고가 잦습니다. 엔진은 멀쩡한데 범퍼가 깨지고 사이드미러가 날아가고 헤드라이트가 박살난 차들이 수두룩합니다. 하지만 이런 외장부품은 판금으로 펴서 쓸 수 있는 영역이 아닙니다. 교체만이 답입니다. 그런데 앞서 말했듯 순정품은 단종되었거나 구하기 어렵고 가격이 너무 비쌉니다.

여기서 대체부품 시장의 가능성이 열립니다. 대한민국에는 기술력은 좋지만 대기업 납품이 끊기거나 판로가 없어 고전하는 중소 부품업체들이 많습니다. 이들과 협력하여 수출 주력 차종의 다빈도 교체부품을 금형을 떠서 자체 생산하거나 품질 좋은 비순정품을 대량으로 확보하는 전략입니다.

물론 금형비가 비싸기 때문에 소량생산으로는 단가를 맞출 수 없습니다. 하지만 제가 확보한 수출물량을 묶는다면 이야기가 달라집니다. 이것이 바로 규모의 경제입니다. 내수용으로도 구하기 힘든 부품을 저렴하게 공급할 수 있다면 그것은 단순한 수출용 부품 판매가 아니라 국내 노후차량 정비시장까지 아우르는 거대한 유통 비즈니스가 될 수 있습니다. 실제로 저는 과거 아반떼 MD의 고질병인 'MDPS 커플링' 부품을 국내 제조사와 협력해 대량생산하여 수출차량에 기본 장착해 보내는 서비스를 기획한 적이 있습니다. 이 작은 부품 하나가 현지 바이어들에게는 "역시 한국 차는 다르다"라는 감동을 주는 결정적인 '한방'이 되었습니다.

가치를 창조하는 마법 : 기술적 개조

폐차장의 역할은 단순히 부품을 뜯어내는 데서 그치지 않습니다. 때로는 차량의 성격을 완전히 바꾸는 '개조Modification의 기지'가 되기도 합니다. 제가 10년 전, '우신'이라는 업체에서 기획하고 실행했던 'LPG 개조 프로젝트'가 가장 좋은 예시입니다.

당시 요르단은 한국 중고차의 최대시장이었지만, 정부 규제로 인해 LPG 차량 수입이 막히거나 LPG 인프라 부족으로 인해 현지에서 LPG 차를 기피하는 현상이 발생했습니다. 반면 한국에는 렌터카와 택시 부활차로 나온 YF쏘나타, K5 LPG 차량이 넘쳐나는데, 팔 곳이 없어진 것입니다. 공급은 넘치는데 수요가 막혀버린, 전형적인 동맥경화 상황이었습니다.

저는 역발상을 했습니다. "안 팔리는 LPG 차를, 없어서 못 파는 휘발유 차로 바꾸자." 멀쩡한 LPG 엔진LPI을 들어내고 폐차장에서 구한 A급 휘발유 엔진GDI/CVVL과 연료통, 그리고 복잡한 배선을 이식했습니다. 마지막으로 ECU를 휘발유 로직에 맞춰 세팅하는 것으로 개조를 완성했습니다.

솔직히 말씀드리면 이 시도가 처음부터 순탄했던 것은 아닙니다. 엔진과 차체의 밸런스를 맞추는 과정에서 시행착오도 많았습니다. 하지만 이 기술적 도전은 요르단 시장의 규제강화와 전 세계적으로 LPG 인프라가 부족하다는 구조적 한계 속에서, 수출 불가능했던 악성재고를 수출 가능한 상품으로 전환시켰다는 점에서 매우 의미 있는 대안적 돌파구였습니다. 당시 공급과잉 상태였던 LPG 차량의 숨통을 틔워준, 생존을 위한 처절한 기술적 몸부림이었던 셈입니다. 이 경험은 저에게 "안 되면 되게 하라"라는 특전사 구호가 비즈니스에서도 통한다는 확신을 심어주었습니다.

빈 공간을 돈으로 채우는 기술 : 암묵적 물류

저는 이 개념을 암묵적 물류라고 명명하고 싶습니다. 서류상으로는 자동차 한 대를 수출하는 것이지만, 실제로는 그 차 안에 수많은 부가가치를 숨겨 보내는 전략입니다. 이 전략의 핵심은 '공간에 대한 집착'입니다.

아무리 좋은 부품을 확보해도 별도로 보내면 물류비 때문에 가격경쟁력이 사라집니다. 부품은 부피가 크고 무겁기 때문입니다. 그래서 수출차량의 데드 스페이스를 활용해야 합니다. 이를 하이브리드 패키징이라 부릅니다. 단순히 짐을 싣는 게 아니라 과학적인 적재기술이 필요합니다.

- **트렁크** : 부피가 작고 무거운 고밀도 부품(브레이크 디스크, 쇼크업소버, 알터네이터, 스타터모터)을 꽉 채워 무게중심을 잡아줍니다. 너무 무겁게 실으면 후륜 서스펜션이 주저앉을 수 있으므로 적절한 배분이 필수입니다.

- **뒷좌석** : 부피가 크고 가벼운 외장부품(범퍼, 헤드램프, 도어트림)을 뽁뽁이(완충재)로 잘 싸서 싣습니다. 차량 시트가 훌륭한 완충작용을 해줍니다. 여기서 중요한 팁은, 도어트림 사이에 얇은 스펀지를 끼워 넣어 가죽 시트가 눌리거나 찢어지는 것을 방지하는 디테일입니다.

- **차량 하부** : 공간이 남으면 차량 하부에 타이어를 채워 넣기도 합니다. 스페어타이어 공간뿐만 아니라 리프트로 차를 들어 올려 하부 프레임 사이에 폐타이어를 끼워 보내는 방식은 자원재활용 측면에서도 환영받습니다.

이렇게 하면 부품 운송을 위한 별도의 물류비는 사실상 '0원'이 됩니다. 바이어는 한국 도매가로 부품을 사고 물류비까지 아낄 수 있으니 현지보다 30~50% 저렴하게 부품을 확보하게 됩니다. 이것이 바로 물류와 애프터마켓이 만나는 지점, '공간의 경제학'입니다. 이 방식을 통해 단순 차량판매 마진 외에 대당 200~300달러의 추가수익을 꾸준히 창출할 수 있었습니다.

파는 것을 넘어 관리하는 것으로

지금까지 폐차장에서 부품을 캐내고 기술로 개조하고 컨테이너의 빈 공간을 채우는 실물 경제의 전략을 살펴봤습니다. 하지만 이 모든 오프라인의 노력들이 결실을 맺으려면 결국 '디지털'이라는 그릇에 담겨야 합니다.

제가 현장에서 체감한 애프터마켓의 승부처는 결국 속도, 투명성, 그리고 시스템이라고 생각합니다.

속도가 곧 신뢰이다 : 부품 없는 차는 고철일 뿐이다

중고차 수출은 대부분 제조사의 무상 A/S 기간이 종료된 차량을 대상으로 이루어집니다. 이는 해외 바이어들이 차량 운행 중 발생하는 고장에 대해 엄청난 불안감을 가지고 있음을 의미합니다. 현지에서 차가 멈췄는데 부품을 제때 공급받지 못하면 바이어는 큰 손해를 입고 이는 곧 우리 기업에 대한 신뢰 하락으로 이어집니다.

따라서 빠르고 효율적인 물류 시스템은 애프터마켓 비즈니스의 생명과도 같습니다. 바이어가 'SOS'를 쳤을 때 "내일 비행기로 보냅니다" 혹은 "이미 컨테이너에 실어 보냈으니 트렁크를 열어보세요"라고 답할 수 있는 대응력이 곧 경쟁력입니다.

정보의 투명성 : 글로벌 플랫폼이 비대칭을 깹니다

과거에는 부품 가격이 부르는 게 값이었습니다. 하지만 이제는 eBay Motors, Alibaba Auto Parts 같은 글로벌 플랫폼이 시장을 투명하게 만들고 있습니다. 우리는 이러한 플랫폼을 단순히 남의 장터로 볼 것이 아니라 적극적으로 활용해야 합니다. 우리의 부품 재고정보를 실시간으로 업데이트하고 상세한 제품 설명과 품질인증 정보를 제공함으로써 해외 바이어들이 투명하게 검색하고 비교할 수 있게 해야 합니다. 이는 정보비대칭을 해소하고 바이어의 구매결정을 앞당기는 가장 강력한 무기입니다.

IT 인프라 : 예측가능성을 팔아라

이 모든 과정은 강력한 IT 기반의 플랫폼 인프라 없이는 불가능합니다. 수만 가지 부품의 재고관리, 주문처리, 그리고 물류추적까지 모든 것이 통합된 시스템이 필요합니다. 예를 들어, 바이어가 온라인 플랫폼에서 범퍼를 주문하면 해당 부품이 국내 창고에서 출고되어 선적되고 현지에 도착할 때까지의 전 과정이 실시간으로 추적가능해야 합니다. 이것이 바로 '애프터마켓 서비스의 디지털 트랜스포메이션'이며, 이를 통해 우리는 바이어에게 막연한 기다림이 아닌 '예측가능한 비즈니스 환경'을 제공할 수 있습니다.

비즈니스의 진화 : 상품판매업에서 솔루션 제공업으로

마지막으로, 수익구조에 대한 재정의를 제안합니다. 단순히 중고차 한 대를 팔아서 남기는 마진(10~20%)만으로는 글로벌 시장의 치열한 경쟁에서 살아남기 어렵습니다. 진정한 의미의 수출매출은 완성차 판매수익에 애프터마켓의 부가수익이 결합될 때 비로소 완성됩니다.

물류비나 부품 조달비용을 5%만 효율화해도, 그 돈은 고스란히 순이익이 됩니다. 이는 저의 오랜 경험을 통해 뼈저리게 체감한 현실입니다. 고부가가치 부품수출, 현지 정비지원 서비스, 심지어 정비 매뉴얼 제공을 통한 수익화까지, 우리는 이제 단순한 '중고차 판매상Car Dealer'을 넘어, 차량의 생애 전 주기를 책임지는 '솔루션 제공자Solution Provider'로 진화해야 합니다.

실무자인 제가 당장 내일부터라도 실행하길 권하는 구체적인 행동들이 있습니다. 우선, 사무실 책상에만 앉아 있지 말고 인근 폐차장 네트워크를 확보해야 합니다. 30㎞ 내의 관허 폐차장을 방문해 공장장과 인사를 트고 주력 차종이 들어오면 엔진이나 미션을 떼기 전에 연락을 달라고 요청하는 것입니다. 안정적인 잔존물 공급선은 애프터마켓의 첫 단추이기 때문입니다.

다음으로, '다빈도 고장부품'에 대한 데이터를 확보해야 합니다. 동호회 카페나 정비 커뮤니티에는 차주들의 생생한 고장 경험담이 넘쳐납니다. "이 차는 10만㎞를 넘으면 특정부품이 고장난다"는 식의 데이터를 엑셀로 정리하고 해당 부품들을 미리 확보해 바이어에게 제안하는 것이야말로 진정한 업셀링입니다.

마지막으로, 쇼링업체와의 긴밀한 협력이 필요합니다. 거래하는 물류창고나 쇼링업체를 찾아가 컨테이너 내 남는 공간에 타이어나 범퍼를 더 싣되 차량손상을 최소화할 방법을 상의해 보십시오. 공간 활용의 마법사들인 그들의 노하우를 빌린다면 물류비 '0원'에 도전하는 것도 불가능한 일은 아닙니다.

애프터마켓은 거창한 것이 아닙니다. 버려지는 것에서 가치를 찾고 빈 공간을 수익으로 채우는 디테일에서 시작됩니다. 이제 여러분의 차례입니다.

[Kevin's Insight] 글로벌 애프터마켓 가치 매트릭스

우리는 지금까지 부품수출의 전술적인 부분들을 살펴보았습니다. 하지만 이 모든 전략을 관통하는 하나의 거대한 프레임워크가 필요합니다. 저는 이것을 '글로벌 애프터마켓 가치 매트릭스(The G-AM Matrix)'라고 정의합니다.

이 매트릭스는 현지 인건비와 현지 기술력이라는 두 가지 축을 기준으로, 우리가 어떤 시장에 어떤 형태의 상품(완성차 vs 부품)을 보내야 하는지를 결정하는 나침반입니다.

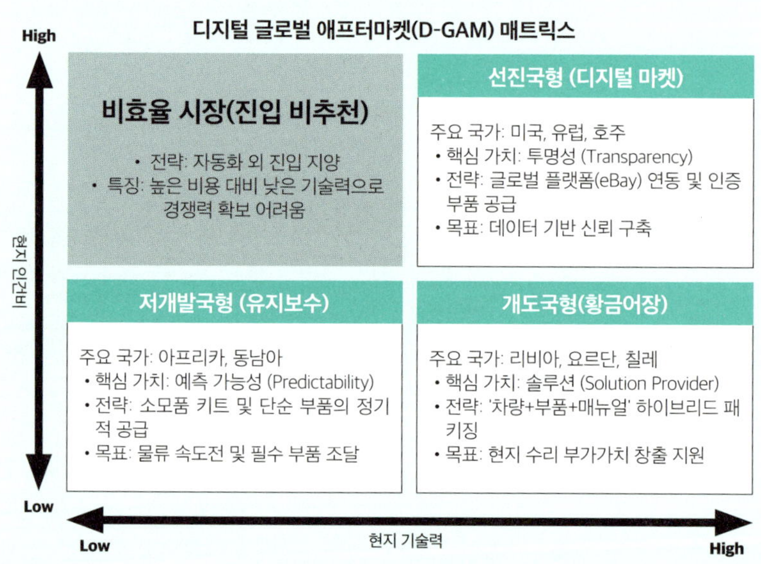

이 매트릭스를 머릿속에 넣고 바이어의 국가가 어디에 속하는지에 따라 전혀 다른 제안을 해야 합니다. 리비아 바이어에게는 "부품 실어 보내줄게, 고쳐서 팔아"라고 말해야 하고 미국 바이어에게는 "완벽하게 수리했으니 바로 타시면 됩니다"라고 말해야 합니다. 이것이 바로 데이터와 통찰이 결합된 전략적 수출입니다.

7부 물류, 비용을 넘어 주권의 문제로 격상되다

멈춰선 바다 위에서 찾아낸 공간 차익거래의 혁신

2021년 8월, 찜통 같은 인천항이 던진 경고장

중고차 수출을 한다는 것은 단순히 차를 판매하는 세일즈가 아니었습니다. 좋은 차를 발굴해 바이어에게 오더를 받아내는 것은 기초공사에 불과했죠. 판매가 끝이 아니라 복잡한 수출절차를 뚫고 거친 바다를 건너 해외 바이어의 손에 차 키가 쥐어지는 그 순간까지가 제 비즈니스였습니다. 결국 수출은 물류로 완성된다는 사실이 지난 5년의 격변을 통해 명확히 증명되었습니다.

지금으로부터 5년 전, 2021년 여름은 유난히 뜨거웠습니다. 하지만 당시 인천항 남항 부두에 모인 저와 수출업자들을 더 뜨겁게 달군 것은 35도의 폭염이 아니었습니다. 그것은 하늘 높이 치솟은 해상운임과, 돈을 주고도 구할 수 없었던 선복의 실종이라는 재난이었습니다.

매캐한 디젤 매연과 땀 냄새가 뒤섞인 야적장 최전선에서 받았던 포워더(운송 주선업체)의 전화 한 통은 마치 전황을 뒤집는 비보와도 같았습니다.

"사장님, 죄송합니다. 이번 달 리비아행 Ro-Ro선 스케줄이 전면 취소됐습니다. 중국에서 전기차를 싣느라 배를 통째로 빌려갔답니다."

망연자실했습니다. 제 눈앞에는 이미 선적을 기다리는 2,000여 대의 차량이 퇴로가 막힌 군대처럼 빼곡하게 들어차 있었습니다. 하루가 지날 때마다 수백만 원의 보관료가 눈덩이처럼 불어났고 지구 반대편 요르단과 칠레의 바이어들은 "도대체 내 차는 언제 오느냐"며 매일 밤 제 전화기에 불을 냈습니다.

물류는 평소에는 공기처럼 존재합니다. 너무나 당연해서 그 중요성을 잊고 살기 쉽습니다. 하지만 위기가 닥치는 순간, 물류는 기업의 목줄을 죄는 가장 무서운 포위망이 되었습니다. 팬데믹이 불러온 전례 없는 물류대란, 그 아수라장 속에서 저는 생존을 위해 전선을 재정비하며 하나의 진리를 깨달았습니다.

물류를 통제하지 못하면 아무리 좋은 차를 팔아도 결국 무너진다

이 장은 그 절박했던 생존의 기록이자, 위기를 기회로 바꾼 '물류혁신'에 대한 회고록입니다. 바다를 건너는 길이 막혔을 때 제가 어떻게 새로운 항로를 개척했는지, 그리고 그 과정에서 어떤 노하우를 축적하여 2026년의 견고한 시스템을 설계했는지 가감 없이 공개합니다.

보이지 않는 톱니바퀴 : 차가 국경을 넘는 6단계의 메커니즘

본격적인 이야기를 시작하기 전에, 독자 여러분의 이해를 돕기 위해 야적장에 있는 차가 바다 건너 바이어에게 도착하기까지의 표준 물류 흐름을 먼저 정리해 드립니다. 흔히 '수출'이라고 하면 배에 싣는 장면만 떠올리지만, 실무에서 물류는 서류와 실물이 톱니바퀴처럼 정교하게 맞물려 돌아가는 6단계 엔지니어링 프로세스입니다. 이 중 어느 한 곳이라도 균열이 생기면 차는 국경을 넘지 못합니다.

매입한 차량이 인천 송도 야적장에 도착하는 순간 물류는 시작됩니다. 가장 먼저 차대번호VIN를 확인하고 차량 상태를 최종 점검한 뒤 번호판을 탈거하는 입고 및 검수 Inbound & Inspection 과정을 거칩니다.

이어서 탈거한 번호판과 자동차등록증을 구청이나 차량등록사업소에 반납하는 발소등록De-registration 절차가 진행됩니다. 수출 이행신고를 통해 해당 차량은 한국 국적을 잃고 '수출 예정 말소증'이라는 새로운 신분증을 얻게 됩니다. 이 서류가 있어야만 비로소 수출이 가능합니다.

서류 준비와 동시에 도착 국가와 일정에 맞춰 포워더Forwarder를 통해 선박의 공간을 예약하는 선복 예약Booking 단계로 넘어갑니다. 이때 S/RShipping Request을 작성하여 선사에 제출합니다.

예약이 완료되면 내륙운송 및 쇼링이 이루어집니다. 로로선의 경우 야적장에서 인천항 보세구역까지 탁송기사가 차를 운전해서 이동하며, 컨테이너의 경우 차량을 컨테이너 작업장CFS으로 이동시킨 후 컨테이너 내부에 차량을 단단히 고정합니다.

차량이 항구에 도착하면 관세사를 통해 세관에 수출신고를 하는 수출신고 및 통관 Export Declaration 절차를 밟습니다. 세관은 차량이 도난차량인지, 압류차량인지 심사한 후 수출신고필증(면장)을 발급합니다. 이것이 바로 차의 '여권'입니다.

마지막으로 차량이 배에 실리면On-board, 선사는 화주에게 선하증권B/L을 발급하는 선적 및 B/L 발급Loading & Bill of Lading 단계가 완료됩니다. 이 B/L은 화물에 대한 '권리증'이며, 바이어는 도착지에서 이 B/L 원본을 제시해야만 차를 찾을 수 있습니다.

"이 평화로운 6단계가 무너졌습니다."

2021년, 이 기계적인 흐름이 멈춰 섰습니다. 선복 예약 단계에서 배가 사라졌고 운송 단계에서 운임이 폭등했기 때문입니다. 다음 장부터는 이 멈춰버린 컨베이어 벨트를 다시 돌리기 위해 제가 감행했던 처절한 사투가 펼쳐집니다.

7-1 │ 시장의 균열을 파고들다

로로선의 배신과 10㎝의 혁신

로로선의 배신 : 낭만의 시대는 끝났다

불과 몇 년 전까지만 해도, 자동차 수출 물류는 일종의 낭만이 있었습니다. 인천항 부두에 차를 가져다놓기만 하면 끝이었습니다. 거대한 입을 벌린 5만 톤급 로로선Ro-Ro이 접안하면 수백 명의 숙련된 드라이버들이 일사불란하게 차를 몰고 배 안으로 들어갔습니다. 마치 거대한 주차 타워에 주차하듯, 차는 제 발로 걸어들어갔고Roll-on, 도착하면 제 발로 걸어나왔습니다Roll-off.

저는 그저 선적 서류만 넘기면 됐습니다. 차에 흠집이 날까 걱정할 필요도, 배가 없을까 전전긍긍할 필요도 없었습니다. 그것은 공급과잉의 시대가 주는 달콤한 사치였습니다. 하지만 2024년과 2025년을 지나며 이 믿음은 산산조각이 났습니다. 그 원인은 명확했습니다.

중국입니다. 중국 전기차들이 배를 통째로 빌려갔어요

그것은 재앙의 시작이었습니다. 중국이 연간 500만 대 이상의 자동차를 쏟아내기 시작하면서 전 세계 바다를 떠다니는 로로선들을 블랙홀처럼 빨아들였습니다. 로로선은 더 이상 대중교통이 아니었습니다. 부르는 게 값인 '귀족 운송수단'이 되어버린 것입니다.

야적장에 쌓여가는 재고를 보며 저는 밤마다 해외 해운 리포트와 클락슨Clarksons 데이터를 분석했습니다. 그리고 당시 해운 시장이 두 개의 극단적인 세계로 갈라지고 있다는 충격적인 사실을 발견했습니다. 바로 시장의 디커플링(탈동조화) 현상이었습니다.

우선 로로선 시장은 잃어버린 10년의 청구서를 받고 있었습니다. 2010년대 중반부터 2020년까지 이어진 해운 불황으로 신조 발주가 거의 '0'에 가까웠던 탓에, 배를 만들고 싶어도 당장 띄울 배가 물리적으로 없었습니다. 설상가상으로 중국발 블랙홀이 터지면서, 6,500대를 싣는 배CEU 한 척의 하루 용선료는 팬데믹 이전 2만 달러 수준에서 11만 달러까지 5배 넘게 폭등했습니다.

반면 컨테이너 시장은 '공급폭탄'에 신음하고 있었습니다. 팬데믹 호황기에 선사들이 경쟁적으로 발주했던 초대형 컨테이너선들이 2024~2025년에 집중적으로 인도되면서 공급이 넘쳐났습니다. 수요 위축 공포까지 겹치며 상하이컨테이너운임지수SCFI는 하락하고 있었습니다.

"이거다." 제 머릿속에서 계산기가 빠르게 돌아갔습니다. 로로선은 돈을 줘도 못 구하는 상황인데, 컨테이너선은 "제발 짐 좀 실어달라"며 가격을 깎아주고 있었습니다. "비싸고 귀한 로로선을 고집할 이유가 없다. 저 남아도는 컨테이너 박스를 이용하면 남들보다 30% 싸게 차를 보낼 수 있다." 그것은 단순한 대안이 아니라 시장의 왜곡을 이용해 비용차익을 노리는 거대한 기회였습니다.

하지만 현실은 냉혹했습니다. 다음날, 저는 컨테이너 작업장CFS 소장님을 찾아갔지만 돌아온 대답은 절망적이었습니다. "소장님, 40피트 컨테이너 하나에 아반떼 몇 대 들어갑니까?" "바닥에 깔면 2대, 밧줄로 매달면 3대지. 그 이상은 물리적으로 불가능해."

컨테이너 운임이 아무리 싸도, 3대밖에 못 싣는다면 배보다 배꼽이 더 컸습니다. 쇼링비(고정 작업비), 내륙운송비, 항만 이용료를 3대로 나누면(N빵), 대당 물류비는 로로선보다 오히려 비쌌습니다.

제가 로로선을 이기려면 그리고 경쟁사보다 압도적인 마진을 가져가려면 기필코 4대를 실어야 했습니다. 길이 12미터의 좁은 철제 박스 안에 자동차 4대를 넣는 것. 그것은 단순한 적재가 아니라 물리학과의 싸움이었습니다. "무조건 4대를 넣어야 합니다. 방법을 찾아주십시오." 그날부터 저와 현장팀은 컨테이너 안에서 치열한 진지전을 펼쳤습니다.

쇼링의 진화 : 기예에서 공학으로

저는 각도의 미학에 주목했습니다. 차를 바닥에 평평하게 놓는 고정관념을 버리고 차를 45도 각도로 들어올렸습니다. 마치 테트리스 블록을 끼우듯, 앞차의 트렁크 아래 공간에 뒤차의 보닛을 밀어넣었습니다. 차와 차 사이의 간격은 불과 10㎝. 주먹 하나

로로선 vs 컨테이너 운송 비교 분석 요약

구분	로로선 (Ro-Ro)	컨테이너 (Container)
운송 방식	자력 주행 선적 (Drive-in)	박스 적재 (Packing)
시장 상황(2025)	공급 부족 / 운임 초강세	공급 과잉 / 운임 하락세
원인	신조 공백 & 중국 EV 쏠림	신조 인도 급증 & 수요 위축
도난 위험	높음 (개방형 이동)	매우 낮음 (밀폐형 봉인)
운송 지역	주요 거점 항구 위주	전 세계 모든 항구 및 내륙
추천 상황	물류비 상관없이 편하고 싶을 때	비용 절감이 최우선일 때 (현재 최적)

들어갈 틈도 없이 촘촘하게 맞물렸습니다.

또한 나무에서 철로 소재를 바꿨습니다. 기존에 쓰던 나무 각목은 차 4대의 무게를 버티지 못했습니다. 운송 중에 차가 무너져 내리면 전손 처리될 위험이 컸기에, 저는 과감하게 R-Rack(재사용 가능한 철제랙)을 도입했습니다. 쇠파이프로 짠 견고한 프레임 위에 차를 2단으로 올리고 체인블록으로 단단히 결속했습니다.

가장 힘들었던 건 마지막 1대였습니다. 마지막 4번째 차를 밀어넣고 컨테이너 문을 닫던 순간의 긴장감을 잊을 수 없습니다. 문이 닫히지 않아 범퍼를 떼어내고 타이어 바람을 빼서 차 높이를 2㎝ 낮추는 처절한 사투 끝에, 마침내 철커덕 하고 문이 잠겼습니다.

이 치열했던 '4대 쇼링' 기술은 저에게 대당 물류비 25% 절감이라는 마법을 선물했습니다. 남들이 비싼 로로선을 구하지 못해 발을 동동 구를 때 저는 저렴한 컨테이너에 차를 가득 채워 유유히 바다를 건넜습니다.

바이어들은 환호했습니다. "Kevin, 어떻게 이 가격에 보낼 수 있어? 당신들은 마법사야!" 아닙니다. 저는 마법사가 아니었습니다. 그저 10㎝의 공간을 찾아내기 위해 포기하지 않았던 '절박한 기획자'였을 뿐입니다.

7-2 │ **핸들링의 권력**
누가 비디의 주인이 될 것인가

"사장님은 수출업자입니까, 아니면 바이어의 심부름꾼입니까?"

업계 후배들에게 제가 자주 던지는 조금은 불편한 질문입니다. 많은 초보 사장님들이 "바이어가 알아서 배 잡고 가져간다는데 FOB, 굳이 머리 아프게 제가 배를 잡을 필요가 있나요?"라고 반문합니다. 겉보기엔 합리적입니다. 운임 변동 리스크도 없고 선사 예약을 잡느라 쩔쩔맬 필요도 없으니까요.

하지만 저는 단언합니다. 해상운임을 스스로 핸들링하지 않는다면 그것은 진정한 의미의 수출이 아닙니다. 그저 한국에 온 외국인 딜러에게 차를 파는 내수판매와 다를 바가 없습니다. 수출의 핵심은 국경을 넘는 것이고 그 국경을 통제하는 힘은 오직 물류에서 나오기 때문입니다.

FOB의 가장 큰 문제는 협상력의 상실이었습니다. 해운시장은 철저한 물량싸움입니다. 포워더는 자선사업가가 아닙니다. 그들은 1년에 1,000대를 싣는 VIP 고객에게는 도매가를, 1년에 한두 번 싣는 뜨내기손님에게는 소매가를 부릅니다. FOB로만 거래하면 서류상 화주는 바이어가 되고 수출업체는 단순한 공급처로 남습니다. 먼 훗날 대형계약을 따내도 운임을 할인받을 명분이 없었습니다. FOB는 당시의 편안함과 미래의 성장잠재력을 맞바꾸는 행위였습니다.

또한 경험 자산의 부재를 초래했습니다. 운임은 주식처럼 매일 변동합니다. CIF 조건을 직접 다뤄본 저는 "지금 컨테이너 운임이 바닥이니 물량을 늘리자"는 전략적 판단을 내릴 수 있었습니다. 하지만 FOB만 해온 회사는 바이어가 "운임이 비싸서 차 못 사겠다"고 하면 손가락만 빨아야 했습니다. 물류경험이 없다는 것은, 시장의 변화에 대응할 기초근육이 없다는 것과 같았습니다.

결국 이는 확장성의 한계로 이어졌습니다. 수출 비즈니스의 끝은 결국 가격경쟁력입니다. 차를 싸게 사오는 데는 한계가 있습니다. 하지만 물량이 늘어날수록 물류비 할인의 폭은 무궁무진합니다. 컨테이너당 100달러만 할인을 받아도, 연간 1,000대면 1억 원이 넘는 순이익이 더 생깁니다. 이 물류마진은 오직 CIF 조건을 주도적으로 운영하는 자만이 누릴 수 있는 특권이었습니다.

　　FOB 조건에서는 바이어가 지정한 선사에 스페이스가 부족하면 화물은 가장 먼저 잘려 나갑니다Cut-off. 포워더 입장에서 진짜 고객은 바이어지 화주가 아니기 때문입니다. 선적이 지연되면 잔금 회수도 덩달아 늦어지고 회사는 바이어의 무능력 때문에 자금난을 겪는 억울한 상황에 처하게 됩니다.

　그래서 저는 항상 강조해왔습니다. "무조건 우리가 배를 잡는다 CIF."

　제가 포워더를 선정하고 운임을 지불하는 CIF 조건에서는 상황이 완전히 달라셨습니다. 재고상황에 맞춰 배를 예약하는 주도적 스케줄 관리가 가능해졌고 야적장이 꽉 차면 이번 주에 무조건 선적하고 여유가 있으면 운임이 싼 다음 주 배를 잡는 밀당이 가능해졌습니다. 무엇보다 바이어에게는 시장 평균운임을 청구하고 저는 포워더와 협상해 할인가로 보내며 그 차액을 숨겨진 마진으로 확보할 수 있었습니다.

　"FOB는 편하지만 회사를 수동적으로 만들고 CIF는 번거롭지만 회사를 주도적으로 만듭니다." 물류는 단순한 비용이 아닙니다. 그것은 차량 가격경쟁력을 완성하는 마지막 퍼즐이자, 회사의 현금 흐름을 통제하는 경영의 핵심 버튼입니다. 운전대를 바이어에게 넘겨주지 마십시오. 키는 내가 쥐고 있어야 합니다.

7-3 | **감의 종말과 데이터의 통제**
보이지 않는 것을 경영하다

"결국 모든 것은 신뢰의 문제였습니다."

수출업무를 하며 매일 밤 스스로에게 던졌던 질문들이 있습니다. "이 서류는 정말 정확한가? 청구된 금액은 명확한가? 우리가 지불하는 운임은 합리적인가? 무엇보다, 우리는 고객과의 시간 약속을 제대로 지키고 있는가?"

선적이 제대로 되었는지, 배가 어디쯤 가고 있는지 묻는 바이어의 불안한 목소리를 들을 때마다 저는 고민했습니다. 직원들의 기억력과 엑셀(Excel), 그리고 카카오톡에 의존하는 주먹구구식 물류는 월 30대 수준의 구멍가게일 때는 낭만으로 포장될 수 있었습니다. 하지만 월 100대, 연 1,000대를 넘어가는 순간 이 아날로그 방식은 회사를 무너뜨리는 시한폭탄이 되었습니다.

물류 시스템의 부재는 단순한 불편함의 문제가 아니었습니다. 그것은 비용의 누수이자 신뢰의 상실이며, 결국에는 성장의 한계를 긋는 유리천장이었습니다. 다음은 제가 시스템 없이 맨몸으로 부딪쳤을 때 겪은 실패와 이를 통해 구축한 4가지 디지털 전략입니다.

데이터는 거짓말을 하지 않는다 : 원 소스 멀티 유즈의 혁명

물류의 끝은 항구 도착이 아닙니다. 바이어가 세관에서

차를 찾아가는 '통관'이 진짜 끝입니다. 그리고 이 통관의 열쇠는 오직 '서류'가 쥐고 있습니다. 제가 겪었던 아찔한 실패 사례를 공유합니다. 리비아로 보낸 차량 10대의 선하증권B/L에 수하인 이름의 철자 'A'가 'E'로 잘못 입력된 적이 있습니다. 엑셀에서 복사 붙여넣기를 하다가 발생한 단순한 오타였지만, 리비아 세관은 요지부동이었습니다. "서류와 전산이 일치하지 않는다. 통관 불가." 서류를 수정하는 데 2주가 걸렸고 그동안 항구에 묶인 컨테이너의 체선료와 보관료로만 500만 원을 물어내야 했습니다. 차 10대 팔아 남긴 마진이 엑셀 오타 하나로 공중분해된 것입니다.

저는 이 사고 이후 엑셀 수기 작성을 전면 금지했습니다. 대신 차량 매입 시 입력한 차대번호VIN와 바이어 정보를 그대로 불러와 선적 서류Commercial Invoice, Packing List를 자동 생성하는 데이터 단일화Single Source of Truth 시스템을 도입했습니다. 사람은 실수하지만, 데이터는 거짓말을 하지 않습니다. 시스템 도입 후 서류 오류로 인한 비용 발생은 0원이 됩니다.

디지털 트윈 : 혼돈의 야적장을 모니터 위로 옮기다

야적장은 낮에는 트레일러와 지게차가 뒤엉켜 흙먼지를 일으키는 혼돈의 도가니이고 밤에는 가로등도 없는 암흑천지의 무법지대였습니다. 가장 큰 문제는 내 차를 못 찾는다는 것이었습니다. 수천 대의 차가 뒤섞여 있는 흙바닥에서 특정 차대번호의 차를 찾는 것은 '서울에서 김 서방 찾기'였습니다. 탁송기사가 차를 찾느라 2시간을 허비하고 결국 '차가 없다'고 보고해 선적을 놓치는 일이 비일비재했습니다. 심지어 밤 사이 고가의 촉매 변환기를 도난당했는데, 차를 선적할 때까지 그 사실조차 모르는 경우도 있었습니다.

저는 이 혼돈을 통제하기 위해 모든 입고 차량의 앞 유리에 비콘을 부착하고 이를 수신기를 통해 스캔하여 좌표와 함께 기록하는 디지털 트윈 관제 시스템을 도입했습니다. 이제 사무실 모니터에는 야적장 지도가 펼쳐지고 차가 어디에 위치해 있는지 점으로 표시됩니다. 차를 찾으러 헤맬 필요도, 도난 여부를 불안해할 필요도 없어졌습니다. 야적장의 물리적 혼돈을 디지털시스템 위로 옮겨와 통제하는 것, 이것이 바로 물류 관제의 핵심입니다.

투명성이 곧 세일즈다 : 바이어의 불안을 잠재우는 링크 한 줄

중고차 수출업체의 업무시간 중 30%는 바이어의 전화를 받는 데 쓰여지고 있습니다. "배 출발했어?", "지금 어디쯤이야?", "언제 도착해?" 수천만 원을 선입금한 바이어 입장에선 당연한 불안감이지만, 매번 선사 사이트에 들어가 배 위치를 조회해서 알려주는 것은 엄청난 인력 낭비입니다.

저는 쿠팡이나 아마존처럼 바이어에게 트래킹 링크를 전송하는 시스템을 구축했습니다. 선박의 위치정보(AIS 데이터)를 API로 연동하여 바이어가 링크를 클릭하면 지도 위에서 자신의 차를 실은 배가 인도양 한가운데를 지나고 있는 것을 실시간으로 볼 수 있게 한다면 이 시각화는 바이어에게 엄청난 심리적 안정감을 줄 것입니다. 바이어의 불안한 문의전화가 사라지고 대신 "당신네 회사는 정말 투명하다"는 칭찬과 재주문이 들어올 것이며, 시스템이 영업사원 한 명 몫을 해내는 순간이 될 것입니다.

지갑을 지키는 파수꾼 : 청구서와 데이터의 대조

많은 업체들이 포워더가 보내주는 청구서를 검증 없이 그대로 입금하곤 합니다. 하지만 물류비는 복잡합니다. 약속된 운임이 맞는지, 청구된 창고료가 프리타임Free Time 면제기간 내에 발생한 것은 아닌지 시스템이 없다면 일일이 대소할 수 없습니다.

계약된 요율과 실제 청구서를 자동으로 대조하여, 과청구된 비용을 찾아내는 프로세스를 확립하는 것이 필요합니다. "물류비를 깎는 것보다, 잘못 나가는 돈을 막는 것이 더 쉽습니다." 데이터는 지갑을 지키는 가장 깐깐한 회계사가 되어줄 것입니다.

7-4 | 승자의 지도
물류통제 매트릭스

지금까지 저는 로로선에서 컨테이너로의 전환, FOB에서 CIF로의 주도권 확보, 그리고 아날로그에서 디지털로의 시스템 진화를 이야기했습니다. 이 모든 변화는 결국 하나의 질문으로 귀결됩니다.

글로벌 물류 주권 메트릭스

	낮은 시스템 성숙도 (Analog)	높은 시스템 성숙도 (Digital)
높은 물류 주권 (CIF)	**생계형 보따리상 (The Drifter)** - 바이어에게 끌려다니며, 수기 장부에 의존함. - 마진은 박하고 리스크에는 무방비 상태. - 위험: 시장 변동 시 가장 먼저 도태됨.	**기술 종속형 에이전트 (The Tech Agent)** - 시스템은 갖췄으나, 운임 통제권이 없음. - 단순 대행 업무에 그치며 확장성에 한계. - 한계: 플랫폼 노동자로 전락할 위험.
낮은 물류 주권 (CIF)	- 배는 직접 잡지만, 모든 걸 머리와 엑셀로 처리. - 밤새 일하며 몸으로 때우는 고효율 노동집약형. - 한계: 물량이 늘어나면 반드시 사고가 터짐. **아날로그 승부사 (The Grinder)**	- 운임과 스케줄을 주도하고, 데이터로 통제함. - 숨겨진 마진을 찾고, 바이어에게 신뢰를 팖. - 목표: 100조 시장을 선도하는 우리의 지향점. **글로벌 오퍼레이터 (The Global Operator)**

"지금 어디에 서 있는가?"

저는 이 질문에 답하기 위해 지난 10년의 경험을 바탕으로 '물류 통제 매트릭스The Logistics Control Matrix'라는 지도를 그렸습니다. X축은 물류주권으로, Y축은 시스템 성숙도로 정의했습니다. 이 지도는 제가 거쳐온 과거이자, 나아가야 할 미래를 명확하게 보여줍니다.

대부분의 업체는 생계형 보따리상에서 시작합니다. 운임 걱정 없이 바이어가 시키는 대로 차만 보내주면 되니 편하기 때문입니다. 하지만 위기가 닥치면 가장 먼저 배에서 내쳐지는 것도 그들입니다.

지난 2021년, 살기 위해 아날로그 승부사로 이동했습니다. 쇼링 기술을 개발하고 선사를 직접 찾아다니며 물류주권을 확보했습니다. 하지만 몸이 고달팠고 휴먼에러가 끊이지 않았습니다.

그래서 다시 글로벌 오퍼레이터를 향해 나아가야 합니다. 비콘 관제 시스템과 자동 서류 생성기술을 도입하고, 물리적 통제권 위에 디지털의 날개를 달아야 합니다. 바이어에게 끌려다니는 을이 아니라 물류와 데이터를 장악하고 시장을 리딩하는 진정한 '갑'이 되어야 합니다.

여러분의 회사는 지금 이 지도의 어디에 서 있습니까? 글로벌 오퍼레이터로 가는 길은 험난하지만, 그곳에 도착하는 순간 물류는 비용이 아니라 가장 강력한 무기가 될 것입니다.

[Kevin's Insight] 물류는 비용이 아니라 주권입니다

솔직히 고백하자면 저 또한 처음에는 물류를 그저 비용으로만 여겼습니다. 어떻게든 1달러라도 더 깎고 어떻게든 더 싸게 보내는 것만이 능사라고 믿었죠. 하지만 지난 5년간 팬데믹과 전쟁, 그리고 디지털 혁명을 겪으며 제 생각은 완전히 바뀌었습니다.

물류를 단순히 배달로 치부한다면 우리는 영원히 3류에 머무를 수밖에 없습니다. 제가 7부에서 끊임없이 강조한 물류주권은 거창한 구호가 아닙니다. 그것은 남들이 로로선이 없다고 발을 구를 때 10㎝의 틈을 찾아내는 '공간 차익거래'의 기술이었고, FOB의 편안함 뒤에 숨겨진 종속성을 거부하고 스스로 항로를 개척한 '주도적 경영'의 의지였습니다. 그리고 마지막으로, 그 모든 물리적 흐름을 데이터로 통제하여 바이어에게 투명한 신뢰를 선물한 '디지털 혁신'의 과정이었습니다.

많은 이들이 묻습니다. "물류 그거, 그냥 포워더한테 맡기면 되는 거 아닙니까?" 저는 단호하게 대답합니다. "물류를 외주Outsourcing 주는 것은 회사의 영혼을 파는 것과 같습니다."

이제 중고차 자체는 흔해 빠진 공산품이 되었습니다. 차를 구하는 것은 누구나 할 수 있습니다. 하지만 그 차를 가장 빠르고 가장 안전하며, 가장 투명하게 바이어의 안마당까지 배달하는 능력은 아무나 가질 수 없습니다. 그것이 2026년 현재, 시장의 승자와 패자를 가르는 유일한 차별점입니다.

물류주권을 확보하십시오. FOB라는 달콤한 족쇄를 벗어던지고 CIF라는 거친 바다의 키를 잡으십시오. 엑셀 장부를 덮고 디지털시스템으로 보이지 않는 바다를 통제하십시오. 물류를 장악하는 순간, 우리는 더 이상 가격흥정에 시달리는 장사꾼이 아닙니다. 전 세계를 무대로 흐름을 통제하고 신뢰를 파는, 진정한 의미의 글로벌 오퍼레이터가 되는 것입니다. 이것이 제가 여러분께 전하고 싶은 단 하나의 메시지입니다.

마케팅은
노출이 아닌
증명이다

"중고차 수출 마케팅은 '차를 싸게 올리는 것'으로 시작해 '바이어가 다시 연락하게 만

드는 것'으로 끝납니다. 이 재구매의 연결고리는 광고기술이 아닙니다. 그것은 투명한

시스템으로 쌓아 올린 신뢰의 건축물입니다."

마케팅의 불변의 법칙은 보통 타겟팅에서 시작합니다. 누구에게 팔 것인가를 정하고

그들을 조준하는 것이죠. 하지만 저는 중고차 수출시장에서만큼은 이 법칙이 통하지

않는다고 생각합니다.

왜냐하면 타겟은 이미 정해져 있기 때문입니다. 제 마당에 있는 '2018년식 흰색 쏘나

타'를 살 사람은 지금 지구 반대편 어딘가에서 2018년식 흰색 쏘나타를 애타게 찾고 있는 바로 그 바이어입니다. 내가 그를 타겟팅하는 것이 아니라 내 차가 그를 부르고 있는 것입니다.

그렇다면 이 시장에서 마케팅의 본질은 무엇입니까? 그것은 '누구에게 팔까'를 고민하는 것이 아니라 '나를 찾아낸 그 바이어가 수많은 판매자 중 왜 하필 나를 믿어야 하는가'를 증명하는 것입니다. 즉, 마케팅의 무게중심은 '타겟팅'이 아니라 '브랜딩 Branding'으로 이동해야 합니다.

제가 정의하는 브랜드는 멋진 로고나 슬로건이 아닙니다. 브랜드는 곧 신뢰입니다. 신뢰가 없는 브랜드는 껍데기에 불과합니다. 그리고 이 신뢰는 돈을 주고 살 수 있는 것이 아닙니다. 하루아침에 생기지도 않습니다. 그것은 제가 땀 흘려 검수하고 정직하게 고지하고 약속한 날짜에 차를 보내온 '시간과 노력의 결과물'입니다.

결국 제가 강조하고 싶은 것은 기술적인 광고기법이 아닙니다. 현장에서 쏟아부은 그 시간과 노력을 어떻게 마케팅이라는 언어로 풀어내어 신뢰로 치환할 것인가? 이것이 바로 신뢰를 쌓아가는 과정이자 제가 제안하는 마케팅의 핵심입니다.

2026년의 인천항의 풍경은 5년 전과 사뭇 다릅니다. 하지만 변하지 않는 것이 하나 있습니다. 바로 바다 건너 누군가는 여전히 '좋은 차'를 찾고 있고 저는 '좋은 바이어'를 찾고 있다는 사실입니다.

많은 수출업체가 마케팅을 단순히 차량을 얼마나 많은 플랫폼에 노출하는가의 문제로 여깁니다. 과거의 저 또한 그랬습니다. 가격을 경쟁사보다 10달러라도 낮게 책정하고 전화가 오기만을 초조하게 기다리곤 했습니다. 하지만 그것은 마케팅이 아니었습니다. 그것은 그저 재고를 나열하는 행위일 뿐이며 수익성을 제 살 깎아먹는 출혈경쟁을 의미했습니다.

바이어는 지금 눈에 보이지 않는 바다 건너 한국에서, 사고 이력 없고 주행거리가 조작되지 않았으며 약속한 품질을 지키는 제대로 된 차를 찾고 있습니다. 반면 저는 수많은 현지 딜러와 브로커들 사이에서 '대금을 확실하게 치르고 장기적으로 거래를 이어갈 신뢰할 수 있는 바이어를 찾고 있습니다. 이 둘 사이에는 거대한 불신과 물리적 거리가 존재합니다.

바이어는 제대로 된 차를 찾기 위해 나를 찾아야 하고 나는 제대로 된 바이어를 찾기 위해 나를 노출해야 합니다. 마케팅은 이 상호적인 탐색과 위험감수 과정을 가장 효율적이고 안전하게 연결하는 다리를 놓는 행위입니다.

바이어는 길을 찾고 있고 그 길을 놓아야 합니다. 그 길은 단순한 광고 채널이 아니라 투명성, 검수 시스템, 그리고 저의 약속으로 포장된 '신뢰의 고속도로'여야 합니다.

제가 2020년대 중반, 시장을 치열하게 분석하며 내린 결론은, 시장은 이미 바이어 중심으로 급격히 전환되었다는 것이었습니다. 현지 바이어들은 한국에 직접 법인을 설립하고 매입 노하우를 축적했습니다. 이런 상황에서 한국 수출업체가 단순 중개 플랫폼에 안주했다면 저의 가치는 바닥으로 떨어졌을 것입니다. 그래서 저는 마케팅을 노출전략에서 신뢰를 자산화하고 수출 인프라를 증명하는 전략으로 완전히 재정의했습니다.

지금까지는 바이어가 가격에 더해 신뢰가 절대적인 구매요인이었고 이 새로운 시장에서 어떻게 마케팅 전략을 재정의하고 시스템(검수, 물류, 플랫폼)을 마케팅의 핵심 무기로 활용하여 '장기적인 현지 네트워크'를 구축하는지에 대한 전략으로 마케팅은 이제 말이 아닌 증거를 파는 행위가 되어야 합니다.

8-1 | **바이어의 송금 버튼**

그 0.1초의 망설임

왜 바이어는 한국시장을 믿지 못했는가?

마케팅 전략을 세우기 전, 바이어가 송금 버튼 위에서 망설이는 그 '0.1초의 공포'를 분석했습니다. 그들은 왜 저를 믿지 못할까요? 그것은 단순히 비대면거래의 한계 때문이 아니었습니다. 한국 중고차시장이 오랫동안 그들에게 보여준 불투명성 때문이었습니다.

첫 번째 원죄는 허위매물의 트라우마였습니다. 한국 내수시장을 병들게 했던 허위매물의 악명은 바다 건너까지 퍼져 있었습니다. '한국 딜러들은 없는 차를 있다고 거짓말한다'는 인식이 바이어들의 무의식에 자리잡고 있었습니다.

두 번째는 플랫폼의 폐쇄적인 판매자 은폐 정책이었습니다. 당시 주류였던 일부 수출 플랫폼들은 중개수수료를 지키기 위해 판매자 정보를 철저히 가렸습니다. 바이어 입장에서 판매자가 누구인지, 사무실은 어디에 있는지조차 모른 채 플랫폼만 믿고 돈을 보내야 했습니다. 이는 극단적인 정보비대칭을 낳았고 거래를 비즈니스가 아닌 도박으로 만들었습니다.

마지막으로 수출시장 특유의 인증부재가 문제였습니다. 내수시장은 대기업들이 진출하며 인증 중고차CPO 서비스가 자리잡았지만, 수출시장은 여전히 수출 나가는 차는 반품불가No Return라는 배

짱영업이 판쳤습니다. 신뢰의 기반이 전무했던 것입니다.

팬데믹의 역설과 역 현지화의 등장

특히 코로나19 팬데믹은 이 불신에 기름을 부었습니다. 하늘길이 막히자 한국에 올 수 없게 된 바이어들은 온라인 거래에 의존할 수밖에 없었습니다. 물동량은 늘었지만 신뢰는 처참하게 무너졌습니다. 화면 속의 매물과 현지 항구에 도착한 매물 상태가 판이하게 달랐기 때문입니다.

이 쓰라린 경험 탓에 팬데믹이 끝나자마자 글로벌 큰손 바이어들은 충격적인 선택을 했습니다. 바로 역 현지화입니다.

그들은 한국인 친인척을 파견하거나 직접 한국에 입국해 법인을 설립하기 시작했습니다. 사무실 임대료, 체류비, 인건비라는 막대한 비용을 감수하고서라도 내 눈으로 보고 사겠다는 것이었습니다. 이는 한국 수출업체들의 마케팅과 브랜딩이 얼마나 처참하게 실패했는지를 보여주는 뼈아픈 증거입니다. 바이어들은 저를 믿지 못해 자신들의 피해를 줄이기 위해 스스로 한국으로 넘어오는 고육지책을 선택한 것입니다.

이러한 변화는 단순히 자존심의 문제가 아닙니다. 물류주도권의 상실이라는 치명적인 결과를 초래했습니다. 한국에 법인을 세운 바이어들은 선사와 직접 계약하며 물류비마저 통제하기 시작했고 수출업체들이 누리던 짭짤한 물류마진과 수수료 수익은 고스란히 그들의 몫이 되었습니다.

결국 국내 영세 수출업자들은 가격 협상력을 잃고 부가세 환급이라는 최후의 방어선에 의지해 근근이 버티는 처지로 전락했습니다. 제가 돈을 못 버는 진짜 이유는 단순히 경기가 안 좋아서가 아닙니다. 신뢰를 시스템으로 증명하지 못한 대가가 이토록 가혹하게 수익구조를 갉아먹고 있는 것입니다.

따라서 지금 필요한 마케팅은 단순히 "저한테 사세요"가 아닙니다. "당신이 굳이 비싼 비용을 들여 한국에 사람을 보내지 않아도 제가 당신의 눈보다 더 정확하게 검증해주겠다." 이 확신을 심어주는 브랜딩만이 빼앗긴 물류주도권을 되찾고 역 현지화를 선택할 수 없는 대다수의 바이어를 흡수할 수 있습니다.

가격을 묻는 그들에게 시스템으로 답하다

바이어들이 습관처럼 묻는 "How much?"라는 질문을 재해석했습니다. 그들이 정말 궁금한 것은 '가격'이 아니었습니다.

"이 지뢰밭 같은 시장에서 내가 당신을 믿고 내 전 재산을 보내도 되는가? 당신은 실존하는가? 이 차는 진짜인가?"

이것이 그 질문의 진짜 속뜻이었습니다. 마케팅의 정의를 가격 경쟁에서 시스템 증명으로 전환해야 합니다.

우선, 바이어와의 첫 접점에서 단순 가격표 대신 CPO 검수 리포트와 미케닉 검수 영상을 제시합니다. "가격은 시장시세와 같습니다. 하지만 저는 다른 판매자들처럼 정보를 숨기지 않습니다. 여기 엔진의 진동, 하부의 상태, 심지어 미세한 스크래치까지 모두

기록된 리포트가 있습니다." 이것은 제가 정보를 통제하는 플랫폼 뒤의 유령이 아니라 품질을 책임지는 실존하는 운영자임을 선언하는 행위입니다.

동시에 물류의 투명성을 강조했습니다. "계약 즉시 저는 ERP 시스템과 연동된 선적 트래킹 링크를 드립니다. 당신의 차가 언제 배에 실리고 언제 도착하는지 실시간으로 볼 수 있습니다." 이 메시지는 바이어가 가진 먹튀Scam에 대한 공포를 원천봉쇄했습니다. 마케팅은 화려한 카피라이팅이 아닙니다. 제 시스템이 당신의 리스크를 0으로 만들었다는 것을 증명하는 과정입니다.

접점의 다변화 : 규모가 아닌 행동 패턴을 따르다

저는 마케팅채널 선택의 기준을 바꿨습니다. 단순히 방문자가 많은 유명 플랫폼이 아니라 바이어가 실제로 숨 쉬고 대화하는 곳으로 파고들었습니다.

아프리카, 중동, 중앙아시아 바이어들은 딱딱한 기업 웹사이트보다 소셜미디어와 현지 메신저WhatsApp, Telegram를 신뢰합니다. 그곳에서는 차량 정보가 실시간으로 공유되고 누가 믿을 만한 사람인가에 대한 평판이 순식간에 퍼집니다. 저는 왓츠앱을 공식 채널로 채택했습니다. 단순히 견적서를 보내는 것이 아니라 차량검수 영상을 실시간으로 찍어 보내고 현지 언어로 간단한 인사말("앗살라무 알라이쿰", "즈드라스스트부이쩨")과 농담 한마디를 건넸습니다. 이러한 개인 딜러 간의 관계 마케팅 방식은 거대한 기업이 줄 수 없는 인간적인 신뢰를 구축합니다.

그리고 단순히 영어를 쓰는 것에 그치지 않았습니다. 바이어가 자신의 모국어로 된 정보를 접했을 때 느끼는 심리적인 친근함과 안정감은 계약의 성사율을 비약적으로 높일 수 있습니다.

8-2 | 투명한 콘텐츠는 곧 시스템의 시각화다
싼 차가 아니라 예측가능성을 판다

2026년 현재, 중고차 수출에서 브랜드화의 핵심은 '신뢰의 누적' 입니다. 현장에서 수없이 겪은 경험상, 바이어의 구매결정에서 '신뢰'는 가격보다 언제나 더 큰 영향력을 가집니다. 신뢰를 구축하는 가장 확실한 방법은 중고차시장의 고질적인 문제인 정보비대칭 Lemon Market을 저의 투명한 시스템CPO을 통해 정면돌파하는 것입니다.

브랜드 = 투명한 콘텐츠의 총합

마케팅 콘텐츠는 제가 완성한 CPO 검수 시스템을 시각적으로 구현하고 증명하는 것에 집중했습니다. 제 콘텐츠는 "이 차가 좋습니다"라고 주장하지 않습니다. 대신 "왜 좋은지"를 과학적으로 증명합니다.

CPO 시스템 매뉴얼에 따라 차량이 139가지 항목을 검수받는 과정을 있는 그대로 보여주었습니다. 말쑥한 양복을 입은 딜러가 차 옆에 서 있는 영상은 찍지 않았습니다. 대신 기름때 묻은 작업복을 입은 전문 미케닉이 등장했습니다. 컴퓨터 진단기를 연결해 오류 코드가 없음을 확인하는 장면, 리프트를 띄워 하부 프레임의 부식도를 측정하는 장면, 침수 여부를 판별하기 위해 안전벨트를 끝까지 당겨보는 장면. 이러한 '날것'의 정보비대칭 해소 과정은 바이어들에게 폭발적인 반응을 얻었습니다. 그들은 화려한 편집보다 투박한 진실을 원했기 때문입니다.

더불어 계약이 성사되면 저는 바이어에게 영상통화를 걸어 최종 출고검수 과정을 실시간 스트리밍으로 보여주었습니다. 내 차가 지금 컨테이너에 실리기 직전 어떤 상태인지 눈으로 확인하는 순간, 바이어의 심리적 안정감은 극대화됩니다.

검수 리포트, 물류 트래킹 스크린샷, 현지 도착 후 바이어가 보내온 "Thanks!" 메시지, 시스템에서 도출되는 이 모든 증거들을 콘텐츠로 가공하여 반복적으로 노출했습니다. 신뢰는 한번의 이벤트가 아니라 반복되는 증거 속에서 싹트기 때문입니다.

숏폼, 신뢰의 바이럴을 만들다

최근 몇 년간 마케팅 트렌드는 숏폼Short-Form으로 급격히 이동했습니다. 이 짧은 영상을 신뢰를 가장 빠르게 확산시키는 도구로 활용했습니다.

아프리카시장을 타겟으로 '15초 팩트체크' 시리즈를 기획했습니다. 내용은 단순했습니다. 배경음악도 없이, 오직 차량의 하부 부식상태를 15초 동안 클로즈업해서 보여주거나 엔진 위에 물컵을 올려 진동이 없음을 보여주는 영상이었습니다. 틱톡과 유튜브 쇼츠에 현지 언어 자막과 함께 '이것이 K-중고차의 진짜 기준입니다'라는 메시지를 담아 올리자 놀라운 일이 벌어졌습니다.

아프리카 현지 자동차 미케닉들과 딜러들이 이 영상을 퍼나르기 시작한 것입니다. 수십만 회의 조회수를 기록하며 "한국에 가면 이 업체를 찾아라. 여기는 숨기지 않는다"라는 댓글이 달렸습니다. 숨기지 않는 투명성이 싼 가격보다 훨씬 강력한 바이럴 효과를 낸다는 것을 증명한 사례였습니다. 숏폼은 공유가 쉽기 때문에 신규 바이어 유입 채널로서 최고의 가성비를 보여주었습니다.

인프라 연동 콘텐츠 제작 : 비즈니스의 격을 높이다

마케팅 콘텐츠를 더욱 강력하게 하는 것은 바로 인프라입니다. 제가 구축할 물리적 인프라(원스톱 클러스터) 내에 콘텐츠 제작을 위한 전용 스튜디오를 마련한 것은 보여주기 위함이 아닙니다. 그것은 '검증의 깊이'를 더하기 위함입니다. 길거리나 흙바닥에서 찍은 영상과 통제된 조명 아래에서 찍은 영상은 바이어가 느끼는 신뢰도 자체가 다릅니다.

특히, 이 스튜디오를 '진실의 검증대'로 활용하며 다음과 같은 고도화된 마케팅 기법이 됩니다.

- **도막 측정 리얼리티**Paint Thickness Verification : '무사고'라는 말은 누구나 할 수 있습니다. 하지만 저는 영상 속에서 도막 측정기Paint Thickness Gauge를 차체 곳곳에 갖다대는 모습을 그대로 보여주었습니다. 미케닉이 본넷에 측정기를 대고 '110마이크론(정상 수치)'을 보여주고 다시 펜더에 대고 '300마이크론(판금 도색 의심)'을 가감 없이 보여줍니다. 수치가 말해주는 진실은 바이어에게 강력한 확신을 줍니다. "이 회사는 하자를 숨기지 않는다"는 인식은 가격흥정을 최소화하고 쿨 거래를 이끌어내는 핵심무기가 될 것입니다.

- **라이브 커머스 세일즈**Live Stock Review : 매주 금요일, 저는 스튜디오에서 '신규 입고 차량 라이브쇼'를 진행합니다. 유튜브와 페이스북 라이브를 통해 전 세계 바이어들과 실시간으로 만납니다. 바이어들은 채팅으로 "엔진 소리 들려주세요", "타이어 트레드 깊이 보여주세요", "트렁크 안쪽 보여주세요"라고 요청하고 저는 그 자리에서 바로 카메라를 비춰줍니다. 녹화된 영상은 편집될 수 있지만 라이브는 거짓말을 할 수 없습니다. 이 실시간 상호작용은 물리적 거리를 0으로 만들며 계약 전환율을 비약적으로 높이게 될 것입니다.

- **고화질 아카이빙**YouTube Library : 저는 유튜브를 단순한 광고판이 아닌 '차량 상태 도서관'으로 운영합니다. 판매된 차량의 영상도 지우지 않고 남겨두어, 제가 과거에 어떤 차를 어떻게

검증해서 팔았는지를 신규 바이어가 언제든 열람할 수 있게
했습니다. 이는 제 브랜드의 역사성과 일관성을 증명하는 강
력한 자산이 됩니다.

8-3 │ **인플루언서 마케팅**
신뢰 네트워크를 수출하다

현지 해설자를 활용하라 : 경매장의 아침 풍경이 말해주는 것

경기도 안성 월요일 아침 9시, 경매장 풍경은 5년 전과 완
전히 달라졌습니다. 과거에는 경매가 시작되는 오후 1시쯤 되어
야 한국인 딜러들이 삼삼오오 모여들었고 온라인 입찰이 주류를
이루던 시절엔 경매장 식당조차 한산했습니다. 하지만 2026년 지
금은 어떻습니까?

이른 아침부터 주차장은 외국인들로 발 디딜 틈이 없습니다. 그
들은 9시가 되자마자 경매 데스크에서 차량의 위치를 확인합니
다. 그리고 수백 대의 차량 사이를 누비며 시동을 걸고 보닛을 열
고 스마트폰으로 동영상을 촬영하기 시작합니다.

그들은 누구일까요? 바로 본국에 있는 바이어들을 대신해 차량
을 검증하는 '현지 에이전트'이자 해설자들입니다.

"형제여, 이 차 엔진 소리를 들어봐. 성능검사지는 A급이라는데
내가 보니 미세 누유가 있어. 패스하자."

"이 쏘나타는 내가 직접 타봤는데 미션 튕김이 전혀 없어. 이건 무조건 잡아야 해."

그들의 언어로 그들의 뉘앙스로 전달되는 이 생생한 해설은 본국에 있는 최종 소비자에게 절대적인 신뢰를 줍니다. 제가 아무리 "Good Condition"이라고 외쳐봐야 같은 언어를 쓰는 내 편이 "이거 진짜야"라고 말해주는 것의 파괴력을 이길 수 없습니다. 이것이 바로 최근 외국인들의 경매 낙찰률이 치솟는 이유입니다.

마케팅은 결국 '해설자'의 몫이다

결국 마케팅의 주도권은 이 해설자들에게 넘어갔습니다. 인터넷과 통신의 발달은 시공간을 초월하여 이들을 가장 강력한 마케팅채널로 만들었습니다. 아주 전통적인 입소문 방식이 디지털 기술을 만나 폭발적인 시너지를 내고 있는 것입니다.

그렇다면 전략은 무엇이어야 할까요? 이들과 경쟁하는 것은 어리석은 짓입니다. 대신 이 해설자들을 제 편으로 만들어야 합니다.

흙바닥에서 땀 흘리며 촬영하는 그들에게, 쾌적한 원스톱 클러스터 인프라를 제공해야 합니다. "여기 흙먼지 날리는 곳에서 찍지 말고 제 스튜디오로 오세요. 리프트도 있고 조명도 있고 하부까지 다 보여줄 수 있습니다. 당신의 고객에게 더 전문적으로 보이게 해드리겠습니다."

그들이 깨끗한 시설과 철저한 검수장비를 배경으로 방송할 때 그들이 가진 신뢰도는 자연스럽게 제 브랜드로 전이됩니다. "내

친구 알리가 방송하는 그 한국업체, 정말 시설이 좋더라"는 인식,
이것이 제가 노리는 신뢰의 전이 마케팅의 핵심입니다.

플랫폼의 한계를 넘어 고정 바이어 네트워크로

기존의 경쟁 플랫폼모델은 신뢰 구축이 어렵고 재구매율
이 낮다는 한계에 봉착했습니다. 저는 이를 극복하기 위해 현지
네트워크 기반의 하이브리드 모델로 진화했습니다. 마케팅을 통
해 현지 파트너에게 단순히 차를 파는 것이 아니라 시스템(CPO
및 물류)을 제공하는 솔루션파트너로 자리매김하는 전략입니다.

현지 인플루언서(해설자)에게 단순히 광고비를 주고 홍보를 부
탁하지 않았습니다. 대신 그들을 한국으로 초청하거나 현지에서
활동하는 에이전트들을 제 센터로 초대해 CPO 검수 시스템을 함
께 검증했습니다. 그들이 직접 리프트를 띄워보고 진단기를 꽂아
보며 "이 회사는 정말로 꼼꼼하게 검수한다. 내가 보증한다"는 객
관적인 평가를 내리도록 유도했습니다. 이것은 광고가 아니라 '검
증 콘텐츠'입니다.

이런 컨텐츠는 시장에 표준으로 확산시키고 별도의 영업 노력
없이도 고정 바이어 네트워크를 확보하는 강력한 전략이 됩니다.

현지 파트너에게 신뢰가능한 매입물량과 투명한 검수 시스템을
패키지로 제공하고 그들은 클레임 걱정 없이 높은 마진을 남길 수
있게 될 것입니다.

기술이 아니라 기억의 시스템이다

"없는 차를 팔 수는 없고 원하지 않는 차를 강요할 수도 없습니다. 마케팅은 결국 수요와 공급을 매칭하는 과정이며, 이 둘이 분리된 마케팅은 눈을 가리고 활을 쏘는 것과 같습니다."

마케팅의 본질은 간단합니다. "내가 가진 차를, 그것을 가장 필요로 하는 사람에게 보여주는 것"입니다. 하지만 현장에서는 이 단순한 원칙이 지켜지지 않습니다. 재고관리 시스템ERP과 고객관리 시스템CRM이 따로 놀기 때문입니다.

내가 어떤 차를 가지고 있는지ERP 모르는데 어떻게 마케팅을 합니까? 반대로, 바이어가 무엇을 원하는지CRM 모르는데 누구에게 연락합니까? 저는 단언컨대, ERP와 CRM의 결합 없이는 그 어떤 마케팅 전략도 공허한 외침에 불과하다고 생각합니다. 모든 마케팅 활동의 완성은 이 두 시스템의 완벽한 연동에서 비롯됩니다.

Kevin's Sniper Matrix : 수요를 데이터화하다

제가 CRM에 집착하는 이유는 하나입니다. 바이어의 머릿속에 있는 수요를 데이터로 꺼내놓기 위함입니다. 그래야 저의 재고(공급)와 맞출 수 있기 때문입니다. 저는 지난 시행착오 끝에 수출에 특화된 6가지 핵심 데이터 필드, 일명 'Sniper Matrix'를 정립했습니다.

- **구매 페르소나 및 선호 차량**Persona : 단순히 "소나타를 찾는다"가 아닙니다. "2015~2018년식 LF소나타, 흰색, 파노라마 썬루프(필수), 버튼 시동(선택), 가솔린"과 같이 초정밀 데이터를 기록해야 합니다. 그래야 정확한 매물이 들어왔을 때 스나이퍼 타겟팅이 가능합니다.

- **물류 수용능력**Logistics : 거래의 성사를 가르는 결정적 정보입

니다. 바이어가 로로선 접안이 가능한지, 컨테이너 하역만 가능한지를 기록해야 합니다. 로로선이 닿지 않는 내륙국가 바이어에게 낱개 판매를 제안하는 것은 물류비 폭탄을 안기는 꼴입니다. CRM이 이를 기억하고 있어야 컨테이너용 '3~4대 묶음 패키지'를 제안할 수 있습니다.

- **상품화 선호도** : 바이어가 수리능력(공업사)을 보유하고 있는지 여부입니다. 현지 공업사가 있는 Mechanic Buyer는 외판이 찌그러진 날것Raw 상태의 저렴한 차를 원합니다. 이들에게 수리된 비싼 차를 제안하면 비싸다며 떠납니다. 반면 수리 인프라가 없는 Retail Buyer는 받자마자 전시할 수 있는 'Showroom Ready' 상태를 원합니다.

- **언어 및 소통 채널** : 바이어가 편안해하는 소통창구를 기억합니다. 러시아권은 텔레그램, 중동은 왓츠앱 등 그들의 비즈니스 환경에 맞춰 알림을 보내야 도달률이 높아집니다.

- **수입 규제 연식** : 국가별 연식 제한(예 : 요르단 하이브리드 5년, 도미니카 5년)은 수시로 변합니다. 규제 연식이 지난 차를 제안하는 것은 "나는 당신 나라의 법도 모르는 아마추어입니다"라고 고백하는 것과 같습니다.

- **클레임 민감도** : 과거 클레임 이력을 통해 바이어의 '역린'을 파악합니다. 엔진 소음에 민감한 바이어에게는 엔진 구동 영상을, 외관에 민감한 바이어에게는 고화질 외관 사진을 먼저 보여줘야 합니다.

유럽의 Auto1 Group은 딜러가 폭스바겐 골프, 2020년식을 입력해두면CRM, 해당 차량이 매입되는 즉시ERP 알림이 가는 디지털 수요추적 시스템을 통해 재고가 쌓이기 전에 팔아치우는 수동적 판매를 실현했습니다. 일본의 BE FORWARD는 BF Supporters라는 현지 에이전트가 왓츠앱으로 수집한 미세한 요구사항을 본사 시스템에 업데이트하여 시스템이 놓치는 인간적인 터치를 보완합니다.

ERP와 CRM의 연동 : 스나이퍼 마케팅의 시작

많은 기업이 CRM을 그저 '주소록'으로 쓰고 ERP를 '장부'로 씁니다. 하지만 이 둘이 연동되는 순간, 그것은 강력한 마케팅 머신이 됩니다.

새로운 차량이 입고되어 ERP에 등록되는 순간, 시스템은 즉시 CRM을 뒤져 재고 기반 자동 매칭을 시작합니다. "오늘 입고된 흰색 쏘나타를 가장 원할 만한 사람은 누구인가?" AI는 칠레의 카를로스가 지난 달에 흰색 쏘나타를 찾았고 로로선 선적을 선호하며, 수리능력이 있다는 것을 기억해냅니다.

그러면 시스템은 저에게 선제적 제안을 합니다. "팀장님, 칠레의 카를로스에게 이번 매물을 제안하세요. 그는 수리능력이 있어 이번 사고차량도 소화할 수 있습니다. 스페인어 제안 메시지가 준비되었습니다." 이것이 바로 제가 추구하는 마케팅입니다. 불특정 다수에게 "차 사세요"라고 외치는 것이 아니라 살 사람에게 "당신이 찾던 차가 왔습니다"라고 속삭이는 것. 이것은 스팸이 아니라 정보가 되며 구매전환율은 비교할 수 없을 만큼 높아집니다.

AI 기반 바이어 타겟팅 : 데이터가 제안하는 영업전략

마지막으로, 이 모든 데이터는 AI를 통해 미래예측으로 이어집니다. 저는 CRM 데이터를 단순 보관하는 것을 넘어, 3단계 심층 수요예측 모델Demand Forecasting Model을 가동합니다.

- **구매성향 모델링**Propensity Modeling - The Sniper Score : AI는 모든 바이어에게 구매확률 점수(0~100점)를 부여합니다. 바이어 A가 최근 2주간 현대차 가격을 3회 조회했고 왓츠앱 응답 속도가 5분 이내라면 점수는 90점이 됩니다. 신규 매물이 등록되면 AI는 점수가 높은 상위 10% 바이어에게만 자동으로 카탈로그를 발송합니다.

- **시계열 수요예측**Time-Series Forecasting - Seasonality : AI는 국가별/계절별 수요 패턴을 분석하여 제가 무엇을 매입해야 하는지 알려줍니다. "요르단은 라마단 기간(4월) 직전에 저가형 하이브리드 수요가 30% 급증합니다. 지금 아반떼 하이브리드 재고를 확보하십시오." 이는 바이어가 찾기 전에 미리 물량을 확보하는 선제적 대응을 가능케 합니다.

- **이탈예측 및 방어**Churn Prediction : 가장 아픈 것은 단골을 잃는 것입니다. AI는 바이어의 이탈징후를 미리 감지합니다. "우수 바이어 무함마드의 최근 접속주기가 3일에서 10일로 늘어났

습니다. 이탈 확률 75%." 떠난 뒤에 잡는 것은 비용이 듭니다. 떠나려할 때 잡는 것이 진정한 CRM입니다.

- **지정학적 리스크 레이더**Geo-Political Risk Radar : 개발도상국은 규제 변화와 정치적 불안정이 빈번합니다. 단순한 뉴스 검색을 넘어 AI는 현지 관세청의 API, 법령 데이터베이스, 그리고 텔레그램이나 왓츠앱 상의 현지 딜러들의 대화 패턴(감성 분석)을 모니터링합니다. 예를 들어, "군부 카르텔의 항만 장악으로 통관 지연 예상"이나 "다음달 관세 20% 인상 루머 확산" 같은 '블랙스완' 징후를 미리 포착합니다. 이를 통해 저는 칠레의 세관파업 전 물량을 조절하거나 요르단의 연식 규제 변경 전 2018년식 재고를 빠르게 소진하는 등의 전략적 대응이 가능해졌습니다. 이는 리스크를 회피하는 가장 강력한 방패입니다.

마케팅 팀의 KPI는 단순한 문의 수가 아닙니다. 재구매율과 T2STime-to-Sale입니다. 재고가 들어오자마자 주인을 찾아나가는 속도, 그것이 바로 제 시스템ERP+CRM이 증명하는 마케팅의 성적표입니다.

[Kevin's Insight] 마케팅의 종말, 그리고 신뢰자산의 증명

많은 분들이 제게 묻습니다. "팀장님, 그래서 요즘은 어느 나라에 광고를 태워야 합니까?" 저는 그 질문이 틀렸다고 답합니다. 2026년의 중고차 수출시장에서 전통적인 의미의 광고는 죽었습니다. 바이어들은 더 이상 화려한 배너나 최저가 보장이라는 문구에 클릭하지 않습니다. 그들은 이미 너무 많은 사기와 과장에 지쳤기 때문입니다.

제가 긴 호흡으로 다룬 시스템 마케팅의 결론은 명확합니다.

마케팅은 외침이 아니라 보여줌이다

과거의 마케팅이 "나를 믿어라"라고 소리치는 것이었다면 미래의 마케팅은 "나를 믿을 수밖에 없는 증기를 보여주는 깃"입니다. CPO 리포트, 도막 측정 영상, 실시간 물류 트래킹, 이 시스템들은 마케팅 부서가 아니라 운영 부서의 업무처럼 보이지만, 사실 이것들이야말로 가장 강력한 세일즈맨입니다. 바이어는 저의 말이 아니라 저의 '시스템'이 산출한 데이터를 믿습니다.

사냥Hunting에서 경작Farming으로

아직도 매달 새로운 바이어를 찾아헤매고 계십니까? 그것은 밑 빠진 독에 물 붓기입니다. 제가 구축한 CRM과 AI 타겟팅 시스템은 '한번 들어온 고객을 절대 놓치지 않는 거미줄'과 같습니다. 10달러를 더 깎아주는 가격경쟁은 바이어를 잠시 머물게 할 뿐이지만, 자신의 취향과 비즈니스 환경을 기억해주는 시스템은 바이어를 영원히 떠나지 못하게 합니다. 저는 이제 사냥꾼의 본능을 버리고 농부의 마음으로 데이터를 경작합니다.

신뢰는 비용이 아니라 자산이다

많은 업체들이 검수장비를 사고 스튜디오를 꾸미고 CRM을 도입하는 것을 비용으로 인식합니다. 그래서 주저합니다. 하지만 명심하십시오. 이 시스템들은 비용이 아니라 복리가 붙는 신뢰자산입니다. 오늘 쌓은 투명한 거래기록 하나가,

내일의 바이어를 데려오는 가장 확실한 담보가 됩니다. 10년 뒤, 제 회사가 단순히 '오래된 가게'가 될지, 아니면 '대체 불가능한 브랜드'가 될지는 오늘 제가 시스템에 투자한 신뢰의 총량에 달려 있습니다.

결론적으로, 마케팅의 본질은 진심을 기술로 구현하는 것입니다. 저는 싼 차를 파는 장사꾼이 아닙니다. 저는 예측가능한 시스템을 통해 지구 반대편의 불안을 해소하는 비즈니스 파트너입니다.

흙먼지 위에
원스톱 클러스터를
설계합니다

2025년 겨울, 송도유원지에 실태조사라는 거센 바람이 불었습니다. 국토교통부와 인천시가 칼을 빼들고 수십 년간 이어져온 '자유업'의 시대를 끝내려 하고 있습니다.

대한민국에서 중고차라고 하면 누구나 수원을 떠올립니다. 그곳에는 도이치오토월드나 SK V1 모터스 같은 전국 최대 규모의 최첨단 자동차 매매단지가 위용을 자랑하고 있습니다. 소비자는 쾌적하고 안전한 환경에서 차를 구매합니다. 반면 연간 50만 대 이상을 해외로 내보내는 수출의 전초기지인 인천 송도는 여전히 위험한 곳, 접근하기 꺼려지는 험지로 인식되고 있습니다.

내수시장이 현대화된 인프라를 발판삼아 투명한 산업으로 성장했듯, 중고차 수출 역시 보따리무역 수준을 넘어 진정한 글로벌 산업으로 도약하려면 결국 선진화된 인프라 구축이 필수적입니다. 지금 불어닥친 변화의 바람은 누군가에게는 생존을 위협하는 위기이겠지만, 시스템을 갖춘 기업에는 시장을 재편하고 새로운 거대한 기회를 잡을 수 있는 절호의 찬스라고 저는 확신합니다.

왜 지금, 디지털 전환의 시대에 역설적으로 오프라인 인프라를 외치는가?

답은 명확합니다. 온라인 플랫폼만으로는 무너진 시장의 신뢰를 결코 회복할 수 없기 때문입니다. 오프라인의 물리적 실체와 거점이 없는 상태에서 온라인상의 매물정보는 공신력 없는 데이터 껍데기에 불과합니다.

중고차 수출은 쿠팡에서 물건을 사듯 박스에 포장해 택배로 보내는 단순 물류와는 차원이 다릅니다. 1.5톤이 넘는 거대한 강철 기계이자 고가의 자산인 자동차를 수출한다는 것은 검수, 수리, 말소, 쇼링(선적), 통관이라는 복잡한 프로세스가 유기적으로 결합되어야만 가능한 일입니다. 따라서 오프라인 거점은 단순한 주차장이 아니라 물류와 마케팅, 그리고 금융을 연결하는 핵심 허브(Hub)이자 서비스 확장의 교두보 역할을 수행해야 합니다.

지금의 송도유원지 사태는 바로 이 거점의 부재가 낳은 비극입니다. 물리적 거점 없이 수출을 하려다보니, 도심 한복판에 무질서하게 차량이 쌓이고 사회적 갈등이 폭발한 것입니다. 냉정하게 현실을 봅시다. 하루 벌어 하루 먹고사는 영세한 수출업자들이 개별적으로 수백억 원 규모의 대형 PF를 일으켜 현대화된 단지를 조성할 수 있을까요? 불가능합니다. 이것이 지금껏 송도가 슬럼가로 방치된 구조적 원인입니다.

오프라인 인프라 구축은 당연히 막대한 자본과 시간이 걸리는 어려운 문제입니다. 하지만 이것이 늦어질수록 대한민국 중고차 수출의 본원적 경쟁력은 약해질 수밖에 없습니다. 허위매물과 낮은 품질신뢰도 속에 갇혀 저가시장을 헤매게 될 것입니다. 이제 중고차 수출은 단순히 차를 파는 행위를 넘어 물리적 공간, 금융, 신뢰를 결합한 O2O 통합 플랫폼 비즈니스로 진화해야 합니다. 그 새로운 비즈니스 모델(BM)에 대한 저의 구체적인 제언입니다.

 │시스템의 초대장

사회적 갈등과 금융 리스크를 동시 청산할 기회

2025년 여름, 송도유원지의 기온은 35도를 육박했습니다. 수출 예정 차량 500여 대가 컨테이너 선적을 기다리며 흙먼지 날리는 마당(야적장의 현장 용어)에 무질서하게 밀집해 있었습니다. 저는 이곳의 온도가 바깥 기온보다 늘 5도 이상 높다고 느꼈는데, 이는 물리적인 열기뿐 아니라 지역사회와의 첨예한 갈등에서 오는 분노의 열기였을 것입니다.

송도유원지를 처음 방문한 해외 바이어들은 충격을 감추지 못합니다. 그들은 "여기가 정말 연간 60만 대를 수출하는 한국의 수출단지입니까? 난민촌 아니고?"라고 되묻습니다. 여기저기 찢어진 펜스, 불법 컨테이너 사무실, 전기조차 제대로 들어오지 않아 꿍음을 내는 발전기 소음. 화재라도 나면 소방차 진입조차 힘든 미로 같은 구조는 세계 5위 자동차 생산국의 민낯이었습니다.

이 물리적 환경은 곧 구조적인 문제를 낳습니다. 야적장이 포화되자, 번호판도 없는 수출 예정 차량들이 인근 도로변까지 불법으로 점령했습니다. 주민들의 비산먼지 민원과 함께 "우리 아이들의 통학로를 막는 무법천지"라는 비난이 쏟아졌습니다.

환경오염 문제 또한 심각합니다. 비포장 바닥으로 스며드는 엔진오일과 냉각수는 토양을 오염시키고 바람이 불면 비산먼지가 인근 아파트로 날아가 주민들의 민원이 끊이지 않았습니다. 수출단지는 지역사회의 미운 오리 새끼 신세를 면할 수 없었습니다.

더욱 치명적인 것은 도난과 보안 문제입니다. 밤이 되면 이곳은 무법천지였습니다. CCTV도 가로등도 부족해 고가의 촉매 변환기나 스마트키를 노리는 절도범들이 활개 쳤습니다. 또한, 휴먼 인프라의 부재 역시 심각했습니다. 바이어가 방문해도 편하게 상담할 미팅룸 하나 없었고 더운 여름 좁은 컨테이너 안에서 땀을 뻘뻘 흘리며 계약서를 쓰는 모습은 한국 수출의 위상과 너무나 동떨어져 있었습니다.

법은 업계에 산업이 되라고 요구하지만, 수출업체들은 여전히 유목민처럼 떠돌고 있습니다. 이 괴리를 메우는 것, 그것이 바로 인프라 혁신의 시작점입니다.

이 통제불능 상태는 곧 수출업자에게 금융폭탄으로 돌아왔습니다. 저는 거래처인 W사 김 전무(50대, 현장관리 총책임자)의 호출을 받고 흙먼지 속에서 파손된 랜드로버 차량 앞에 섰습니다. 1,800만 원에 매입해 2,100만 원에 판매가 확정되었던 차량은 조수석 뒷유리가 깨져 있었고 키박스까지 뜯긴 상태였습니다. 고가의 촉매 변환기를 도난당한 것입니다. 김 전무는 밤 사이 무단침입한 절도범을 특정할 CCTV도, 체계적인 경비 시스템도 없어 이미 이번 달에만 세 번째 손실이라고 체념했습니다.

더 뼈아픈 사실은 W사가 도난보험에 가입했음에도 불구하고 보험사에서 관리소홀을 이유로 보험금 지급을 미루고 있었다는 점입니다. 차량의 물리적 위치와 상태를 누구도 시스템적으로 통제하고 있지 않기 때문에, 재고가 가진 금융적 가치와 신뢰는 무력화되었습니다. 인프라의 부재는 단순히 비효율을 넘어 사회적 공공성(주민의 안전)을 해치고 업자의 금융 리스크를 극대화하는 구조적인 폭탄이었습니다.

이 거대한 변화의 전조는 이미 예고되어 있었습니다. 2025년 4월 국회 정책토론회에서 연간 6조 원 규모의 시장임에도 불구하고 산업부와 국토부 사이에 낀 주무부처 부재와 자유업 분류의 문제점이 강하게 질타받았습니다. 정부조차 현황을 파악하지 못하는 제도적 공백은 더 이상 용인될 수 없었습니다. 이후 11월, 국토부와 인천시가 합동 TF를 꾸려 중고차 수출업 실태 전수조사에 착수하자 업계는 술렁였습니다.

하지만 저는 이 변화를 기업형 수출업체에 날개를 달아주는 기회로 보았습니다. 음지의 나이롱 딜러들이 퇴출당하고 시장이 투명해지면 비로소 통합 인프라와 시스템을 무기로 제대로 된 승부를 겨룰 수 있는 토대를 마련하게 되는 것입니다.

9-2 │ 스마트 오토밸리의 침몰
부동산 논리가 낳은 예견된 참사

시장이 그토록 염원하던 선진화된 인프라 구축은 왜 번번이 실패하는가? 그 답을 찾기 위해 저는 지난해 중고차 수출업계에 가장 큰 충격을 안겨준 인천 스마트 오토밸리 조성사업의 완전한 백지화 사건을 뼈아프게 복기하고자 합니다.

2024년 말부터 심상치 않았던 조짐은 2025년에 들어서며 현실이 되었습니다. 인천 남항 배후단지에 축구장 55개 크기(약 39만 ㎡)의 최첨단 수출단지를 조성하겠다는 이 야심 찬 프로젝트는, 착공조차 하지 못한 채 서류 속의 조감도로만 남게 되었습니다.

이 사업의 실패 원인은 표면적으로는 글로벌 경기침체와 고금리로 인한 PF 자금조달 실패였습니다. 건설원자재 가격이 30% 이상 폭등하면서 당초 예상했던 사업비가 눈덩이처럼 불어났고 금융권은 리스크 관리를 이유로 지갑을 닫았습니다.

하지만 저는 기획자의 관점에서 더 근본적인 원인을 공공과 민간(운영법인)의 좁혀지지 않는 시각차'에서 찾습니다.

건물주 마인드 vs 사업자 마인드의 충돌

인천항만공사IPA는 공기업으로서의 규정과 절차를 강조했습니다. 그들은 사업부지의 임대료 체납문제와 이행보증금 납부를 원칙대로 요구했습니다. 하지만 여기서 근본적인 질문을 던져야 합니다. "애초에 영세한 중고차 수출업체들이 그 화려한 건물의 높은 임대료를 감당할 체력이 있었는가?"입니다.

대다수 수출업체는 차량 한 대 팔아 30만~50만 원 남기는 박리다매 구조 속에 있습니다. 그들에게 최첨단 시설의 임대료는 생존을 위협하는 고정비일 뿐입니다. 그렇다면 영원히 흙바닥 컨테이너에서 영업해야 할까요?

여기서 악순환의 쳇바퀴가 시작됩니다. 인프라가 없으니 바이어에게 신뢰를 줄 수 없고 신뢰가 없으니 결국 가격할인 경쟁으로 승부할 수밖에 없습니다. 수익성이 낮아지니 시설에 투자할 여력은 더 없어지는 꼬리에 꼬리를 무는 딜레마입니다. 내수 중고차시장이 현대화된 단지를 통해 신뢰를 얻고 제값을 받게 된 것처럼, 이 고리를 끊어야 합니다. 비록 당장은 무모해 보일지라도 누군가는 흙먼지 구덩이에서 나와 시스템의 첫 벽돌을 쌓는 용기를 내야만 이 지긋지긋한 저평가의 굴레를 벗어날 수 있습니다.

반면 민간 운영법인은 악화된 시장상황을 고려해 임대료 감면이나 납부유예, 사업기간 연장 등 유연한 대처를 호소했습니다.

결국 IPA는 계약 불이행을 이유로 사업 협약해지라는 초강수를 두었고 운영법인은 이에 반발하며 법적 공방을 예고하는 파국을 맞았습니다.

콘텐츠 없는 부동산 개발의 한계

스마트 오토밸리는 건물을 짓는 데에만 몰두했습니다. 화려한 외관과 넓은 주차장은 계획했지만, 그 안을 채울 '비즈니스 콘텐츠'에 대한 고민은 부족했습니다. 영세한 수출업체들이 감당하기 힘든 높은 입주 비용을 상쇄할 만한 수익창출 모델(금융, 정비, 부품수출 등)이 부재했습니다. 결국 "임대료가 비싸서 못 들어간다"는 현장의 목소리를 외면한 채 부동산 논리로만 접근한 사업은 필연적으로 실패할 수밖에 없음을 증명한 사례입니다.

이 처참한 실패는 중요한 교훈을 줍니다. "단순히 땅을 파고 건물을 올리는 것만으로는 결코 혁신이 될 수 없다." 지향해야 할 미래의 클러스터는 부동산 개발이 아니라 물류와 금융이 결합된 '비즈니스 플랫폼'이어야 합니다.

비효율적 동선과 낭비의 일상화

스마트 오토밸리의 좌초로 인해 업계는 다시 냉혹한 현실로 돌아왔습니다. 현재 중고차 수출산업이 가진 가장 치명적인 약점은 바로 '비효율적 동선'과 '암묵적 물류'입니다. 차 한 대를 수출하기 위해 거쳐야 하는 과정은 마치 미로 찾기와 같습니다.

수출차량 한 대는 완성차 생산과정보다 훨씬 더 많은 불필요한 이동을 합니다. 매입한 차량을 성능점검장에 보냈다가 다시 도색을 위해 공업사로 이동하고 수리가 끝나면 광택집으로, 마지막으로 야적장으로 돌아옵니다. 이 과정에서 탁송비만 4~5번 발생합니다. 대당 마진이 50만 원인 차에서 탁송비로만 10만 원이 깨지는 물류의 낭비가 매일같이 반복되는 것입니다.

미래의 수출단지는 단순히 차를 세워두는 주차타워가 아닙니다. 차량의 입고부터 출고까지 모든 과정이 단지 내에서 해결되는 완결형 생태계, 즉 원스톱 클러스터여야 합니다.

이를 위해서는 두 가지 핵심적인 통합이 필수적입니다.

하드웨어의 통합 : 차는 움직이지 않는다

클러스터 입구를 통과하는 즉시 AI 기반 성능점검과 360도 사진 촬영이 자동으로 이루어지고 단지 내에 1급정비소, 판금·도색, 광택, 세차장이 집적되어 서비스가 차로 오는 구조를 설계해야 합니다. 컨테이너 선적을 위한 쇼링(차량을 컨테이너에 싣는 작업) 작업까지 단지 내 물류센터에서 처리하여 곧바로 항만으로 직행하는 구조를 만들어 물류낭비를 제로화해야 합니다.

소프트웨어의 통합 : 서류는 날아다닌다

물리적 공간만큼 중요한 것이 행정 서비스의 집적화입니다. 구청 차량등록사업소 출장소와 세관파견소, 그리고 관세사 및 포워더가 상주하는 '행정지원 센터'가 필수적입니다. 번호판 반납과 동시에 말소증이 발급되고 그 자리에서 수출면장이 나오는 당일 처리 시스템이 구축되어야 합니다. 여기에 바이어를 위한 금융, 환전, 미팅 시설까지 갖추어야 비로소 진정한 글로벌허브라고 말할 수 있습니다.

9-3 | O2O 통합 인프라가 창출하는 두 가지 BM
신뢰와 금융을 팝니다

인프라 구축을 단순히 비용으로만 생각하면 안 됩니다. 그것은 새로운 수익을 창출하는 비즈니스모델BM 그 자체가 되어야 합니다. 저는 이 O2O 통합 인프라를 활용하여 두 가지 핵심 BM을 구축함으로써, 한국 중고차 수출의 고질적인 문제를 해결하고 시장을 혁신할 수 있다고 확신합니다.

통합 플랫폼 BM : 신뢰의 기술과 품질의 표준화

중고차 수출시장은 정보비대칭과 불투명한 품질정보로 인해 늘 레몬마켓이라는 오명에 시달려왔습니다. 바이어들은 "한국 차는 주행거리를 믿을 수가 없다"고 불신합니다. 일본이 JEVIC(일본수출자동차검사협회)을 통해 품질을 팔 때 대한민국은 시스템의 부재 탓에 오직 싼 가격으로만 승부해야 했습니다.

미래의 통합 플랫폼은 단순 중개자가 아니라 신뢰의 보증기관이 되어야 합니다.

저의 비전은 명확합니다. 클러스터 내의 통합 성능점검센터에서 엄격한 검사를 통과한 차량에만 수출 인증 마크를 부여하도록 의무화해야 합니다. 여기에 블록체인 기술을 활용하여 차량의 정비이력, 사고기록, 검사결과를 위변조 불가능한 형태로 저장하고 이를 QR코드로 바이어에게 투명하게 제공합니다. 바이어는 이 신뢰를 믿고 비대면으로 구매하게 되며, 여기서 발생하는 인증 수수료와 프리미엄 마진이 새로운 수익원이 될 것입니다. 'Made in Korea'라는 브랜드파워를 중고차시장에도 이식하는 것이 업계의 과제입니다.

저는 이 비전을 구현하고 있는 구체적인 사례를 이미 현장에서 목격하고 있습니다. 바로 CIG 선사의 자회사인 '망고카Mangocar'입니다. 망고카는 단순히 온라인 플랫폼을 운영하는 것을 넘어, 인천지역에 대규모의 사진촬영장, 보관장소, 그리고 차량검수 시설을 직접 구축했습니다. 이는 앞서 제가 제안한 하드웨어 통합전략을 실행하고 있는 것입니다. 특히 망고카는 자체적인 MIT^{Mangocar} ^{Inspection Technology} 정밀진단 서비스를 도입하여, 차량의 상태를 표준화된 데이터로 제공함으로써 바이어들이 현장방문 없이도 신뢰하고 구매할 수 있는 기반을 마련했습니다. 운송(선사)과 검수(플랫폼)가 수직적으로 통합된 이 모델은 미래의 수출 클러스터가 지향해야 할 신뢰 구축 BM의 강력한 선례가 되고 있습니다.

수익의 90%는 좋은 차량을 적정가에 확보하는 능력, 즉 매입력에 달려 있습니다. 하지만 영세 수출업체들은 담보력이 부족해 은행 대출을 받기 어렵고 좋은 차가 나와도 매입할 자금이 없어 놓치는 돈맥경화를 겪고 있습니다.

기존 금융권의 소극적 참여와 구조적 리스크

현재까지 다수의 대형 캐피탈사나 시중 금융사는 중고차 수출 재고를 대상으로 공식적이고 대규모의 재고금융 상품을 출시하는 데 극도로 소극적입니다. 그 이유는 간단합니다. 중고차 수출 재고는 일반 내수 중고차보다 담보관리와 회수가 매우 어렵기 때문입니다. 금융사가 담보로 잡은 차량이 무질서한 마당장에서 해외로 선적되거나 도난당할 경우, 회수가 불가능해지는 구조적 위험이 존재합니다. 이 막대한 리스크를 떠안을 금융사는 존재하지 않습니다.

바로 이 지점에서 원스톱 클러스터의 물리적 통제력이 강력한 금융상품으로 전환됩니다. 차량이 클러스터에 입고되고 키와 서류(말소증, B/L 등)가 플랫폼 운영사의 통제 하에 관리되는 순간 그 차는 금융권이 인정할 수 있는 안전한 '담보자산'이 됩니다. 차가 어디로 사라지거나 도난당할 염려가 사라지기 때문입니다.

플랫폼 운영사는 이 담보력을 기반으로 핀테크나 은행권과 제휴하여 저리로 매입 자금을 대출해주는 재고금융 상품을 운영합니다. 영세업체는 자금회전율이 높아지고 플랫폼은 차 판매수수료를 넘어 금융 중개수수료라는 안정적이고 거대한 시장을 개척하게 됩니다. 이 금융수익은 단순한 공간 임대수익을 능가하는 핵심 BM이 될 것입니다.

보관이 곧 마케팅이 되는 마법 : 물량의 중력효과

재고금융을 통해 통제된 장소(클러스터)에 차량이 대규모로 모이게 되면 놀라운 현상을 목격하게 될 것입니다. 바로 '보관이 곧 마케팅이 되는 마법'입니다. 바이어들은 본능적으로 물량이 풍부한 곳으로 모여듭니다. 수천 대의 인증된 차량이 한곳에 전시되어 있다는 사실만으로도, 전 세계 바이어들을 끌어당기는 강력한 중력이 발생합니다. 개별업체가 굳이 비용을 들여 광고하지 않아도, 클러스터에 차량을 보관하는 행위 자체가 가장 확실한 마케팅이 되는 저절로 판매되는 선순환구조가 완성되는 것입니다.

9-4 | 통합 클러스터의 현실 전략
역현지화된 인천과 클러스터 포트폴리오 다각화

왜 인천인가? 이 질문에 대한 답은 명확합니다. 중고차 수출업자들이 인천에 집중된 것은 단순히 항만 인접성 때문만이 아닙니다. 수많은 외국인 바이어들과 그의 가족들이 거주하며 자연스럽게 구축된 역현지화된 생활 인프라와 강력한 인적 네트워크 때문입니다. 이들은 이미 종교시설, 환전소, 무역 관련 법률사무소, 그리고 자국 식당까지 모여 사는 거대한 커뮤니티를 형성했습니다. 따라서 이 모든 것을 버리고 새로운 곳으로의 대규모 이전은 매우 어렵고 비현실적인 일입니다.

하지만 중고차 수출물량이 폭발적으로 증가하는 상황에서 인천만을 고집할 수는 없습니다. 송도유원지는 현장방문과 마당 중심의 장터 역할이 강하지만 미래는 온오프라인이 결합된 신뢰기반의 대형화 단지를 요구합니다. 국내 중고차사업자가 경매장에 직접 가지 않고 온라인으로만 차를 구매하듯, 해외 바이어 역시 현장방문 없이 신뢰성 높은 온라인 정보와 인증을 통해 차량을 픽Pick할 수 있는 구조를 만드는 것이 핵심입니다.

이제 업계는 인천의 딜레마를 인정하고 역현지화된 인천은 현지 바이어 커뮤니티를 위한 고부가가치 비즈니스허브로 재편하도록 하되, 동시에 전국 단위의 클러스터 포트폴리오를 다각화해야 합니다. 즉, 평택, 군산, 부산 등 항만시설이 잘 갖춰진 다른 지자체와 선제적으로 협력하여 대규모 야적 및 물류 처리가 가능하고 신뢰성이 보장된 제2, 제3의 통합 클러스터를 구축할 필요가 있습니다.

이러한 다각화전략은 수도권 인근에 거대한 신규 부지를 확보하는 것이 땅값과 민원 문제로 현실적으로 불가능에 가까운 상황에서 가장 합리적인 해법이 됩니다. 저는 그 현실적인 대안으로

‘노후 산업단지’의 재발견에 주목합니다. 준공된 지 20~30년이 지나 제조업이 떠나 슬럼화된 공단들. 이들은 이미 도로와 전력 등 기반시설이 갖춰져 있어 인프라 구축에 유리합니다.

노후 산업단지 활용의 핵심 부가가치 : 애프터마켓 통합

노후 산업단지가 중고차 수출 클러스터로 주목받는 이유는 단순히 공간확보 때문만이 아닙니다. 기존 산업단지는 태생적으로 제조업 중심으로 지정되어 있어 자동차 관련 제조업을 수행하기 위한 입지조건을 이미 갖추고 있다는 행정적 이점이 있습니다.

이 점을 극대화하여 클러스터를 단순한 보관소를 넘어 애프터마켓의 거점으로 활용해야 합니다. 해외 바이어들이 차량과 함께 대량으로 수급하기를 원하는 OE 제품 생산을 위한 소규모 공장이나 물류창고를 클러스터 내에 유치하는 것입니다. 차량검수, 수리, OE 부품수급, 그리고 수출차량에 부품을 결합하여 컨테이너에 싣는 쇼링 등의 연관 산업이 통합되는 형태를 제안합니다. 이는 제조업 입주를 허용하는 산업집적법의 기준을 충족시키면서 동시에 수출 부가가치를 폭발적으로 높이는 효과를 낳습니다.

하지만 노후 산업단지를 중고차 수출 클러스터로 활용하기 위해서는 반드시 법적·행정적 난관을 넘어서야 합니다. 기존 산업단지는 「산업집적활성화 및 공장설립에 관한 법률(산업집적법)」에 따라 입주 업종이 제조업 중심으로 제한되어 있기 때문입니다. 중고차 매매, 전시, 수출업종(서비스업)이 입주하기 위한 구체적인 절차는 다음과 같이 진행해야 합니다.

가장 먼저, 산업단지의 관리기관은 중고차 수출업종의 입주 필요성을 입증하는 보고서를 작성하여 산업통상자원부에 산업단지 관리 기본계획 변경을 요청해야 합니다. 이 과정에서 수출업이 지역경제에 기여하는 산업적 가치와 지역 제조업과의 시너지 효과를 명확히 제시하는 것이 핵심입니다.

다음으로, 용도 변경의 핵심인 수출업종을 제조업이 아닌 지원시설 또는 복합용지로 분류해야 합니다. 특히, 용적률 완화 혜택이 있는 '산업단지 구조고도화사업' 등을 통해 복합용지 확보를 추진하는 것이 중요합니다.

최종적으로는 해당 광역지자체의 도시계획위원회 심의를 거쳐 관련 조례를 개정해야 합니다. 이는 지역주민의 민원해소 방안 및 환경오염 방지대책(비산먼지, 폐수처리 등)을 수립하여 공공의 이익에 부합함을 입증해야 통과될 수 있습니다.

이 복잡한 행정 과정을 수출업체들이 주도적으로 지자체와 협력하여 풀어내야만 송도유원지의 유목민 신세를 청산하고 안정적인 사업기반을 마련할 수 있다고 저는 강조합니다. 노후산단으로의 입주 전환은 우리가 겪고 있는 유목민 신세를 청산하고 제도권 내에서 안정적인 사업기반을 마련할 수 있는 가장 현실적이고 빠른 대안입니다.

[Kevin's Insigh] 신뢰의 공장을 설계하는 자가 미래를 쥔다

저는 이 글을 집필하는 동안 수백억 원짜리 PF 사업이 좌초되고 영세한 업체들이 임대료 걱정에 잠 못 이루는 이 냉혹한 현실을 직시했습니다. 누군가는 묻습니다.

"어차피 굴러가는 시장인데, 굳이 비싼 돈 들여 번듯한 건물을 지을 필요가 있는가?"

하지만 저의 대답은 단호합니다.

"지금 짓지 않으면 미래는 없다."

시장이 겪고 있는 '저가경쟁'과 '불신'의 쳇바퀴는, 결국 물리적 실체의 부재에서 비롯되었습니다. 오프라인 거점 없이 온라인 플랫폼만으로 쌓은 신뢰는 모래성입니다. 바이어들이 비행기를 타고 와서 흙먼지를 마시며 차를 보는 이유는 한국의 시스템을 믿지 못하기 때문입니다.

구축해야 할 클러스터는 단순한 '주차장'이 아닙니다. 그것은 신뢰를 생산하는 공장입니다.

그곳은 검수 데이터가 생성되는 데이터센르이자 금융자본이 안심하고 흐르는 금고이며 애프터마켓 제조업이 결합된 고부가가치 생산기지입니다.

물론, 이 과정은 고통스럽습니다. 영세한 자본으로 거대한 인프라의 벽을 넘는 것은 불가능해 보일 수도 있습니다. 하지만 앞서 언급했듯, 망고카와 같은 선도적인 플레이어들이 이미 그 길을 닦고 있습니다. 부동산 논리가 아닌 '철저한 비즈니스 운영 논리'로 무장한다면 노후 산업단지는 기회의 땅이 될 것입니다.

이제 유목민의 텐트를 걷고 정착민의 성벽을 쌓아야 할 때입니다. 흙먼지 날리는 마당장에서 벗어나 데이터와 금융이 흐르는 스마트밸리로. 불안한 현금뭉치 대신 투명한 재고금융으로. 의심받던 싸구려 차가 아닌 인증받은 K-중고차로 전환이 필요한 시기입니다. 이 거대한 전환을 가능하게 하는 인프라는 어떤 방식으로든 반드시 마련되어야 합니다.

디지털 자산이
국제무역의 패러다임을 바꾸는
전략적 로드맵

"사업이라는 것이 결국 끊임없는 문제해결의 과정 아니겠습니까. 특히 중고차 수출처럼 국경을 넘나드는 복잡한 무역에서는 늘 통제할 수 없는 변수들이 도사리고 있습니다. 지난 수십 년간 이 거친 업계에 몸담아오면서, 저는 늘 더 빠르고 더 안전하며, 더 투명한 거래방법을 갈망해왔습니다. 그리고 최근 저는 그 오랜 갈증을 해소할 열쇠를 발견했습니다. 바로 스테이블코인입니다. 이것은 단순한 디지털 화폐가 아닙니다. 수십 년간 씨름해온 국제금융의 비효율성을 근본적으로 혁신할 수 있는, 가장 강력하고 현실적인 도구입니다."

저는 지금부터 낡은 송금 방식이 주는 고통에서 벗어나 디지털 자산이 여는 새로운 무역의 지평을 탐험하려 합니다. 스테이블코인이 가져다줄 압도적인 속도와 비용절감 효과는 단순한 마진 개선을 넘어선 강력한 경쟁우위를 안겨줄 것입니다. 물론 급변하는 글로벌 규제와 기술적 장벽이라는 파도가 앞에 놓여 있습니다. 하지만 파도가 높을수록 서핑의 짜릿함은 커지는 법입니다. 이 변화의 흐름을 선제적으로 읽고 준비한다면 2026년 이후의 중고차 수출시장은 분명 준비된 자들의 무대가 될 것이라 확신합니다.

한국의 현실 : 규제라는 이름의 모래주머니

"전 세계는 F1 머신을 타고 달리는데, 한국시장은 아직도 리어카를 끌고 고속도로에 서 있는 기분입니다."

본격적인 미래전략을 논하기 전에 2025년을 지나온 대한민국 수출기업들이 처한 냉혹한 현실을 먼저 짚고 넘어가야겠습니다. 스테이블코인이라는 혁신적인 무기를 손에 쥐는 것을 주저하게 만드는 것은 기술이 아닙니다. 바로 제도의 시차입니다.

갈라파고스에 갇힌 법인 계좌

2024년 7월, 「가상자산 이용자보호법」이 시행되면서 시장의 건전성은 높아졌습니다. 하지만 이 법은 철저히 '투자자 보호'에 초점이 맞춰져 있었지, '기업의 결제 활용'을 위한 길을 시원하게 터주지는 못했습니다. 2025년 들어 금융당국이 법인의 가상자산 계좌 개설을 단계적으로 허용하겠다는 로드맵을 발표했지만, 여전히 수출대금을 코인으로 받아 즉시 원화로 환전하는 기업용 '법인실명 계좌'의 문턱은 높기만 합니다. 미국의 코인베이스나 일본의 거래소들이 기업들에 스테이블코인으로 무역대금을 결제하고 정산하는 자유로운 인프라를 제공하는 것과 대조적입니다. 한국 기업들은 여전히 대표이사 개인 명의로 우회하거나 해외법인을 통해야 하는 '회색지대'에서 아슬아슬한 줄타기를 강요받고 있습니다. 이것은 명백한 역차별이자 글로벌 경쟁에서 발목을 잡는 무거운 모래주머니입니다.

외국환거래법의 딜레마 : 혁신인가, 외화유출인가

더 큰 장벽은 낡은 「외국환거래법」입니다. 현행법상 스테이블코인을 통한 국경 간 송금은 '외국환거래'로 명확히 정의되지 않은 모호한 영역에 있거나 상황에 따라 엄격한 신고 의무를 요구합니다. 2025년 말, 국회에서는 가상자산을 '제3의 지급수단'으로 인정하고 외국환거래 규율 안에 포섭하려는 개성안 논의가 한창이었습니다. 하지만 현장에서는 여전히 혼란스럽습니다. 바이어에게 5만 달러어치 USDT를 받고 차를 보냈을 때 이것을 수출실적으로 인정받을 수 있는지, 은행에 자금출처 소명은 어떻게 해야 하는지 명확한 가이드라인이 부족합니다. 자칫하면 혁신을 시도하다가 '환치기범'으로 몰릴 수 있다는 공포가 기업가들의 손발을 묶고 있는 것입니다.

그럼에도 불구하고 왜 준비해야 하는가?

이러한 척박한 규제환경 속에서도 제가 굳이 스테이블코인을 강조하는 이유는 명확합니다. 시장은 규제보다 훨씬 빠르게 움직이고 있기 때문입니다. 이미 나이지리아, 러시아, 남미의 바이어들은 달러 송금이 너무 느리고 비싸다며 USDT 결제를 강력하게 요구하고 있습니다. 규제를 이유로 거절한다면 그들은 주저 없이 더 유연한 옆 나라 딜러에게 발길을 돌릴 것입니다. 이것은 단순한 선택이 아니라 생존의 문제입니다. 또한, 변화의 물결은 이미 댐을 넘어섰습니다. 한국은행은 CBDC(중앙은행 디지털화폐) 테스트를 진행 중이고 금융권도 스테이블코인 수탁사업에 뛰어들 준비를 서두르고 있습니다. 2026년 이후 규제의 빗장이 풀리는 순간 준비된 자만이 그 과실을 독식할 것입니다. 저는 지금 불법을 하자는 것이 아닙니다. 제도의 공백을 메우는 '민간의 표준'을 선제적으로 준비하자는 것입니다. 현행법을 준수Off-chain Compliance하면서도 블록체인의 속도를 활용On-chain Efficiency하는 하이브리드 전략. 이것이 바로 규제의 틈새에서 피어날 생존전략입니다.

10-1 │ 국제 결제의 그림자
치러야 했던 보이지 않는 비용들

지난 세월 동안 수출현장을 지키며 제가 가장 무력감을 느꼈던 순간은, 좋은 차를 구해놓고도 오직 '돈이 늦게 도착해서' 거래를 놓칠 때였습니다. 전통적인 국제금융 시스템은 마치 낡은 디젤엔진처럼 덜컹거렸고 그 비효율이 뿜어내는 매연은 고스란히 수익성을 갉아먹는 보이지 않는 그림자가 되어왔습니다.

시간과 비용의 덫, 낡은 송금망의 비애

해외 송금 과정을 들여다보면 마치 복잡한 미로와 같습니다. 바이어가 보낸 돈이 통장에 찍히기까지 거쳐야 하는 관문은 너무나 많습니다. 송금 은행에서 50달러, 중개 은행에서 또 50달러, 수취 은행에서 30달러… 단계마다 통행료를 요구합니다. 여기에 환율 스프레드라는 명목의 보이지 않는 수수료까지 더해지면 5만 달러짜리 고가 차량 한 대를 팔 때 단순히 결제과정에서만 4천 달러 가까운 비용이 증발해버리기도 합니다. 1~2%의 마진 싸움을 하는 현장에서 이 비용은 뼈아픈 손실입니다. 백분율로 따지면 작아보일지 모르지만, 그것은 현장에서 흘린 땀방울의 가치를 허무하게 지워버리는 금액입니다.

더 견디기 힘든 것은 바로 시간입니다. 금요일 오후에 송금했다는 바이어의 연락을 받고 주말 내내 그리고 그다음 주 수요일이 될 때까지 입금 알림만을 기다려본 적이 있으십니까? 전통적인 송금망인 SWIFT 시스템을 타면 자금이 도착하기까지 짧게는 2일, 길게는 5일이 걸립니다. 그 며칠 동안 소중한 자금은 사이버 공간 어딘가에 묶여 옴짝달싹하지 못합니다. 자금의 유속Velocity of Money 이 느려진다는 것은 곧 비즈니스의 혈관이 막힌다는 뜻입니다. 급 매로 나온 좋은 재고를 잡아야 하는데, 혹은 당장 선적비를 내야 배를 띄울 수 있는데, 돈이 묶여 있어 기회를 놓친 적이 얼마나 많 았습니까. 스테이블코인이 이 모든 과정을 불과 10분 내로 단축시 킬 수 있다는 사실을 알게 되었을 때 제가 느꼈던 전율은 단순한 기술적 감탄이 아닌, 해방감이었습니다.

예측 불가능한 폭풍, 환율변동성

국제무역을 하는 이들에게 환율은 영원히 길들여지지 않 는 야수와 같습니다. 밤사이 요동치는 환율 그래프는 다음날 수익 을 천국과 지옥으로 오가게 만듭니다. 원화가치가 떨어지면 수출 경쟁력이 생긴다고 좋아하던 시절도 있었지만, 5만 달러짜리 차를 계약하고 잔금을 받기로 한 날 갑작스러운 환율 하락으로 앉은자 리에서 수백만 원의 환차손을 입어본 사람이라면 그 공포를 알 것 입니다. 이런 변동성은 마치 안개 속에서 운전하는 것과 같아서, 정확한 재무계획을 세우는 것을 불가능하게 만듭니다. 안정적인 마진을 확보해야 회사를 키울 수 있는데, 환율이라는 변수가 늘 발목을 잡는 것입니다.

또한 환율은 판매가뿐만 아니라 부품수입이나 국제물류비 같은 원가에도 직접적인 타격을 줍니다. 전 세계가 촘촘히 연결된 지금, 환율변동은 사방에서 압박하는 비용증가의 요인이 됩니다. 따라서 달러USD에 가치가 고정된 스테이블코인을 사용한다는 것은, 이 거친 폭풍우 속에서 배를 단단히 묶어둘 닻을 내리는 것과 같습니다. 예측가능한 가격, 예측가능한 수익. 그것이야말로 경영자가 가질 수 있는 최고의 무기입니다.

투명성의 부재가 낳은 불신의 늪

안타깝게도 중고차산업, 특히 수출시장은 오랫동안 '회색지대'라는 오명을 써왔습니다. 차량의 상태나 가격뿐만 아니라 오고 가는 돈의 출처가 불분명하다는 의심을 받아온 것입니다. 전통적인 은행 시스템은 자금의 꼬리표를 명확히 보여주지 못할 때가 많고 이는 종종 자금세탁의 통로로 악용되기도 했습니다. 고가의 자동차를 이용해 불법자금을 세탁하고 현금박치기로 자금출처를 지우는 일명 '환치기'가 횡행했던 것도 사실입니다. 하지만 이런 관행은 소수의 일탈로 끝나지 않고 묵묵히 일하는 다수의 정상적인 기업들까지 잠재적 범죄자로 내몰리게 했습니다. 평판은 한순간에 무너질 수 있고 법적 리스크는 기업의 존폐를 위협합니다.

저는 블록체인 기반의 스테이블코인이 이 오래된 불신의 늪을 건너게 해줄 다리라고 믿습니다. 모든 거래기록이 투명하게 남고 누구도 조작할 수 없는 이 기술은, 자금흐름이 깨끗하다는 것을

증명하는 가장 강력한 영수증이 될 것입니다. 이는 앞서 강조해온
신뢰 기반의 브랜드를 완성하는 마지막 퍼즐, 즉 금융적 투명성의
토대가 될 것입니다.

10-2 │ 디지털 대항해 시대의 나침반
스테이블코인

이 거대한 비효율의 벽을 넘기 위한 해답은 의외로 가까운 곳에
있었습니다. 바로 스테이블코인입니다. 혹자는 암호화폐라고 하
면 비트코인의 널뛰는 가격 그래프부터 떠올리며 고개를 저을지
도 모릅니다. 하지만 스테이블코인은 태생부터 다릅니다. 이것은
투기를 위한 칩이 아니라 교환을 위한 화폐입니다. 기존 금융 시
스템의 안정성에 블록체인의 효율성을 결합한 이 도구는 이제 국
제무역의 패러다임을 송두리째 바꿀 준비를 마쳤습니다.

변하지 않는 가치, 블록체인의 날개를 달다

이름 그대로 안정적인 가치를 지키는 것이 이 코인의 존재
이유입니다. 하루에도 수십 퍼센트씩 오르내리는 다른 암호화폐
와 달리, 스테이블코인은 미국 달러 같은 법정 통화에 그 가치를
1:1로 고정합니다. 1코인이 곧 1달러라는 믿음, 이것이 바로 비즈
니스 결제수단으로 쓰일 수 있는 핵심 전제입니다.

물론 모든 스테이블코인이 같은 것은 아닙니다. 사업가로서 주목해야 할 것은 오직 법정화폐 담보 스테이블코인입니다. USDC나 USDT처럼 발행사가 실제 달러나 미국 국채 같은 확실한 자산을 금고에 보관하고 있는 코인 말입니다. 마치 과거 금본위제 시절의 화폐처럼, 실물자산이 그 가치를 든든하게 뒷받침하고 있고 정기적인 회계감사를 통해 이를 증명하는 코인만이 파트너가 될 자격이 있습니다. 이 믿음직한 자산 위에 블록체인이라는 날개를 달면 보안은 철통같아지고 거래는 유리알처럼 투명해지며 속도는 빛처럼 빨라지는 혁신이 일어납니다.

압도적인 속도와 비용 효율성, 그리고 투명성

이러한 기술적 특성이 중고차 수출현장에 적용되었을 때 그 파급력은 실로 엄청납니다. 상상해보십시오. 지구 반대편의 바이어가 송금 버튼을 누른 지 10분 만에 회사 지갑에 입금 알림이 뜨는 장면을, 은행 문이 닫힌 밤이든 주말이든 상관없습니다.

24시간 멈추지 않는 이 고속도로를 통해 자금은 빛의 속도로 흐릅니다. 5일이 걸리던 자금회전이 10분으로 단축된다는 것은, 단순히 편한 것을 넘어 자본효율성이 수십 배 증가한다는 것을 의미합니다. 앞서 9부에서 구상했던 재고금융 모델이 성공할 수 있는 결정적인 조건이 바로 이 빠른 자금회전율T2S에 있습니다.

비용절감 효과는 더욱 극적입니다. 수십 달러씩 떼어가던 은행 수수료 대신, 스테이블코인 송금은 불과 몇 센트, 많아야 몇 달러 수준의 네트워크 수수료만 발생합니다. 전체 거래비용을 획기적으로 낮출 수 있다는 뜻입니다. 마진율 1%를 올리기 위해 뼈를 깎는 원가절감을 하는 현장에서, 결제 수수료 절감만으로도 엄청난 이익을 남길 수 있다는 것은 거부할 수 없는 매력입니다. 무엇보다 내재된 투명성은 비즈니스의 격을 높여줍니다. 블록체인에 새겨진 거래기록은 그 자체로 완벽한 감사보고서이자 신뢰의 증표입니다. 바이어와 판매자 사이에 "돈을 보냈니, 안 보냈니" 하는 소모적인 논쟁은 사라지고 오직 명확한 데이터만이 존재하게 됩니다. 정보의 불일치가 사라진 곳에 싹트는 것은 바로 깊은 신뢰입니다.

환율이라는 야수를 길들이는 법

달러에 고정된 스테이블코인을 쓴다는 것은 요동치는 외환시장에서 안전지대를 만드는 것과 같습니다. 이는 특히 통화가치가 불안정한 신흥국 바이어들에게는 구명조끼와도 같습니다. 나이지리아의 나이라 화폐가치가 폭락할 때 현지 바이어들은 자국 화폐를 들고 있는 것만으로도 재산이 줄어드는 공포를 느낍니다. 이때 달러가치를 지닌 스테이블코인은 그들에게 가장 안전한 피난처이자, 변함없는 가치를 지닌 결제수단이 됩니다. 판매자 입장에서도 마찬가지입니다. 판매 계약 시점과 대금 수령 시점 사이의 환율변동 리스크를 원천적으로 차단할 수 있습니다. 1만 달러를 받기로 했다면 정확히 1만 달러가치의 코인을 받게 됩니다. 환율 걱정 없이 안정적으로 마진을 예측하고 경영 계획을 짤 수 있다는 것, 이것이 스테이블코인이 선물하는 경영의 안정성입니다.

10-3 | 규제의 파고를 넘어
글로벌 표준을 향한 항해

물론, 새로운 기술을 도입하는 길에는 늘 규제라는 높은 산이 버티고 있습니다. 하지만 2026년의 시점에서 돌아보면 지난 몇 년간 전 세계는 암호화폐를 금지하는 대신 제도권 안으로 포용하는 방향으로 급선회했습니다. 규제는 더 이상 장애물이 아니라 안전한 거래를 보장하는 가드레일이 되었습니다.

질서 있는 시장의 탄생, 글로벌 규제 프레임워크

과거 무법지대 같았던 암호화폐시장에 질서가 잡히기 시작했습니다. 가장 결정적인 전환점은 미국과 유럽의 움직임이었습니다. 2025년 7월, 미국에서 서명된 GENIUS Act는 결제용 스테이블코인에 대한 연방 차원의 명확한 규제 틀을 완성했습니다. 아무나 코인을 찍어낼 수 없게 하고 은행 수준의 엄격한 준비금 요건을 부과하여 '디지털달러'로서의 지위를 인정한 것입니다. 유럽의 MiCA Markets in Crypto-Assets 규제 역시 발행사의 책임을 강화하며 시장의 건전성을 높였습니다. 이러한 흐름은 스테이블코인이 투

기판의 도박칩이 아니라 글로벌 금융 인프라의 정식 구성원으로
인정받았음을 의미합니다.

현지화 전략 : 각국의 룰을 존중하라

무대는 전 세계입니다. 따라서 각 수출 대상국의 규제상
황을 현미경처럼 들여다보는 지혜가 필요합니다. 규제는 나라마
다 천차만별이기에 일률적인 접근보다는 유연한 현지화 전략이
필수적입니다. 예를 들어 베트남을 봅시다. 2026년부터 디지털 기
술산업법을 통해 암호화 자산 사용을 합법화했지만, 여전히 외환
통제는 엄격합니다. 따라서 현지의 허가받은 금융기관과 손잡고
합법적인 테두리 안에서 환전이 이루어지도록 설계해야 합니다.

캄보디아의 경우 국립은행이 주도하는 바콩Bakong 시스템과 연
동할 수 있는 길을 찾는 것이 지름길일 수 있습니다. 가장 뜨거운
시장인 나이지리아는 기회의 땅입니다. 중앙은행이 암호화폐 금
지를 풀고 규제 샌드박스를 도입하며 빗장을 열었습니다. 현지 화
폐가치가 불안한 그들에게 스테이블코인은 생존수단이기에 수요
가 폭발적입니다.

반면 가나처럼 외환 통제가 강력한 곳에서는 섣불리 직접 결제
를 시도하기보다, 라이선스를 가진 현지 파트너를 통해 우회하는
안전한 길을 택해야 합니다. 시장의 특성에 맞춰 물처럼 유연하게
흐르는 전략, 그것이 규제의 파고를 넘는 법입니다.

　　스테이블코인을 도입하면서 가장 경계해야 할 것은 '검은 돈'의 유입입니다. 규제 당국은 테러 자금조달이나 자금세탁을 막기 위해 금융기관 수준의 엄격한 감시를 요구합니다. 고객이 누구인지 확인하는 KYCKnow Your Customer와 거래 모니터링은 선택이 아닌 필수 생존조건입니다. 블록체인 상에서는 지갑 주소만 보일 뿐, 그 주인이 누구인지 명확하지 않을 때가 많습니다. 그래서 블록체인 밖에서, 즉 오프체인Off-chain에서 철저한 신원확인 프로세스를 구축해야 합니다. 여권 사본을 확인하고 실제 소유주UBO가 누구인지 파악하는 절차를 거쳐야만 비즈니스가 범죄에 연루되는 것을 막을 수 있습니다. 이것은 번거로운 일이 아니라 사업의 정당성을 지키는 튼튼한 방패를 만드는 일입니다.

10-4 ｜ 실행을 위한 로드맵
준비된 자만이 미래를 잡는다

　이 모든 비전을 현실로 만들기 위해서는 치밀한 준비와 실행이 필요합니다. 단순히 "코인으로 받겠다"라고 선언하는 것으로는 부족합니다. 기술적, 운영적, 그리고 사람에 대한 준비가 완벽하게 맞물려 돌아가야 합니다.

파트너 선정 : 무엇보다 안전이 최우선이다

　　수많은 코인 중에서 무엇을 쓸 것인가? 답은 명확합니다. 첫째도 안전, 둘째도 안전입니다. 법정화폐 담보 스테이블코인, 그중에서도 USDC처럼 투명성이 검증된 코인을 선택해야 합니다. 1달러를 받으면 1달러를 확실히 내어줄 수 있는 정기적으로 곳간을 열어 감사보고서를 보여주는 발행사라야 믿을 수 있습니다. 알고리즘으로 가치를 유지한다는 실험적인 코인들은 고려 대상이 아닙니다. 또한, 이 코인들을 안전하게 보관할 지갑도 중요합니다. 해킹의 위험이 있는 온라인 월렛보다는 인터넷과 분리된 콜드 월렛을 활용하거나 전문 커스터디(수탁) 업체를 이용해 자산보관의 리스크를 원천봉쇄해야 합니다.

기술과 시스템의 융합 : 물 흐르듯 자연스럽게

　　새로운 결제방식이 기존 업무를 방해해서는 안 됩니다. 목표는 기존 시스템에 스테이블코인 결제를 물 흐르듯 자연스럽게 녹여내는 것입니다. 이를 위해 BitPay나 Circle 같은 전문 결제 솔루션을 도입하여, 복잡한 블록체인 기술을 몰라도 직원들이 클릭 몇 번으로 결제를 처리하고 확인할 수 있는 환경을 만들어야 합니다. 이 솔루션들은 암호화폐를 받는 즉시 법정화폐로 자동 전환해주는 기능을 제공하여 회사가 군이 코인 가격 변동 리스크를 떠안지 않도록 도와줍니다. 또한 기존의 ERP 시스템과 연동하여 입금 확인과 동시에 장부정리가 자동으로 이루어지도록 설계해야 합니다. 기술은 사람을 돕기 위해 존재해야 합니다.

운영의 디테일 : 리스크를 관리하는 SOP

새로운 도구를 쥐여주기 전에 사용법부터 가르쳐야 합니다. 스테이블코인 입금부터 환전, 출금까지 모든 과정에 대한 상세한 표준 운영절차SOP를 마련해야 합니다. 혹시 모를 횡령이나 실수를 막기 위해, 일정 금액 이상의 송금은 반드시 두 명 이상의 승인을 거치도록 하는 이중통제 장치도 필수입니다. 재무팀은 새로운 자금흐름을 매일 모니터링하고 유동성 관리에 만전을 기해야 합니다. 코인으로 들어온 돈을 언제, 얼마나 달러나 원화로 바꿀지 명확한 원칙을 세워야 환율 리스크를 최소화할 수 있습니다. 또한 시스템 장애나 코인 인출 중단 같은 비상상황에 대비한 시나리오를 짜고 정기적으로 스트레스 테스트를 수행하여 위기대응 능력을 키워야 합니다.

교육과 소통 : 변화를 받아들이는 마음

가장 중요한 것은 결국 사람입니다. 직원들에게 왜 이 낯선 코인을 써야 하는지, 이것이 업무를 얼마나 편하게 만들어줄지 이해시켜야 합니다. 블록체인의 원리부터 지갑 사용법, 보안수칙까지 꼼꼼하게 교육하여 막연한 두려움을 없애야 합니다. 고객인 바이어들에게도 친절한 가이드가 되어주어야 합니다. "코인으로 보내면 수수료가 10분의 1로 줄어듭니다", "송금이 5분이면 끝납니다”라는 실질적인 혜택을 강조하고 누구나 쉽게 따라 할 수 있는 매뉴얼을 제공해야 합니다. 암호화폐에 대한 오해를 풀고 신뢰를 심어주는 과정, 그것이 바로 성공적인 도입의 마지막 열쇠입니다.

[Kevin's Insight] 신뢰의 블록을 쌓아 투명한 무역의 시대로

지금까지 스테이블코인이 중고차 수출산업에 가져올 혁명적인 변화를 탐색했습니다. 이것은 단순히 결제수단을 현금에서 디지털코인으로 바꾸는 기술적 치환이 아닙니다. 불투명하고 비효율적이었던 과거의 무역관행과 결별하고 투명성과 신뢰, 그리고 속도를 기반으로 한 새로운 비즈니스 모델을 구축하는 담대한 도전입니다.

앞서 물류의 위치를 투명하게 공개하고 차량의 상태를 가감 없이 보여주며 바이어의 마음을 얻었듯이, 이제 돈의 흐름마저 투명하게 만듦으로써 신뢰의 완결판을 찍으려 합니다. 스테이블코인을 통한 결제는 며칠씩 걸리던 자금회전을 단 몇 분으로 단축시켜 속도라는 무기를 쥐여줄 것입니다. 이 속도는 재고회전율을 높이고 금융비용을 절감하여 결국 더 좋은 차를 더 많이 매입할 수 있는 '원동력'이 됩니다.

또한, 달러가치에 연동된 스테이블코인은 환율변동의 공포에서 해방시켜 경영자가 더 멀리 보고 미래를 설계할 수 있는 '안정감'을 선물할 것입니다. 그리고 블록체인 위에 영원히 새겨질 정직한 거래기록은, 전 세계 바이어들에게 "한국 기업과는 믿고 거래할 수 있다"라는 가장 강력한 보증수표가 될 것입니다.

이제 낡은 현금가방과 복잡한 송금서류를 내려놓고 안정적인 블록체인이라는 고속도로 위에 올라섰습니다. 물론 아직 한국의 규제환경은 모래주머니처럼 발목을 무겁게 할 수 있습니다. 하지만 시장은 이미 움직이고 있고 변화의 물결은 거스를 수 없습니다. 규제를 준수하면서도 기술의 이점을 영리하게 활용하는 이 새로운 금융 시스템이야말로, 대한민국 중고차 수출산업이 100조 원 시장이라는 원대한 꿈을 향해 나아가는 가장 단단하고 확실한 디딤돌이 될 것입니다. 변화는 두려운 것이 아니라 가장 먼저 잡아야 할 기회입니다. 이제 그 기회의 문을 활짝 열고 미래로 나아갑시다.

우행들의 제왕이 구축한 불멸의 플랫폼

물류와 신뢰를 장악한 거인들의 성공 방정식과 한국의 전략적 기회

2026년 2월, 인천 송도의 아침 vs 도쿄의 오후

인천 송도유원지 야드의 아침은 여전히 매캐한 디젤 매연 냄새와 흙먼지, 그리고 바이어와 알선 딜러들이 고성을 지르며 가격을 흥정하는 소음으로 시작됩니다. 현금뭉치가 오가고 "이 차 엔진 찐빠(부조)났다"며 실랑이하는 모습은 제가 처음 이 바닥에 들어온 20년 전이나 2026년인 지금이나 크게 다르지 않습니다. 이것이 제가 수출역군이라 자부해온 현장의 민낯이자, 여전히 벗어나지 못한 '아날로그의 늪'입니다.

반면 시선을 돌려 도쿄에 위치한 BE FORWARD 본사를 상상해 봅니다. 그곳은 우리가 아는 중고차매매단지의 풍경과 완전히 다릅니다. 기름때 묻은 작업복 대신, 스마트한 오피스에서 다국적 마케터와 IT 개발자들이 모니터 앞을 지키고 있습니다. 그들은 자

동차 매물 사진을 검색하는 대신, 전 세계 200개국에서 유입되는 트래픽데이터와 주문현황을 분석합니다. 벽면의 스크린에는 요동치는 엔화 환율 그래프와 전 세계로 뻗어나가는 선박 스케줄이 실시간으로 흐르고 있습니다. 그들은 차를 한 대 파는 '장사'를 하는 것이 아닙니다. 그들이 파는 것은 클릭 한번으로 지구 반대편의 바이어에게 가장 빠르고 안전하게 차를 배송하는 '최적화된 물류 솔루션'입니다.

인천 앞바다에서 장사를 고민하고 있을 때 바다 건너 일본은 이미 산업을 넘어 거대한 '플랫폼 제국'을 건설했습니다. 지난 2020년대를 관통하며 일본이 보여준 진화는 단순한 무역업의 확장이 아니었습니다. 그들은 국경을 넘나드는 물류망Logistics을 혈관처럼 깔고 비대면거래의 공포를 해소하는 에스크로Escrow 시스템을 심장처럼 이식했으며, 아프리카 오지마을까지 파고드는 모세혈관 같은 마케팅 네트워크를 완성했습니다.

K-중고차 수출이 '단순 보따리무역'의 한계를 넘어 다음 단계Next Level로 도약하기 위해서는 저보다 앞서 거친 파도를 헤치고 항로를 개척한 선구자들의 항해일지를 현미경처럼 들여다봐야 합니다. 전 세계 중고차시장의 패권을 쥐고 있는 일본의 사례는 제게 가장 강력한 경쟁자이자, 동시에 훌륭한 타산지석입니다. 일본이 우핸들 시장을 장악한 치밀한 메커니즘을 해부하고 그 성공의 DNA를 이식한다면 일본이 물리적으로 진입할 수 없는 '좌핸들 시장'에서 우리는 확실한 승기를 잡을 수 있습니다.

 글로벌시장의 천하양분
좌핸들은 한국, 우핸들은 일본

　지난 5년, 글로벌 중고차시장에는 바이어들 사이에 암묵적이면서도 강력한 대전제가 성립되었습니다. 바로 "좌핸들LHD이 필요하면 한국을 보고, 우핸들RHD이 필요하면 일본을 보라"는 공식입니다. 이는 단순한 소비자 선호의 문제를 넘어, 도로교통법과 식민지 역사, 그리고 기술적 장벽에 기인한 구조적인 시장분할입니다.

핸들 위치가 가른 운명 : RHD 벨트의 고착화된 특성

　전 세계 도로는 우측 통행(좌핸들 사용) 국가가 다수를 차지하고 있지만, 영국과 과거 영연방국가(동아프리카, 오세아니아, 인도 등) 및 일본은 좌측 통행(우핸들 사용)을 채택하고 있습니다.

　일본은 내수시장 자체가 우핸들 기반이기에, 일본산 중고차는 태생적으로 케냐, 탄자니아, 잠비아 등 동아프리카 라인과 뉴질랜드, 카리브해 영연방국가들인 RHD 벨트로 흘러들어갈 수밖에 없는 운명입니다. 이들 RHD 벨트는 수십 년간 일본 차에 최적화된 도로환경, 정비 매뉴얼, 부품공급망Supply Chain이 고착화되어 있어 타 국가가 진입하기엔 너무나 높은 진입장벽이 존재합니다.

　반면 러시아, 중앙아시아, 중동, 북아프리카, 라틴아메리카 등 전 세계 육지 면적의 대다수를 차지하는 LHD 벨트는 일본에는 '그림의 떡'과 같습니다. 일본 차를 이곳에 팔려면 핸들을 왼쪽으로 옮기는 개조 과정을 거쳐야 하는데, 이는 단순히 운전대만 옮기는 작업이 아닙니다.

- **기술적 난이도** : 대시보드 전체 교체, 스티어링 랙 위치 변경, 와이퍼 모터 배선 수정, 페달 위치 조정 등 대공사가 필요합니다.
- **비용의 비가역성** : 이 개조비용은 차량 가격 대비 20~30%에 달하며, 2024년부터 강화된 안전 및 환경규제로 인해 두바이 등 주요 허브에서도 개조차량의 수입을 금지했습니다.

결국, LHD 시장 진출은 일본에 구조적인 '해저드Hazard'이자 넘을 수 없는 벽이 되었습니다.

한국 차, 유일한 대안을 넘어 프리미엄 대안이 되다

바로 이 지점에서 한국 중고차의 독보적인 가치가 발생합니다. 글로벌 품질경쟁력을 갖춘 좌핸들 차량을 대량으로 공급할 수 있는 아시아 유일의 국가가 바로 대한민국이기 때문입니다.

과거 2000년대 초반만 해도 좌핸들 국가의 바이어들은 울며 겨자 먹기로 일본산 우핸들 차를 사서 개조해 탔습니다. 하지만 이제는 상황이 다릅니다. 품질이 비약적으로 상승한 현대·기아차라는 완벽한 대체재가 존재하기 때문입니다. 특히 한국산 차량은 단순한 LHD라는 구조적 이점을 넘어, 내구성, 옵션 편의성, 그리고 효율적인 부품수급 측면에서 일본 차와 어깨를 나란히하거나 일부 시장에서는 압도하고 있습니다.

실제로 최근 러시아, 요르단, 사우디아라비아, 칠레 등 좌핸들 국가에서 한국 차의 점유율이 급증했던 현상은 시사하는 바가 큽니다. 일본이 구조적으로 진입하기 힘든 이 틈새가 이제는 '메인 시장'으로 확장되었으며, 한국 중고차가 유일한 대안을 넘어 프리미엄 대안으로 인정받았음을 방증합니다.

"일본과 정면승부를 벌일 필요 없다. 그들이 진입할 수 없는 곳을 지배하면 된다."

저는 일본과의 경쟁을 소모전이 아닌 '지정학적 분업'의 관점에서 바라봅니다. 전 세계 영토의 70%는 좌핸들 도로망을 사용합니다. 이 거대한 시장에서 '가격경쟁력과 일정 수준 이상의 품질을 갖춘 차량'을 대량으로 공급할 수 있는 국가는 사실상 대한민국이 유일합니다. 이것은 단순한 경쟁우위가 아닌, 비대칭 전력에 의한 구조적 독점의 기회입니다. 우리의 전략은 명확합니다. 일본이 지난 30년간 구축한 정교한 시스템(소프트웨어)을 철저히 벤치마킹하여, 우리의 압도적인 LHD 영토(하드웨어)에 이식하는 것입니다. 우리는 일본을 이길 필요가 없습니다. 일본의 방식으로 우리의 시장을 장악하면 그만입니다.

1-2 | 일본시장의 대약진과 위협
구조적 공급과잉과 지정학적 쇼크

이러한 핸들 위치에 따른 시장분할 속에서도, 일본의 중고차 수출시장은 여전히 연간 130만~150만 대라는 압도적인 규모를 유지하고 있습니다. 일본시장의 강점은 단순히 차가 많다는 것이 아니라 멀쩡한 차를 해외로 내보내야만 하는 사회적/법적 강제성에 기인합니다.

샤켄車検의 경제학 : 왜 그들은 멀쩡한 차를 버리는가?

일본 중고차 수출의 마르지 않는 원동력은 일본 고유의 가혹한 자동차 검사제도인 샤켄에서 나옵니다. 신차 구입 후 3년 차에 첫 검사를 받고 그 이후부터는 2년마다 의무적으로 받아야 하는 이 제도는 전 세계에서 가장 비싼 차량 유지 시스템을 강제합니다.

살인적인 비용구조

샤켄을 통과하기 위해서는 단순한 검사 수수료가 아닙니다.

- **중량세**Weight Tax : 차량 무게에 따라 2~3만 엔이 부과되며, 13년이 넘으면 환경부담금 명목으로 세금이 오히려 할증됩니다.
- **자배책 보험료**Jibaiseki : 24개월치 약 2만 엔을 선납해야 합니다.
- **정비 공임** : 일본의 정비소는 검사 통과를 위해 조금이라도 마모된 브레이크 패드나 부싱류를 무조건 신품 교체로 견적을 냅니다. 이 비용만 5만~10만 엔이 훌쩍 넘습니다.
- **총비용** : 결국 한번 검사를 받는 데 평균 10만 엔(약 90만 원)에서 15만 엔(약 135만 원) 이상의 목돈이 일시불로 들어갑니다.

3-5-7년 주기의 데드크로스

차량의 감가상각으로 잔존가치는 해마다 하락하는데, 샤켄 비용은 고정되거나 상승합니다. 내 차의 중고시세가 20만 엔인데, 검사비로 15만 엔을 내야 하는 시점. 즉, 유지비가 차값을 역전하는 순간이 오면 일본 소비자들은 멀쩡한 차를 포기하고 신차로 갈아타는 것을 경제적 합리성으로 인식합니다. 이로 인해 3년, 5년, 7년 주기로 대량의 매물이 시장에 쏟아져 나옵니다.

수출시장의 구조적 펌프

이렇게 밀려나온 차량들은 한국 기준으로는 특A급입니다. 일본의 도로 특성상 주행거리도 연평균 1만㎞ 미만이며, 가혹한 샤켄 기준을 맞추기 위해 관리된 길들여진 새 차 상태입니다. 내수시장에서는 애물단지지만, 해외 바이어에게는 '보물'이 되는 이 구조적 불일치가 일본 중고차 수출의 핵심 엔진입니다.

기록적인 엔저 : 가격경쟁력에 날개를 달다

여기에 더해졌던 역사적인 엔저 현상은 일본 차의 수출경쟁력을 극대화했습니다. 2023년부터 이어진 엔화가치의 하락은 해외 바이어들에게 전 차종에 걸친 20~30% 자동 할인 쿠폰과 같았습니다. 전 세계적인 인플레이션 상황에서도 일본 중고차는 상대적으로 저렴한 가격(달러 환산 기준)을 유지할 수 있었고 이는 구매력이 약한 아프리카와 동남아시아의 바이어들을 블랙홀처럼 빨아들였습니다.

차이나쇼크와 러시아시장의 상실 : 새로운 위협의 등장

하지만 일본시장에도 지정학적 지각변동이라는 거대한 파도가 덮쳤습니다. 가장 큰 위협은 중국의 부상과 러시아시장의 변화였습니다.

- **러시아 제재의 역설** : 2023년 8월, 일본 정부는 우크라이나 침공 제재의 일환으로 1900cc 이상 차량 및 하이브리드/전기차의 대러시아 수출을 전면 금지했습니다. 일본 중고차의 최대 '큰손'이자 고수익처였던 러시아시장이 막히면서, 그 빈자리를 중국 신차와 중고차가 무섭게 파고들었습니다.

- **중국의 밀어내기 수출** : 중국은 내수 경기침체와 전기차 전환 가속화로 인해 남아도는 내연기관차와 신형 전기차를 해외로 밀어내기 시작했습니다. 중국은 막대한 자본력을 바탕으로 러시아와 중앙아시아 등 좌핸들 시장을 공략했으며, 이제는 일본의 텃밭인 동남아 우핸들 시장(태국, 인도네시아 등)까지 저가 전기차로 위협하고 있습니다. 이는 일본에도 위기이자, 같은 좌핸들 시장을 공유하는 한국에도 강력한 경쟁자의 등장을 알리는 신호탄이었습니다.

온-오프라인 하이브리드 전략의 본질

일본 선도 기업들이 도달한 결론은 명확합니다. "왜 디지털시대에 그들은 땅을 사고 건물을 짓는가?"

수천만 원짜리 강철덩어리를 보지도 않고 지구 반대편에서 구매하는 행위는 본질적으로 불안을 동반합니다. 중고차시장은 정보의 비대칭성이 극대화된 대표적인 레몬마켓이기 때문입니다. 일본 기업들은 이 불안을 해소하고 후발주자들과 격차를 벌리기 위해, 디지털 기술과 물리적 자산을 결합한 피지털Phygital 전략을 구사하고 있습니다. 이는 단순한 O2O를 넘어 생태계 전체를 장악하려는 고도의 전략입니다.

레몬마켓의 공포를 물리적으로 해소하다(신뢰의 표준화)

아무리 고화질의 360도 VR 사진과 상세한 성능점검표를 제공한다 해도, 바이어가 느끼는 "사진과 다른 차가 오면 어떡하지?"라는 원초적인 공포를 완전히 제거할 수는 없습니다. 특히 엔진 소리의 미세한 떨림이나 하부의 부식상태는 모니터 너머로 전달되지 않습니다.

일본 기업들은 이를 해결하기 위해 현지에 검사센터와 물류 야드를 구축했습니다. 바이어가 차를 인수하기 직전, 현지 직원이 직접 시동을 걸어 보여주고 엔진오일을 교환해주며, 차량 상태를 최종 확인해주는 물리적 터치 과정을 시스템화한 것입니다.

더 나아가, 일본은 JAAI(일본자동차사정협회)와 같은 기관을 통해 차량 상태를 표준화된 등급으로 매겨 바이어에게 제공합니다. "이 차는 깨끗합니다"라는 주관적 멘트 대신, "이 차는 외관 4.5점, 내관 B등급입니다"라는 객관적 데이터가 전 세계 공용어가 되었습니다. 실제로 온라인 전용 플랫폼의 반품률이 높은 반면 현지 거점을 통해 검수 후 인도되는 일본 대형업체들의 차량 재구매율은 압도적으로 높습니다. 이는 지구 반대편의 바이어에게 HTML 코드가 아닌 따뜻한 악수를 건네는 행위이며, 이것이 불안을 신뢰로 바꾸는 결정적인 열쇠가 되었습니다.

인프라의 자산화 : 웹사이트는 베껴도 '땅'은 못 베낀다(물류장벽)

웹사이트나 모바일 앱은 IT기술만 있다면 누구나 복제할 수 있습니다. 즉, 진입장벽이 매우 낮습니다. 하지만 일본 기업들이 30년에 걸쳐 구축한 전 세계 주요 항구(몸바사, 다르에스살람, 이키케 등)의 보세구역 야드와 물류 허브는 막대한 자본과 현지 인허가 노하우가 집약된, 그야말로 경제적 해자입니다.

중고차 수출의 핵심 병목구간은 항구입니다. 일본 기업들은 현지 항구의 야드를 선점하여 물류의 흐름을 통제하는 초크 포인트 전략을 구사합니다. 대표적인 예로 SBT JAPAN은 전 세계 34개국에 물류창고와 정비시설을 갖춘 현지 법인을 운영하고 있습니다. 중국의 신생 전기차 플랫폼들이 저가공세를 펼쳐도, 결국 배송과 통관 단계에서는 일본 기업의 물류망에 의존할 수밖에 없는 구조가 만들어져 있습니다. 일본은 사실상 물류를 인질로 잡고 있는 셈이며, 이것이 바로 후발주자가 쉽게 시장을 잠식하지 못하는 이유입니다.

금융의 현지화 : 달러가 없어도 차를 살 수 있다(금융장벽)

제가 간과하기 쉬웠던 또 하나의 거대한 물리적 장벽은 바로 돈의 흐름입니다. 중고차의 주력 소비처인 아프리카나 중앙아시아 개발도상국들은 만성적인 외화 부족에 시달립니다. 바이어가 차를 사고 싶어도 송금할 달러가 없어서, 혹은 환율변동 리스크가 무서워서 거래가 무산되는 경우가 허다합니다.

일본의 거대 기업들은 현지 법인을 통해 현지 통화 결제 시스템을 구축했습니다. 케냐의 바이어는 구하기 힘든 달러 대신, 자국 통화인 실링으로 차값을 SBT 케냐 법인에 입금하면 됩니다. 환전과 송금의 리스크는 일본 본사가 금융기법으로 헷지합니다. 이는 단순한 결제편의를 넘어, 금융 인프라가 취약한 국가에서는 독점적인 경쟁우위로 작용합니다. 알리바바와 같은 글로벌 플랫폼도 쉽게 뚫지 못하는 벽이 바로 이 금융물류입니다.

비즈니스 모델의 확장 : 파는 것에서 고치는 것으로

중고차는 필연적으로 고장이 발생하며 수리가 필요합니다. 일본의 하이브리드 전략은 판매 시점에서 끝나는 것이 아니라 판매

이후의 관리까지 장악하는 것입니다.

이들은 수출선적 시 차량 내부의 빈 공간을 활용해 중고부품 Nose cut, Engine, Transmission 등을 함께 실어 보냅니다. 차를 구매한 바이어가 추후 수리가 필요할 때 자연스럽게 다시 그 브랜드의 현지 부품샵이나 정비소를 찾게 만드는 락인 생태계를 구축한 것입니다. 이는 단순한 무역상이 아닌, 자동차 수명주기 전체를 관리하는 플랫폼 기업만이 할 수 있는 고도의 전략입니다. 차를 한 대 팔고 끝내는 것이 아니라 그 차가 폐차될 때까지 부품을 공급하며 지속적인 수익을 창출하는 순환형 비즈니스 모델의 완성입니다.

1-4 │ 시장을 지배하는 3인의 거인들
비즈니스 모델의 구조적 해체

일본시장을 이끄는 BE FORWARD, SBT JAPAN, 그리고 TCVZigexn는 각기 다른 핵심 역량을 기반으로 시장을 3분하고 있습니다. 각 기업의 실적 지표는 그들의 시장 지배력을 명확히 보여줍니다.

BE FORWARD : 고객을 영업사원으로 만든 마케팅의 제왕

"우리는 차를 파는 딜러가 아닙니다. 국경 없는 이커머스 데이터를 다루는 IT기업입니다."

BE FORWARD는 전 세계 200여 개국에 수출하며, 월간 수출량 15,000대라는 경이적인 물동량을 자랑하는 선두기업입니다. 특히 이들은 본사를 도쿄의 랜드마크인 롯폰기 힐즈에 두고 직원들의 업무환경을 구글이나 아마존 같은 글로벌 테크 기업처럼 조성했습니다. 이는 바이어에게 "이곳은 동네 중고차상사가 아니라 첨단 시스템을 갖춘 신뢰할 수 있는 파트너"라는 강력한 브랜딩 효과를 줍니다.

[Performance Snapshot] 성장하는 매출과 물동량

- **FY2020** : 매출액 약 562억 엔
- **FY2021** : 매출액 약 814억 엔(연간 수출 133,370대)
- **최근 실적** : 연간 매출액 약 1,180억 엔 달성, 연간 수출량 156,237대 기록(FY2023 기준)
- **분석** : 3년 사이 매출이 2배 이상 성장하며 압도적 1위의 위상을 굳히고 있습니다. 특히 코로나 팬데믹과 물류대란 속에서도 성장세가 꺾이지 않았다는 점은 이들의 시스템이 얼마나 견고한지를 증명합니다.
- **분산형 영업망, BFS 프로그램의 구조** : 이들의 성공비결은 화려한 기술이 아닌 휴먼 네트워크를 활용한 제로 코스트 현지화입니다. 전 세계 250만 명의 등록 고객 중 현지인들을 '서포터즈'로 임명합니다. 탄자니아의 작은 마을에 사는 청년이 스마트폰 하나로 이웃에게 BE FORWARD 차를 소개하고 판매

가 성사되면 현금보상을 받습니다. 제도적 신뢰가 약한 아프리카 등지에서는 이러한 인적 신뢰가 훨씬 강력하게 작동합니다. 이들은 단순한 소비자가 아니라 브랜드의 신뢰를 전달하는 앰버서더로서 현지 깊숙한 곳까지 영업망을 확장하는 주역입니다.

- **시티 딜리버리와 락인 효과** : BE FORWARD는 단순히 항구까지만 배송하는 관행을 깨고 내륙운송을 통해 고객의 집 앞이나 인근 도시까지 배달해주는 시티 딜리버리 서비스를 제공합니다. 아프리카 내륙국가인 잠비아나 말라위 바이어들에게 통관과 내륙운송은 악몽과도 같습니다. 이 문제를 해결해주는 서비스는 경쟁사가 넘볼 수 없는 확실한 진입장벽이 되며, 부품공급과 결합되어 고객을 생태계 안에 가두는 강력한 락인 효과를 발휘합니다.

SBT JAPAN : 경매와 물류를 장악한 공급망의 지휘자

"전 세계 150개국, 34개 거점. 우리는 멈추지 않는 물류입니다."

1993년 설립된 SBT JAPAN은 마케팅보다는 '압도적인 소싱과 물류'로 승부하며, 중고차 수출의 후방산업을 완전히 장악한 모델입니다. 이들은 거대한 야드와 수천 대의 차량이 일사불란하게 선적되는 항구 시스템을 통해 '물류가 곧 권력'임을 증명하고 있습니다.

[Performance Snapshot] 물량 중심의 거대 유통망

- **월간 수출량** : 약 13,000대 이상 (연간 환산 시 약 156,000대 규모)
- **재고 보유량** : 상시 약 60,000대 이상의 매물 운영
- **분석** : 비상장 기업으로 구체적인 매출 추이를 공개하지 않으나 수출 대수 면에서 BE FORWARD와 어깨를 나란히 하는 '양대산맥'임을 입증합니다.
- **재고 없는 무한 상점과 이중 소싱의 효율성** : SBT는 자사 재고와 일본 전역 경매장(USS, TAA)의 출품 예정 차량 데이터까지 실시간으로 보여주는 이중 소싱 전략을 사용합니다. 바이어는 SBT 사이트에서 수만 대의 차를 보지만, 그중 상당수는 아직 SBT가 매입하지 않은 경매장 매물입니다. 바이어가 주문하면 그때 낙찰받아 보내는 방식입니다. 이는 자본 투입 없이 재고를 무한대로 확장하는 전략으로, 재고 리스크는 최소화하면서 고객에게는 '무한한 선택지'를 제공하여 경쟁사를 압도하고 있습니다.
- **글로벌 물류 네트워크와 통합 솔루션의 가치** : 전 세계 34개국에 설립된 현지 법인은 SBT의 가장 강력한 무기입니다. 이 법인들은 단순한 영업소가 아니라 부패하기 쉽고 복잡한 개도국의 통관과 내륙운송문제를 직접 해결해주는 규제 해결소 역할을 합니다. 바이어들이 SBT를 떠나지 못하는 이유는 '차가 좋아서'가 아니라 '골치 아픈 세관 문제와 운송문제를 해결

해주기 때문'입니다. 이것이 바로 후발주자가 쉽게 모방할 수 없는 물리적인 진입장벽Moat입니다.

TCVZigexn Co., Ltd. : 불안을 신뢰로 바꾼 디지털 보안관

"연 매출 254억 엔의 플랫폼 제국, 신뢰를 팝니다."

TCV는 딜러가 아닌 상장사 Zigexn의 핵심사업으로서, 중고차 거래의 디지털 보안과 투명성을 상품화한 IT 플랫폼 기업입니다. 이들의 비즈니스 모델은 자동차를 파는 것이 아니라 거래의 '심판관'으로서 양측의 불안을 해소하고 수수료를 받는 것입니다.

[Performance Snapshot] Zigexn(모기업) 연결 매출 추이

회계연도(FY)	매출액(단위 : 억 엔)	성장률(YoY)	비고
FY2021	125.6	-	팬데믹 이후 반등 시작
FY2022	152.7	+21.6%	플랫폼 서비스 확장
FY2023	187.1	+22.5%	글로벌 수요 회복 가속화
FY2024	232.5	+24.3%	역대 최고 매출 경신
FY2025(E)	254.5	+9.5%	(예상치) 지속적 성장 전망

- **분석** : 해마다 20% 이상의 가파른 성장세를 기록하고 있으며, 이는 단순 중개수수료를 넘어선 고부가가치 플랫폼으로의 전환이 성공했음을 시사합니다.
- **TCV 에스크로**Escrow**를 통한 신뢰의 상품화** : 구매대금을 TCV가 중개 계좌Safe Account에 보관하다가, 선적 서류B/L가 확인되

면 판매자에게 지급하는 '환불 보장' 서비스는 바이어의 가장 큰 공포인 먹튀를 원천 차단했습니다. TCV는 이 불안을 수익으로 전환하는 데 성공했습니다. 바이어들은 안전을 보장받는 대가로 기꺼이 수수료를 지불하며, 이는 플랫폼의 강력한 수익 모델이자 락인 기제가 되었습니다.

- **제3자 검증 및 투명성 확보** : 직접 차를 보지 못하는 바이어를 대신해 차량 상태를 확인해주는 서비스는 중고차 거래의 본질적인 불안 요소인 정보비대칭성을 해소합니다. 제복을 입은 검사원이 꼼꼼하게 차량을 체크하고 리포트를 발행하는 시스템은 TCV를 가장 안전한 거래처로 브랜딩하는 핵심요소입니다. 이는 플랫폼이 단순 중개자를 넘어 거래의 보증인으로서 권위를 갖게 만들었습니다.

1-5 │ 좌핸들의 제왕을 꿈꾸는 한국의 전략
일본 모델의 이식과 현지화

일본의 성공사례와 현재의 시장구도는 제게 명확하고 실행가능한 전략을 제시합니다. 저는 일본이 부러워할 만한 좌핸들이라는 천혜의 자원을 가지고 있습니다. 하지만 하드웨어만으로는 부족합니다. 이제 필요한 것은 일본 기업들이 증명한 성공 방정식을 이 운동장에 이식하고 한국의 강점인 IT와 데이터를 결합하여 우리만의 독자적인 수출생태계를 구축하는 것입니다. 이는 단순한 모방이 아닌 재창조의 과정이어야 합니다.

플랫폼의 현지화 : 데이터 솔루션과 휴먼터치의 결합

우선 플랫폼의 정체성을 재정립해야 합니다. 단순히 차를 파는 웹사이트가 아니라 한국 차를 가장 스마트하고 안전하게 구매하는 데이터 솔루션으로 브랜딩해야 합니다. 디지털플랫폼의 차가움에 현지의 따뜻함을 입히는 전략이 필수적입니다.

- **Action Plan** **K-중고차 앰버서더 :** 좌핸들 국가(러시아, 중동, 남미)의 현지인들을 단순한 딜러가 아닌, 플랫폼의 파트너로 삼는 참여형 생태계를 구축해야 합니다. 현지 언어와 문화에 정통한 이들에게 영업 권한과 성과에 따른 보상을 제공하는 K-중고차 앰버서더 프로그램을 도입합니다. 이들은 바이어와 플랫폼 사이의 신뢰의 가교 역할을 수행하며, 막대한 마케팅 비용 없이도 현지 시장 깊숙이 침투할 수 있는 가장 효율적인 조직이 될 것입니다.

소싱의 광역화 : 가상재고와 예측물류 시스템

일본 SBT가 보여준 무재고 비즈니스의 핵심은 데이터 연동입니다. 우리는 한국 내 경매장(글로비스, 롯데 등)과 매매상사의 매물을 실시간 API로 연동하여 '가상재고Virtual Inventory'를 극대화해야 합니다. 하지만 여기서 한 걸음 더 나아가야 합니다. 한국만의 강점인 기업형 장기 렌터카시장을 활용하는 것입니다.

- Action Plan **Pre-owned Data Integration** : FMS를 통해 관리되는 법인차량의 만기시점 정보를 플랫폼에 선제적으로 통합해야 합니다. "3개월 뒤에 반납될 그랜저"의 상태와 예상가격을 미리 바이어에게 보여주고 선주문을 받는 선행 소싱 시스템. 이는 재고 리스크를 제로에 가깝게 줄이면서도, 바이어에게는 경쟁사보다 한발 앞서 양질의 매물을 선점할 수 있는 기회를 제공합니다. 이것이 바로 일본도 흉내낼 수 없는 한국만의 데이터 소싱 경쟁력입니다.

신뢰의 제도화 : 정비이력 기반의 투명성 혁명

에스크로 결제와 투명한 성능점검을 통해 '한국 차는 믿을 수 있다'는 인식을 심어주어야 합니다. 특히 성능점검은 일본의 JAAI 표준을 참고하되 한국의 IT 인프라를 활용하여 더욱 고도화된 정보를 제공해야 합니다.

- Action Plan **PlanMaintenance History Blockchain** : 단순한 사고 유무나 현재 상태 점검을 넘어, FMS에 기록된 정확한 정비이력을 바이어에게 제공해야 합니다. "단순히 사고가 없다"는 주관적 주장이 아니라 "이 차는 지난 3년간 현대 블루핸즈에서 6개월마다 오일을 교환했고 5만㎞에 브레이크 패드를 교체했다"는 객관적 데이터를 보여주는 것입니다. 이 '데이터 기반의 투명성'은 레몬마켓의 불신을 원천 차단하고 한국 중고

차를 가격만 싼 차가 아닌 관리가 잘 된 프리미엄 차로 격상시키는 가장 강력한 무기가 될 것입니다.

물론 냉정하게 직시해야 할 현실이 있습니다. 우리는 아직 일본처럼 전 세계 항구를 장악한 거대한 오프라인 물류 인프라나 수십 년간 축적된 견고한 해외 거점망을 갖추지 못했습니다. 물리적인 땅 싸움에서는 여전히 후발주자임을 인정해야 합니다.

하지만 승부처는 다른 곳에 있습니다. 온라인 플랫폼의 사용성과 정보화의 속도에서만큼은 대한민국이 일본보다 확실히 앞서 있다는 사실입니다. 일본의 시스템이 아날로그적 꼼꼼함과 문서 기반의 신뢰에 의존한다면 우리는 실시간 데이터 연동과 직관적인 UI/UX를 바탕으로 한 '디지털 속도전'에서 압도적인 우위를 점할 수 있습니다.

결국, 좌핸들 시장이라는 독점적 영토 위에, 일본의 오프라인 물류 모델을 벤치마킹하여 하드웨어의 약점을 보완하고 그 위에 한국만의 강점인 초격차 IT기술을 입히는 것. 이것이 바로 우리가 글로벌 중고차 수출시장의 핵심 축으로 도약하는 필승 공식이 될 것입니다. 이제 준비운동은 끝났습니다. 우리가 설계한 스마트한 시스템 위에서 전 세계의 바이어들이 춤추게 만들 시간입니다.

내수 블랙홀이 지배하는 거대시장의 역설

파편화된 개미군단과 경매 플랫폼에서 발견한 틈새 승리전략

2013년 11월, 텍사스 오스틴의 뜨거운 도로 위에서

2013년 11월, 제가 미국 텍사스주 오스틴을 방문했을 때 마주했던 그 압도적인 풍경은 10년이 훌쩍 지난 지금도 뇌리에 선명합니다. 끝이 보이지 않는 지평선 위로 뻗은 8차선 고속도로에는 굉음을 내며 질주하는 거대한 포드 F-150 픽업트럭의 행렬과 그 사이를 메우는 수많은 일본산 세단들의 물결이 끝도 없이 이어졌습니다. 마치 "기름은 영원히 마르지 않을 것"이라고 외치는 듯한 거대한 소비의 제국이었습니다.

교외의 주택가 차고는 물론이고 쇼핑몰의 광활한 주차장마다 빈틈없이 들어찬 차들을 보며 저는 전율했습니다. 텍사스의 뜨거운 아스팔트 위에서 뿜어져 나오는 V8 엔진의 열기를 느끼며 저는 생각했습니다.

"아, 여기가 진짜 세계 최고의 자동차왕국이구나. 이 넘치는 차들은 결국 다 어디로 갈까?"

그때 현장에서 느꼈던 그 묵직한 충격은 규모의 경제가 무엇인지 보여주는 가장 확실한 시청각자료였습니다.

2024년 5월, 시애틀의 고요한 변화

그리고 10년이 지난 2024년 5월, 저는 다시 미국 땅을 밟았습니다. 이번에는 서북부의 기술 허브, 시애틀이었습니다. 비에 젖은 시애틀의 도로는 10년 전 텍사스와는 전혀 다른 종류의 충격을 주었습니다.

도로 위를 지배하던 8기통 엔진의 거친 포효는 사라지고 그 자리를 테슬라 모델 Y와 모델 3가 소리 없이 미끄러지듯 채우고 있었습니다. 스타벅스 커피를 든 테크 엔지니어들이 주유소 대신 슈퍼차저 스테이션에서 차를 충전하는 모습은 이제 일상이 되어 있었습니다. 마치 한국의 쏘나타만큼이나 흔하게 돌아다니는 전기차들을 보며 저는 미국시장의 거대한 축이 마력에서 전력으로, 기계에서 소프트웨어로 완전히 이동했음을 직감했습니다.

하지만, 이 극적인 변화 속에서도 변하지 않는 것이 딱 하나 있었습니다.

2013년 텍사스의 트럭이든, 2024년 시애틀의 테슬라든, 이 거대한 시장의 문은 여전히 안으로만 열려 있을 뿐 밖으로 나가는 문은 바늘구멍처럼 좁다는 사실입니다.

현재 미국에 등록된 자동차 수는 약 2억8천만 대에 달합니다. 인구 1.2명 당 1대의 차를 보유한 문자 그대로 사람보다 차가 더 흔한 거대한 시장입니다. 한국 등록 대수(약 2,600만 대)의 10배가 넘는 천문학적인 규모입니다. 해마다 4,000만 대 이상의 중고차가 주인을 바꾸는 이 거대한 흐름은 마치 멈추지 않는 강철의 대하와도 같습니다.

상식적으로 접근해봅니다. 물이 높은 곳에서 낮은 곳으로 흐르듯 이렇게 자원이 풍부하고 내수시장이 포화상태인 나라는 당연히 전 세계에 중고차를 펑펑 쏟아내는 최대의 수출기지여야 마땅합니다.

그러나 현실의 데이터는 제 직관을 철저히 배반합니다. 미국의 연간 중고차 수출량은 수년째 100만 대 미만이라는 보이지 않는 천장에 갇혀 있습니다. 전체 거래량 대비 수출 비중은 고작 2.5% 수준에 불과합니다. 내연기관차시대에도, 전기차시대에도 '수출이 안 되는 구조'는 요지부동입니다. 이 거대한 덩치의 시장이 고작 한국과 비슷한 수준의 물량밖에 내보내지 못하고 있다는 사실은, 글로벌 무역의 관점에서 볼 때 도저히 납득하기 힘든 시장의 역설입니다.

도대체 그 많은 차들은 다 어디로 사라지는 것일까요? 텍사스의 픽업트럭도, 시애틀의 전기차도 밖으로 나오지 못하게 만드는 이 강력한 중력. 그 미스터리를 푸는 열쇠는 바로 미국시장 자체가 가진 내수 블랙홀 현상에 있습니다.

2-1 │ **강력한 중력장**

왜 미국 차는 밖으로 나오지 못하는가?

미국시장은 거대한 중력장과 같습니다. 모든 물량을 안으로 빨아들이는 이 기형적인 구조는 다음 세 가지의 경제적, 사회적 기둥에 의해 지탱되고 있습니다.

생존을 위한 필수재와 20만 마일의 경제학

미국에서 자동차는 단순한 이동수단이나 과시용 재화가 아닌 생존을 위한 산소호흡기와 같습니다. 뉴욕이나 샌프란시스코 같은 일부 대도시를 제외하면 대중교통 인프라가 거의 전무하기 때문에, 차가 없으면 마트에 가서 식료품을 살 수도, 아픈 아이를 데리고 병원에 갈 수도, 직장에 출근할 수도 없습니다. 미국 사회에서 "No Car"는 곧 "No Life"를 의미합니다.

이로 인해 미국 내수시장은 주행거리 20만 마일(약 32만km)이 넘는 노후차량이라도 엔진이 돌고 바퀴가 구른다면 3,000~5,000달러(약 400만~700만 원)라는 높은 가격에 거래되는 강력한 하방 경직성을 가집니다. 한국이라면 폐차장으로 직행했을 법한 상태의 차들이 미국에서는 저소득층, 학생, 그리고 긱 워커들의 소중한 발이 되어 내수시장에서 끈질기게 생명을 이어갑니다. 굳이 복잡한 수출 절차를 밟지 않아도 국내에서 충분히 비싼 값에 팔리는데 딜러들이 굳이 헐값에 해외로 보낼 이유가 없는 것입니다.

미국 자동차시장을 지탱하는 또 하나의 거대한 기둥은 바로 금융입니다. 한국은 여전히 할부나 현금 구매 비중이 높지만 미국은 명실상부한 리스 공화국입니다.

- **리스의 나라** : 미국에서 신차의 상당수는 '소유'가 아닌 '이용'의 개념으로 소비됩니다. 3년마다 월 납입금을 내고 새 차를 갈아타는 리스 문화가 보편화되어 있습니다. 3년 뒤 반납된 차량은 어디로 갈까요? 바로 딜러의 인증 중고차 프로그램으로 흡수되어 다시 내수시장의 우량 매물로 공급됩니다.
  '신차 → 리스 반납 → 인증 중고차'로 이어지는 견고한 내수 순환고리는 양질의 중고차가 수출시장으로 빠져나갈 틈을 주지 않습니다.

- **서브프라임과 BHPH** : 그렇다면 리스 반납차보다 오래된 노후차량은 어떨까요? 여기서도 금융이 개입합니다. 신용점수가 낮은 소비자들도 고금리를 감수하면 이용할 수 있는 서브프라임 오토론과, 딜러가 직접 대출해주는 'Buy Here Pay Here' 시스템이 존재합니다. "직장이 있으면 신용은 묻지 않습니다"라는 슬로건을 내건 이들은, 20만 마일이 넘는 차량까지도 내수시장에서 소화해내는 진공청소기 역할을 합니다.

결국, 상단의 리스 프로그램과 하단의 서브프라임 금융이 촘촘한 그물망을 형성하여 미국 내 모든 중고차를 내수시장 안에 가둬두고 있는 셈입니다.

킹달러가 만든 무역장벽

마지막으로, 지난 2024~2025년 수출부진의 결정적타는 바로 기축통화인 달러의 독주, 즉 킹달러 현상이었습니다. 이는 단순한 환율변동이 아니라 주요 수입국인 신흥국들의 구매력을 파괴하는 재앙에 가까웠습니다.

- **이집트의 쇼크(2024년 3월)** : 북아프리카 최대시장인 이집트는 2024년 3월, 고정환율제를 포기하고 변동환율제로 전환했습니다. 그 결과 이집트 파운드화 가치는 하루아침에 30파운드에서 50파운드대로 약 60% 폭락했습니다. 현지 바이어 입장에선 미국 차 가격이 자고 일어나니 두 배가 된 셈입니다.
- **나이지리아의 비명** : 아프리카 최대 인구 대국 나이지리아 역시 상황은 처참했습니다. 2024년 한해 동안 나이라화 가치는 40% 이상 증발했습니다. 현지 통화가치가 휴지조각이 된 상황에서 '달러'로 결제해야 하는 미국 차는 감히 넘볼 수 없는 사치품이 되었습니다.

이러한 구매력붕괴는 미국 수출업체들에 직격탄이 되었습니다. 사고 싶어도 살 수 없는 구조적 장벽이 세워진 것입니다.

거인 대신 개미들의 군단

그렇다면 이 척박한 수출시장을 움직이는 주체는 누구일까요? 흥미롭게도 미국 중고차 수출시장은 자본력을 갖춘 대기업이 아닌, 철저하게 파편화된 중소업체들이 장악하고 있습니다. 여기에는 명확한 기업의 생존논리가 존재합니다.

대기업의 외면 : 규모의 비경제

미국 중고차시장의 공룡인 카맥스CarMax나 오토네이션AutoNation 같은 거대 리테일 기업들은 수출에 눈길조차 주지 않습니다. 그들에게 수출은 단순히 '돈이 안 되는' 것을 넘어 '해서는 안 되는' 영역입니다.

- **규제비용** : 수출을 하려면 복잡한 세관신고EEI Filing와 자금세탁 방지AML 심사를 건건이 수행해야 합니다. 상장기업의 컴플라이언스 기준에서 차 한 대를 수출하기 위해 투입해야 하는 행정비용은 마진을 훨씬 상회합니다.
- **수익구조의 불일치** : 이들의 진짜 수익원은 차량 판매 마진이 아니라 할부 금융과 보증 연장 상품판매입니다. 하지만 수출은 대부분 현금거래이며, 금융상품을 팔 수 없습니다. 즉, 수출은 그들에게 '뼈만 남은 생선'입니다.

틈새의 지배자 : 브로커와 소규모 수출업체

대기업이 비효율이라며 버린 이 시장을 수많은 중소 규모의 전문 수출업체(개미군단)들이 줍고 있습니다.

- **라이선스 임대업** : 해외 바이어들은 미국 딜러 라이선스가 없어 만하임Manheim 같은 도매경매장에 직접 접속할 수 없습니다. 이 틈을 타 딜러 라이선스를 보유한 소규모업체들이 대신 입찰해주고 수수료(200~300달러)를 챙기는 브로커 비즈니스가 거대한 생태계를 이루고 있습니다.
- **기민한 대응** : 이들은 거대한 야드를 짓고 재고를 쌓아두는 무거운 방식 대신, 노트북 하나와 스마트폰을 무기로 시장에 뛰어듭니다. 각 주마다 다른 복잡한 타이틀 문제를 해결하고 트럭커들과 협상해 내륙운송을 조율하는 '현미경'식 업무 처리는 몸집 가벼운 이들만이 할 수 있는 영역입니다.

진짜 힘은 사람에게서 나온다 : 디아스포라 네트워크

이 시장의 숨은 주인공은 사실 브로커가 아닙니다. 바로 미국 사회 곳곳에 뿌리내린 이민자 커뮤니티입니다. 중고차 비즈니스는 본질적으로 '잘 사는 나라에서 못 사는 나라로 물건이 흐르는 구조'입니다. 이 흐름을 잇는 것은 차가운 IT시스템이 아니라 양쪽 문화를 모두 이해하는 사람의 피입니다.

- **휴먼 네트워크의 힘** : 텍사스 휴스턴의 나이지리아 커뮤니티, 뉴저지의 동유럽 이민자 그룹은 단순한 거주민이 아닙니다.

그들은 고국의 친척이나 지인이 차가 필요하다고 연락하면 즉시 미국 경매장에서 차를 사서 보낼 수 있는 가장 강력한 잠 재적 바이어입니다.

- **신뢰의 연결고리** : 일본이 비포워드라는 거대한 시스템으로 신뢰를 만들었다면 미국은 이민자들의 혈연과 지연이라는 원 초적인 신뢰망이 그 역할을 대신합니다. IT가 아무리 발달해 도, 내 사촌이 보낸 차보다 더 믿을 수 있는 보증수표는 없습 니다. 미국이든, 일본이든, 한국이든 중고차 수출은 결국 사 람장사라는 진리는 변하지 않습니다.

결국, 미국 수출시장은 거대자본이 아닌, '정보력과 실행력, 그 리고 끈끈한 인적 네트워크로 무장한 게릴라들의 전쟁터'입니다.

2-3 │ 무대의 지배자들
경매 플랫폼 양대산맥

이 개미군단이 활동하는 무대는 코파츠Copart와 만하임Manheim이 라는 두 거인이 양분하고 있습니다. 이 두 플랫폼은 성격이 완전 히 다를 뿐만 아니라 이를 활용하는 전략적 목적 또한 명확히 구 분됩니다. 저는 이 둘을 각각 노동을 파는 시장과 시간을 파는 시 장으로 정의합니다.

코파츠는 미국 수출시장의 실질적 지배자이자, 전 세계 리빌더들의 성지입니다. 이곳의 본질은 하이 리스크, 하이 리턴입니다.

- **핵심 정체성** : 전손차의 제왕입니다. 보험사가 사고 침수, 우박 피해 등으로 전손처리한 차량이 주류입니다.
- **데이터의 빈틈** : 이곳의 사진은 믿을 게 못 됩니다. 겉보기엔 멀쩡해 보이지만 하부가 썩어 있거나, 엔진이 없는 경우도 있습니다. 바이어는 탐정처럼 사진 속의 미세한 단서를 찾아내야 합니다. AS-IS 조건은 구매자가 모든 리스크를 떠안는다는 뜻입니다.
- **수익 모델** : 바이어들은 이 리스크를 헐값에 매입합니다. 그리고 저렴한 인건비(동유럽, 중동 등)를 투입해 수리함으로써 가치를 창출합니다. 즉, 미국에서의 감가를 자국에서의 노동으로 메우는 구조입니다.

만하임 : 시간을 사서 회전율을 높인다

반면 만하임은 철저한 신뢰와 속도의 시장입니다. 이곳은 선수들만 입장 가능한 프로들의 리그입니다.

- **핵심 정체성** : "당장 소매판매가 가능한" 정상 차량이 거래됩니다.
- **데이터의 신뢰** : 만하임의 핵심무기는 'CR^{Condition Report}'입니다. AI 스캐너와 전문검사관이 작성한 5.0 만점 기준의 상세

리포트는 "차를 보지 않고도" 살 수 있게 만듭니다. 차량의 흠 집 하나 엔진 소리까지 데이터화되어 있습니다.

- **수익 모델** : 낙찰가는 비쌉니다. 마진은 박합니다. 하지만 수리할 필요가 없어 낙찰 즉시 선적이 가능합니다. 자금회전율을 극대화하여 1년에 10번 회전시키는 '속도전'이 만하임의 승리공식입니다.

코파츠 vs 만하임 : 수익률을 결정하는 비용구조

초보 수출업체가 가장 많이 하는 실수는 낙찰가만 보고 덤벼드는 것입니다. 하지만 실제 수익률을 결정하는 것은 눈에 보이지 않는 수수료와 물류비입니다.

비교 항목	코파츠	만하임
진입장벽	낮음. 브로커를 통한 우회 참여 용이	매우 높음. 유효한 딜러 라이선스 필수
수수료 구조	복잡하고 높음. 낙찰 수수료 + 게이트 비용 + 인터넷 입찰비 등	상대적으로 단순. 낙찰 가격대별 정액제 위주
차량상태 리스크	High Risk. 보이지 않는 하체 손상 주의	Medium/Low Risk. 상세 상태 보고서 및 중재 가능
물류 접근성	낮음. 대부분 견인 필요, 내륙 오지 지점 많음	높음. 주요 도시/물류거점 인접, 운송 용이
핵심전략	노동력 투입. 수리 가능한 차량을 싸게 매입	회전율 극대화. 수리 없이 즉시 판매 가능한 차량 매입

"코파츠에서 1,000달러짜리 차를 낙찰받았다고 좋아하지 마십시오. 수수료가 400~500달러가 붙고 내륙운송비가 500달러가 나

오면 원가는 이미 2,000달러입니다. 반면 만하임은 고가 차량일수록 수수료 비율이 낮아지는 경향이 있습니다. 즉, 저가/사고차는 코파츠, 고가/정상차는 만하임이 정석입니다.”

2-4 │ 리스크 매니지먼트
보이지 않는 암초와 생존의 조건

미국시장은 기회의 땅이자 동시에 준비되지 않은 자들에게는 ‘무덤’이기도 합니다. 본격적인 시장공략에 앞서, 우리는 눈에 보이지 않는 3가지 암초를 반드시 파악해야 합니다. 이 리스크를 관리하는 능력이 곧 생존의 조건입니다.

보이지 않는 살인마 : 타이틀의 늪과 물류폭탄

미국 수출의 성패는 차를 싸게 사는 것이 아니라 수출 가능한 차를 선별하는 능력에서 판가름납니다.

- **타이틀의 늪** : 미국 50개 주는 저마다 다른 차량등록 시스템을 가지고 있습니다. 초보 셀러들이 가장 많이 빠지는 함정이 바로 ‘Bill of Sale Only’나 ‘Junk Title’ 차량입니다.
- **The Trap** : 경매장에서 500달러에 나온 2018년식 캠리, 겉보기엔 멀쩡해 보이지만, 서류상태가 ‘Bill of Sale Only(판매 영수증만 있음)’라면? 이 차는 법적으로 수출이 불가능합니다.

- **The Consequence** : 이 차를 낙찰받는 순간, 그것은 차가 아니라 '비싼 쓰레기'가 됩니다. 수출 통관이 거부되므로, 현지 폐차장에 헐값에 넘기거나 다시 내수경매에 올려야 하는데, 이 과정에서 발생하는 수수료와 보관료로 원금은 공중분해됩니다.

- **Strategic Move** : 전문 수출업체들은 플로리다나 뉴욕처럼 수출 타이틀 처리가 명확한 주의 매물을 공략하거나 낙찰 전 반드시 Exportable 필터를 3중으로 체크합니다.

- **광활한 대륙의 물류 수학** : 미국의 땅덩어리는 우리의 상상을 초월합니다. 텍사스 오지나 중부 네브라스카에서 2,000달러에 낙찰받은 차가 항구까지 가는 내륙운송비로만 1,500달러가 나올 수 있습니다.

- **Strategic Move** : 따라서 스마트한 수출업체들은 '항구 중심의 반경 300마일' 전략을 고수합니다. 100달러 더 비싸게 낙찰받더라도, 운송비에서 500달러를 아끼는 것이 훨씬 현명한 스마트소싱입니다.

- **도난방지 검사와 데머리지** : 미국 세관은 도난차량 수출에 매우 민감합니다. 수출 전 72시간 동안 타이틀 원본을 제출하고 검사를 받아야 하는데, 서류에 오타 하나만 있어도 컨테이너는 항구에 묶입니다. 이는 단순한 비용 문제가 아니라 바이어와의 신뢰를 깨뜨리는 치명적인 리스크입니다.

2026년 현재, 전기차 수출을 가로막는 것은 단순한 화재공포가 아닙니다. 그것은 해상물류업계 전체를 옥죄고 있는 'ESG(환경·사회·지배구조)라는 거대한 파도'입니다. 이 구조적 변화를 이해하지 못하면 낙찰받은 차를 항구에 세워둔 채 막대한 보관료만 내다가 파산할 수 있습니다.

- **Social(선원의 생존권)** : 전기차 화재는 열폭주를 동반하며, 기존 선박의 CO_2 소화설비로는 진압이 불가능합니다. Felicity Ace호 침몰사고 이후, 글로벌 선사들은 선원의 안전보장이라는 사회적 책무를 이유로 중고 전기차 선적을 사실상 거부하거나 위험물 수준의 까다로운 선적 조건을 요구하고 있습니다.

- **Environmental(IMO 탄소 규제)** : 국제해사기구IMO의 탄소집약도 지수CII 규제가 2026년부터 더욱 강화되었습니다. 탄소 배출이 많은 노후자동차 운반선PCC들은 감속 운항하거나 시장에서 퇴출되고 있습니다. 선복량(공급)은 줄어드는데, 화재 리스크가 있는 화물을 굳이 태워야 할 이유가 선사에게는 없습니다. '친환경차'인 전기차가 역설적으로 친환경 물류규제 때문에 배를 못 타는 상황이 벌어진 것입니다.

- **Governance(보험의 장벽)** : 해상보험사들은 검증되지 않은 중고 전기차 선적에 대해 살인적인 할증요율을 적용하거나 아예 인수 거부를 선언하고 있습니다. 배터리 건강상태SOH를 증명할 수 있는 클린 카고 인증 없이는 수출길이 막혀버린 셈

입니다. 이것은 일시적인 현상이 아니라 앞으로 더욱 강화될
'뉴 노멀New Normal'입니다.

2-5 │ 타겟 시장별 소싱 최적화 전략
구조적 딜레마와 해법

리스크를 넘어설 준비가 되었다면 이제 타겟 국가의 특성에 맞
춰 "어느 우물에서 물을 길을지" 결정해야 합니다. 미국 수출업체
들이 각 시장의 구조적 딜레마를 어떻게 역이용하는지 살펴보는
것이 2026년 글로벌 트렌드의 핵심입니다.

수출의 물길 : 멕시코, 중동, 그리고 서아프리카

미국 상무부의 데이터를 분석해보면 수출되는 2.5%의 물량(약
90만~100만 대)은 전 세계로 골고루 퍼지는 것이 아니라 특정국
가로 쏠림 현상을 보입니다.

- **압도적 1위 멕시코** : 지리적 인접성과 NAFTA(현 USMCA)의
  영향으로 미국 중고차의 약 30~40%는 육로를 통해 멕시코로
  넘어갑니다.
- **2위권 그룹** : 그다음으로 큰 물줄기는 나이지리아(서아프리
  카), UAE(중동), 그리고 조지아/우크라이나(동유럽)로 향합
  니다. 이 국가들은 자체적인 자동차 생산기반이 약하고 미국

차에 대한 선호도가 높다는 공통점이 있습니다.

동유럽(우크라이나 조지아, 리투아니아) : 노동력 차익거래의 마법

동유럽 바이어들은 미국 수출시장의 가장 큰손입니다. 특히 러시아 제재 이후, 조지아와 리투아니아는 미국 중고차의 '우회수출 기지'로 급부상했습니다.

- **타겟 차량** : 주행거리가 짧지만 전면충돌 등으로 파손된 Run & Drive(시동 걸리고 운행가능) 등급의 차량을 선호합니다.
- **최적 플랫폼** : 코파츠
- **Mechanism(노동력 차익거래)** : 이들의 비즈니스 모델은 철저한 '인건비 따먹기Labor Arbitrage'입니다. 미국의 판금/도색 인건비는 시간당 100~150달러에 육박합니다. 이 때문에 미국 보험사는 범퍼와 펜더만 망가져도 수리를 포기하고 전손처리를 합니다. 동유럽 바이어는 이 차를 헐값에 매입하여 인건비가 저렴하지만 기술력은 좋은 자국에서 수리합니다. 미국에서의 저평가된 가치와 수리 후의 정상 가치 사이의 거대한 갭을 먹는 구조입니다.

중동 및 아프리카(UAE, 나이지리아) : 허브와 관문

- **UAE(두바이/샤르자)** : 중동의 재수출 허브이자 '글로벌 수리 공장'입니다. 미국산 사고차를 컨테이너 단위로 대량 수입하여 샤르자의 거대한 수리단지에서 새 차처럼 복원합니다. 이

후 아프리카나 중앙아시아, 심지어 다시 중동 내수로 재수출
합니다. 코파츠에서 저렴한 파손차량, 특히 에어백이 터지지
않은 차량을 선호합니다.

- **나이지리아(아프리카 관문)** : 도로 사정이 험악한 나이지리아
  는 내구성의 제왕인 도요타Camry, Corolla, 혼다 등 일본 브랜드
  의 미국 생산 모델을 광적으로 선호합니다. 코파츠의 노후차
  량이나 외관이 험한 파손차량을 저렴하게 대량 매입하여 보
  냅니다. 최근에는 관세 인상으로 인해 연식이 오래된 차량보
  다는 '가성비'가 좋은 모델로 수요가 이동하고 있습니다.

중남미(코스타리카, 과테말라) : 규제와의 싸움

중남미 국가들은 수입 가능한 차량의 연식 제한(예 : 10년 이내)
이나 파손 정도에 대한 규제가 매우 엄격한 편입니다. 자칫 잘못
보냈다가는 통관 자체가 거부되어 차를 폐기해야 하는 리스크가
있습니다.

- **최적 플랫폼** : 만하임(혹은 코파츠의 Clean Title 섹션)
- **전략의 핵심** : 수리가 불가능한 수준의 전손차는 통관이 거
  부될 수 있으므로, 만하임의 OVEOnline Vehicle Exchange를 통해
  리스크가 적은 정상 차량을 확보하는 것이 안전합니다. 조금
  비싸더라도 확실한 차를 보내는 것이 이 시장의 생존법칙입
  니다.

2026년 현재, 미국시장에서 가장 주목해야 할 새로운 흐름은 바로 중고 전기차(테슬라 등)입니다. 2020년대 초반에 판매된 모델 3, 모델 Y의 리스 반납물량이 쏟아지며 가격이 급락했습니다.

- **타겟 차량** : 배터리 효율은 80% 이상이지만, 외관 손상이나 마일리지 누적으로 내수에서 인기가 떨어진 테슬라 차량.
- **주요 시장** : 우크라이나(유류난으로 인한 전기차 선호), 요르단(전기차 관세 혜택), 그리고 일부 북유럽 국가들.
- **전략의 핵심** : 미국은 전 세계에서 중고 테슬라 물량이 가장 풍부한 곳입니다. 내연기관차와 달리 전기차는 파워트레인 수리가 어렵기 때문에, 사고차보다는 High Mileage Clean Title 차량을 선점하여 전기차 수요가 있는 국가로 보내는 것이 새로운 수익 모델로 부상하고 있습니다.

2-6 │ **미래 전망**

흔들리지 않는 생태계와 승자의 조건

그럼에도 불구하고 왜 저는 여전히 미국시장을 주목해야 한다고 주장할까요? 대형 소매업체 들이 내수시장의 꿀을 빠느라 수출을 외면하는 사이, 미국 중고차시장은 여전히 거대한 공급의 저수지로 남아 있기 때문입니다.

최근 달러 강세와 물류비 상승이라는 악재 속에서도, 동유럽의 리빌딩 수요와 아프리카의 필수재 수요는 멈추지 않고 있습니다. 전 세계 어디를 봐도 미국만큼 다양한 차종과 부품용 차량을 이 가격에 공급할 수 있는 나라는 없습니다. 미국은 대체 불가능한 공급원입니다.

2026년, 미국시장의 승자는 단순히 "어떤 차를 싸게 샀느냐"로 결정되지 않습니다. "얼마나 정교하게 리스크를 관리했느냐"가 승부를 가를 것입니다. 내수용 만하임과 수출용 코파츠를 목적에 맞게 혼용하는 유연함, 그리고 타이틀(법적 소유권 증명서) 이슈가 없는 주와 물류비가 저렴한 항구를 연결하는 최적의 '물류함수'를 푸는 능력만이 살아남을 길입니다.

비즈니스에서 매출이 환호성을 부르지만, 결국 기업의 생존을 결정하는 건 순이익입니다. 미국 수출시장도 마찬가지입니다. 코파츠에서의 저가낙찰이라는 화려한 숫자에 취해 물류비와 타이틀이라는 보이지 않는 비용을 간과하면 결국 치명적인 적자를 보게 됩니다.

미국시장은 여전히 세계에서 가장 크고 기회가 많은 '보물섬'입니다. 하지만 그 보물은 지도를 볼 줄 알고 암초를 피해 갈 수 있는 준비된 선장에게만 허락될 것입니다. 우리는 이제 그 준비를 마쳤습니다.

국가가 설계한 거대한 재고처리 프로젝트

무주행의 역설과 지정학적 리스크 속에서 한국이 가야 할 길

2026년 2월, 시스템이라는 거인 앞에 서다

2026년 지난 5년간의 글로벌 중고차시장을 복기해보면 가장 소름끼치는 존재는 단연 중국이었습니다. 현장에서 수많은 데이터를 분석해볼 때 중국의 움직임은 기존의 시장논리로는 설명되지 않는 부분이 너무나 많았습니다.

일본이 30년, 한국이 20년 넘게 공들여 쌓아온 세월을 중국은 불과 5~6년 만에 따라잡았습니다. 특히 우리와 일본의 텃밭이라 여겼던 동남아시아 시장은 이미 중국의 안방이 되어버렸습니다. 태국 방콕의 도로를 점령한 BYD 전기차와 인도네시아 자카르타 항구에 쏟아지는 우링의 물량공세는 중국이 얼마나 짧은 시간 안에 시장의 판도를 뒤집어놓았는지를 보여주는 섬뜩한 증거입니다.

현장에서 느끼는 그들의 실체는 단순한 추격자가 아닙니다. 글

로벌시장은 지금 국가라는 거대한 엔진을 단 괴물과 마주하고 있습니다.

지금 중국에서 벌어지는 수출은 기업 간의 자율적인 무역행위가 아닙니다. 내수시장의 과잉생산을 해소하고 침체된 경기를 부양하기 위해 국가 차원에서 치밀하게 설계한 거대한 재고 밀어내기 프로젝트였습니다. 이 과정에서 지난 2024년과 2025년, 전 세계 어디에서도 볼 수 없는 '무주행 중고차'라는 기형적인 현상이 정점을 찍었고 이는 글로벌 자동차 생태계의 질서를 송두리째 흔들었습니다.

이 장에서는 지난 2년간 중국시장이 보여준 파괴적인 행보의 이면을 제3자의 시각으로 파헤쳐보고자 합니다. 그들의 전략이 왜 글로벌시장에 치명적인 위협이 되었는지, 그리고 미국의 제재와 동남아시장의 가격파괴라는 거대한 파도를 넘어 한국 기업들은 2026년 이후 어떤 코스 매니지먼트로 생존의 그린에 안착해야 할지 냉철하게 분석해보겠습니다.

3-1 | 관官주도형 밀어내기와 무주행의 역설

중국 중고차 수출이 지난 2~3년간 폭발적으로 성장했던 이유는 바이어들이 중국 차를 간절히 원해서가 아니었습니다. 정확히 말하면 팔리지 않는 차를 밖으로 내보내야만 했던 절박한 내부사정이 있었기 때문입니다.

정부 주도의 전략적 배출구

2024년과 2025년, 중국의 자동차산업 지표는 표면적으로는 화려했습니다. 생산과 판매 모두 3,000만 대를 훌쩍 넘기며 해마다 역대 최고치를 경신했습니다. 하지만 그 숫자 뒤에는 심각한 체증이 숨어 있었습니다. 내수 소비심리가 얼어붙으면서 공장 야적장에는 팔리지 않은 신차가 산더미처럼 쌓여갔습니다. 이를 해소하지 못하면 자동차산업 생태계 전체가 재고 쇼크로 무너질 수 있는 위기상황이었습니다.

이때 중국정부가 선택한 해법이 바로 '수출'이었습니다. 작년(2025년) 수출량이 또다시 기록적인 수치를 갱신한 것은 기업들이 장사를 잘해서라기보다 안에서 못 팔면 밖으로라도 밀어내라는 정부의 강력한 드라이브가 작동했기 때문입니다. 수출은 기업의 선택이 아니라 생존을 위한 유일한 배출구였습니다. 중앙정부는 품질 표준을 만들어 판을 깔았고 지방정부는 각종 보조금과 세제혜택이라는 당근으로 기업들을 독려했습니다.

무주행 중고차와 평행수출의 메커니즘

지난 2년간 중국 수출 통계에서 가장 눈에 띄는 기현상은 바로 무주행 중고차입니다. 수출되는 중고차의 80~90%가 실제로는 도로를 한번도 달려보지 않은, 비닐도 뜯지 않은 새차였다는 사실입니다. 업계에서는 이를 평행수출 차량이라고 부릅니다.

이 기형적인 시스템은 다음과 같이 작동합니다.

- **신차 등록** : 공장에서 갓 나온 신차를 딜러나 무역회사가 매입하여 중국 내에서 임시로 등록(번호판 발급)합니다. 이 순간 통계상으로는 판매된 신차가 됩니다.
- **즉시 말소** : 며칠, 심지어 몇 시간 내에 등록을 말소합니다. 이제 이 차의 법적 신분은 중고차가 됩니다.
- **수출** : 이 서류상 중고차를 컨테이너에 실어 러시아, 중앙아시아, 중동 등으로 보냅니다.

왜 이런 복잡한 꼼수를 썼을까요? 이유는 두 가지입니다.

첫째, 제조사의 실적방어입니다. 신차로 등록되는 순간 내수판매 실적으로 잡혀 공장가동률을 유지하고 주가를 방어할 수 있었습니다. 둘째, 비공인 딜러의 우회로입니다. 중국에서 신차 수출 권한(라이선스)은 제조사나 공식 딜러에게만 있습니다. 수많은 일반 무역회사(개미수출업체)들은 신차를 수출하고 싶어도 자격이 없었기에 차를 중고차로 둔갑시키는 방법을 택한 것입니다. 이것이 바로 '평행수출'의 본질입니다.

세계의 부품창고 : 가성비 부품의 무제한 공급

중국 중고차 수출경쟁력의 숨겨진, 하지만 매우 강력한 또 하나의 축은 바로 '부품Parts 공급능력'입니다. 중국은 명실상부한 '세계의 공장'입니다. 전 세계 자동차 부품의 상당수가 중국에서 생산되며, 이는 중고차 비즈니스, 특히 애프터마켓에서 중국 차의 생명력을 연장시키는 결정적인 무기가 됩니다.

중국의 수출업체들은 영리하게도 중고차를 수출할 때 컨테이너의 빈 공간에 소모성 부품(필터, 브레이크 패드, 범퍼 등)을 가득 채워 '패키지'로 보냅니다. 차를 파는 것에서 끝나는 것이 아니라 그 차를 유지 보수할 수 있는 생태계까지 통째로 수출하는 것입니다. 이는 현지 수리업자들을 중국 부품망에 종속시키는 락인 효과를 발휘하며, 중국산 중고차의 점유율을 바닥에서부터 다지는 기반이 되고 있습니다.

3-2 │ 미국의 봉쇄와 동남아의 가격파괴

중국의 이러한 공격적인 행보는 대외적으로 두 가지 거대한 역풍을 맞았습니다. 하나는 미국의 철저한 봉쇄이고 다른 하나는 그로 인한 동남아시장의 붕괴였습니다.

미-중 무역분쟁과 풍선효과

2년 전인 2024년, 미국 바이든행정부는 중국산 전기차에 대해 사실상의 선전포고를 했습니다. 관세를 100%로 올린 것도 모자라, 커넥티드카 기술 규제를 통해 중국산 소프트웨어가 들어간 차량의 수입을 원천봉쇄했습니다. 이는 중국 차가 아무리 싸고 좋아도 미국 땅은 밟을 수 없다는 강력한 시그널이었습니다.

문제는 여기서 발생했습니다. 미국시장 진입이 좌절된 중국의 막대한 물량이 사라지는 게 아니었습니다. 그 물결은 댐이 막히면 다른 수로로 터져나오듯, 규제장벽이 낮은 러시아, 중앙아시아, 남미, 그리고 동남아시아로 쏠렸습니다. 이를 우리는 '풍선효과'라고 부릅니다. 미국의 압박이 강해질수록 한국이 주력으로 삼고 있는 제3국시장에서의 경쟁강도는 지난 2년간 상상을 초월하는 수준으로 치솟았습니다.

일대일로와 철도물류 : 내륙을 관통하는 속도전

특히 주목해야 할 점은 일대일로 프로젝트가 완성한 압도적인 육상물류 네트워크입니다. 중국은 거대한 자본을 투입해 유라시아 대륙을 관통하는 철도망과 물류 허브를 촘촘히 구축했습니다.

- **중-유럽 화물열차의 진화** : 2024년 기준 연간 19,000회 이상 운행되는 이 열차는 과거 생필품 위주에서 이제는 자동차 전용 JSQ 열차로 고도화되었습니다. 자동차를 싣고 충칭이나 시안을 출발하면 불과 15~20일 만에 러시아 모스크바나 중앙아시아 타슈켄트 한복판에 도착합니다. 해상운송이 홍해사태 등으로 40~50일 걸리는 한국이나 일본 대비 2배 이상 빠른 납기경쟁력을 확보한 것입니다. 이는 단순한 운송수단이 아니라 바다를 건너야 하는 경쟁자들을 따돌리는 전략적 무기입니다.

- **우회수출의 허브, 중앙아시아** : 카자흐스탄과 키르기스스탄은 서방제재를 피하기 위한 중국 차의 핵심 우회수출기지로 변모했습니다. 특히 키르기스스탄의 대중국 자동차 수입액은 2020년 대비 10배 이상 폭증했는데 이 물량의 대부분은 러시아로 재수출됩니다.
- **서부 육해신통로** : 중국 서부 내륙에서 생산된 자동차를 철도로 남쪽(광시성 친저우항)으로 보낸 뒤, 배를 타고 동남아/중동으로 수출하는 복합물류망까지 가동되고 있습니다. 이는 동부 연안 항구의 체증을 피하고 물류비를 획기적으로 절감하는 대안으로, 중국의 수출효율성을 극대화하고 있습니다.

동남아시장의 가격역전 쇼크 : 룰이 깨지다

가장 뼈아픈 타격은 한국과 일본의 전통적인 텃밭이었던 동남아 시장에서 벌어졌습니다. 이곳에서 믿기 힘든 '가격역전' 현상이 목격되었습니다.

태국이나 인도네시아에서 중국산 최신 전기차가 현지 보조금과 FTA 혜택을 받아 1,500~2,000만 원 초반대에 팔렸습니다. 반면 한국이나 일본에서 건너간 3~5년 된 아반떼나 코롤라 같은 내연기관 중고차는 관세와 운송비가 붙어 여전히 2,000만 원대를 받아야 마진이 남습니다. 소비자들이 중고차 살 돈으로 새 전기차를 산다는 선택을 하기 시작한 것입니다. 이는 단순한 경쟁심화가 아니라 한국 중고차의 가격경쟁력이 구조적으로 상실되는 위기였습

니다. 중국은 현지 공장CKD을 통한 무관세 신차 공급과 무주행 중
고차 밀어내기라는 투 트랙 전략으로 동남아시장을 융단폭격했습
니다.

3-3 │ 디지털플랫폼과 국영기업의 하모니

중국이 무서웠던 점은 단순히 물량뿐만 아니라 그 물량을 실어
나르는 시스템이 무섭게 진화했다는 것입니다. 여기서 '오토캉고
AutoCango'라는 기업과 국영기업들의 역할분담에 주목할 필요가 있
습니다.

디지털 포식자의 등장 : 오토캉고

과거의 중국 수출업체들이 보따리상 수준이었다면 오토캉고는
뉴욕증권거래소 상장사인 Cango Inc. 의 막강한 자본력을 등에 업
은 '디지털 포식자'입니다. 이들은 단순한 딜러가 아니라 중국 전
역의 재고를 빨아들여 전 세계로 뿜어내는 디지털댐 역할을 하고
있습니다.

이들은 직접 차를 매입하는 리스크를 지지 않습니다. 대신, 중
국 전역 5만여 개 오프라인 딜러와 4S 딜러의 재고를 실시간으로
긁어모아 보여줍니다. 현재 10만 대 이상의 매물이 실시간으로 연
동되는데, 이는 개별 기업이 도저히 따라갈 수 없는 규모의 경제

262

입니다. 플랫폼 내에는 버젓이 New Car와 Used Car 카테고리가 공존하며, 특히 2024~2025년식 주행거리 50㎞ 미만의 차량들이 대거 포진해 있어 내수 딜러들의 재고처리 '하수구' 역할을 자처하고 있습니다.

핀테크와 CIPS : 달러 패권을 우회하는 금융전략

중국의 또 다른 무기는 금융입니다. 모기업의 금융 노하우를 바탕으로, 달러 부족 국가나 제재 국가 바이어들을 위해 USDT 등 암호화폐 결제까지 지원하는 유연함은 기존 무역 금융의 제약을 뛰어넘습니다. 더 나아가, 중국정부가 주도하는 CIPS^{Cross-Border Interbank Payment System}는 러시아나 이란 등 SWIFT 제재 대상국과의 거래에서 위안화 결제를 가능케 하는 핵심 인프라입니다. 달러가 없어도 차를 살 수 있는 길을 열어준 것, 이것이 중국이 제재 국가 시장을 독점할 수 있는 결정적인 이유입니다.

국영기업의 원스톱 인프라 : 해외창고와 물류의 혈관을 뚫다

디지털플랫폼이 정보의 고속도로라면 주저우 이통다 같은 국영성격의 기업들은 물리적 인프라의 혈관을 제공합니다. 개별 기업이 감당하기 힘든 난제를 국가 시스템으로 해결하는 것이 중국의 핵심경쟁력입니다.

- **해외창고 전략** : 중국은 중앙아시아(타슈켄트), 중동(두바이), 러시아(모스크바) 등 핵심거점에 국영기업 주도로 대규모 공

동물류센터를 구축했습니다. 이곳은 단순한 창고가 아닙니다. 현지 바이어가 실물을 보고 구매할 수 있는 쇼룸이자, 고장나면 즉시 수리해주는 A/S기지이며, 주문 즉시 차량을 인도받을 수 있는 전진기지입니다. 한국 업체들이 배를 띄우고 40일을 기다릴 때 중국은 이미 현지에 깔아놓은 재고로 '속도전'에서 압승을 거두고 있습니다.

- **국가대표 물류연합(COSCO & 철도)** : 중국 최대 국영해운사 COSCO는 자동차 전용선 부족을 해결하기 위해 일반 컨테이너선에 3~4대의 차를 적재할 수 있는 가변형 컨테이너 프레임(접이식 랙)을 개발해 보급했습니다. 또한, 국영철도는 수출기업들에 자동차 전용칸을 우선 배정합니다. 물류대란 시기에도 중국 차가 멈추지 않고 나갈 수 있었던 건, 국가가 물류동맥을 우선 할당해줬기 때문입니다.

- **행정의 고속도로** : 중국의 중고차 수출은 허가제입니다. 국영기업들은 라이선스가 없는 수만 개의 소규모 내수 딜러들에게 자신의 수출권한을 대여해주고 수출 확정 시 증치세(부가세) 환급까지 대행해줍니다. 이는 수출원가를 13% 가까이 낮추는 효과를 주어, 해외시장에서의 '가격덤핑'을 가능하게 하는 자금줄이 됩니다.

중국 중고차 수출의 미래, 아니 현재의 가장 강력한 엔진은 단연 전기차입니다. 하지만 이것을 단순히 기술의 발전으로만 봐서는 안 됩니다. 이는 생존을 위한 과잉공급과 원가파괴를 위한 수직계열화가 결합된 치밀하게 계산된 산업전략의 결과물입니다.

양적 팽창의 명과 암 : 50%의 벽과 2천만 대의 잉여

2025년 중국 내수시장에서 신에너지차NEV의 침투율은 마침내 50%를 넘어섰습니다. 판매량은 1,600만 대를 돌파하며 세계 최대 시장의 위용을 과시했습니다. 하지만 기획자로서 주목해야 할 숫자는 판매량이 아닙니다. 바로 생산능력과 실수요 간의 괴리입니다.

중국의 전기차 생산능력은 이미 연간 3,600만 대 수준을 넘어섰습니다. 내수에서 아무리 많이 팔아도(약 1,600만 대), 공장에는 2,000만 대분의 잉여 생산력이 남습니다. 공장가동률이 손익분기점을 위협하는 50% 수준으로 떨어지면서, 중국 기업들에 수출은 '성장'이 아니라 '생존을 위한 유일한 탈출구'가 되었습니다. 이것이 바로 정부가 보조금을 줘가며 밀어내기식 수출을 독려하고 무주행 중고차가 쏟아져 나올 수밖에 없는 구조적 원인입니다.

배터리 수직계열화 : 광산에서 바퀴까지의 공포

"도대체 어떻게 저 가격에 차를 만들 수 있지?" 글로벌 경쟁사들이 경악하는 중국 전기차의 가격파괴, 그 비밀은 단순한 저임금노동력이 아니라 배터리 수직계열화에 있습니다.

- **원가구조의 비밀** : 전기차 원가의 약 40%는 배터리가 차지합니다. CATL과 BYD 등 글로벌 배터리시장의 60% 이상을 장악한 중국 기업들은 이 핵심부품의 가격결정권을 쥐고 있습니다. 특히 BYD는 '리튬 광산 채굴 → 배터리 셀 제조 → 차량용 반도체 → 최종 차량 조립 → 자체 선박을 통한 수출'까지, 자동차 생산의 A to Z를 모두 내재화했습니다.
- **비용의 비대칭** : 남들이 배터리 셀과 칩을 비싼 값에 사올 때 그들은 원가로 조달합니다. 분석에 따르면 BYD의 생산원가는 테슬라 상하이 기가팩토리 대비 약 15%, 서방의 레거시 자동차제조사 대비 30% 이상 저렴한 것으로 추산됩니다.
- **LFP 배터리의 표준화** : 비싼 니켈과 코발트를 배제한 LFP(리튬인산철) 배터리 기술을 표준화하여 원가를 더욱 낮췄습니다. 과거엔 저가형 취급을 받았으나 기술혁신(셀투팩 등)을 통해 주행거리를 늘리며 이제는 글로벌 표준을 위협하고 있습니다. 중국은 이 압도적인 '원가우위'를 바탕으로 완성차 가격을 경쟁사 대비 20~30% 낮게 책정하고도 마진을 남기는 이른바 '이길 수 없는 게임'을 설계했습니다.

수출시장으로의 전이 : 가성비 폭격

이러한 과잉공급과 수직계열화의 결합은 수출시장에서 파괴적인 위력을 발휘합니다.

- **시장 장악** : 동남아나 남미 등 가격민감도가 높은 시장에서 중국산 전기차는 내연기관차보다 싼 가격으로 시장을 잠식하고 있습니다.
- **중고차시장의 위협** : 신차 가격이 깡패니 중고차 가격도 덩달아 파괴됩니다. 한국산 중고차가 설 자리가 좁아지는 근본적인 이유가 여기에 있습니다. "한국산 중고차 살 돈이면 중국산 새 전기차를 산다"는 공식이 만들어진 것입니다.

움직이는 인프라의 수출 : 전기버스의 세계 표준화

중국의 승용차 수출이 과잉재고의 해소성격이 강하다면 상용차(특히 버스) 수출은 철저히 인프라 장악의 성격을 띱니다. BYD와 위통Yutong은 이미 전 세계 전기버스 시장의 과반을 점유하며 '글로벌 표준'이 되었습니다.

- **도시 풍경을 바꾸다** : 영국 런던의 상징인 2층버스부터 칠레 산티아고의 시내버스 시스템까지 중국산 전기버스가 전 세계 주요 도시의 도로를 점령했습니다. 2025년 기준 중국의 신에너지 버스 수출은 전년 대비 20% 이상 급증하며 역대 최고치를 경신했습니다.
- **플랫폼 비즈니스의 완성** : 이들은 단순히 버스만 파는 것이 아닙니다. 전기버스 운용에 필수적인 충전 인프라, 관제 시스템, 배터리 유지보수 솔루션을 패키지로 수출합니다. 한번 중

국산 전기버스 시스템을 도입한 도시는 다른 브랜드로 갈아
타기가 매우 어려운 락인 효과에 갇히게 됩니다.
- **중고시장의 위협** : 더 큰 문제는 향후 3~5년 내에 쏟아져 나
올 중고 전기버스입니다. 중국 내수에서 교체주기가 도래한
수만 대의 전기버스가 저렴한 가격으로 동남아나 아프리카로
흘러들어갈 경우 한국이 강세를 보이던 노후 디젤 버스 수출
시장은 직격탄을 맞게 될 것입니다.

3-5 | 규모의 경제 vs 신뢰의 경제

본격적인 비교에 앞서 한 가지 전제를 두고자 합니다. 중국시장
에 대한 정확한 데이터는 외부에서 구하기가 매우 어렵고 공식 채
널을 통해 배포되는 내용조차 때로는 선전도구로 활용되어 100%
신뢰하기 어려운 것이 현실입니다. 하지만 현장에서 수집하고 다
각도로 교차 검증한 최신 데이터를 종합하면 중국시장의 실체는
다음과 같이 요약할 수 있습니다.

중국 중고차 수출 3개년(2023~2025) 핵심지표
- **폭발적 성장** : 2023년 약 27.5만 대에서 2024년 43.6만 대로
58.5% 급증했습니다. 2025년에는 50만 대 돌파가 확실시되
며, 이는 2021년 대비 불과 4년 만에 10배 이상 성장한 수치입

니다.

- **기형적 차종 구조** : 전체 수출물량의 약 80%가 신에너지차NEV
  입니다. 이 중 대다수는 내수보조금을 수령한 뒤 말소되어 수
  출되는 무주행 신차로 추정됩니다.
- **시장의 지각변동** : 2023~2024년은 러시아와 중앙아시아가
  전체 물량의 블랙홀이었으나 2025년 러시아의 폐차세 인상
  등 규제강화로 인해 중동, 멕시코, 동남아 등으로 물량이 쏟아
  져 나오는 '풍선효과'가 가속화되고 있습니다.

이러한 데이터를 바탕으로 두 시장의 구조적 차이를 비교하면
다음과 같습니다.

구분	중국 : 국가대항전	한국 : 각개전투
핵심동력	정부 주도의 강력한 정책, 과잉재고 밀어내기	민간 주도의 자생적 수요, 해외 바이어의 선호
수출 형태	'무주행' 신차급(평행수출, 가격덤핑)	실사용 신차급 중고차(품질우위, 적정가격)
주요 리스크	미국/유럽의 견제, '무주행' 규제강화, A/S 부재	정부 지원 부족, 규제 미비, 동남아 시장 상실 위기
강점	배터리/생산망 장악, 압도적 가격 경쟁력, 철도물류	'Made in Korea' 신뢰도, 투명한 매물 정보, 해상물류 네트워크

중국이 정부가 판을 깔고 기업들이 물량을 쏟아붓는 국가대항
전이라면 한국은 뛰어난 개인기와 품질로 승부하는 민간기업들의
각개전투 양상입니다.

그렇다면 이 거대한 파도 속에서 한국 기업들은 어떻게 살아남아야 할까요? 한국이 취해야 할 전략은 명확합니다. 무모한 물량경쟁으로 정면승부를 할 게 아니라 정교한 가치제안으로 틈새시장을 장악해야 할 때입니다.

Premium K-Used Car 브랜딩 : 품질의 요새화

중국산 저가매물(무주행 덤핑차)과 섞이지 않도록 차별화된 브랜드가 절실합니다.

- **수출 인증제 도입** : 정부 공인 수출업체 등록제와 엄격한 품질 인증 시스템을 도입해야 합니다. CPO 개념을 수출에도 적용하여, "한국에서 온 중고차는 믿고 탈 수 있다"는 인식을 제도적으로 보증해야 합니다. 이는 바이어들이 조금 더 비싸더라도 한국 차를 선택하게 만드는 신뢰의 해자가 될 것입니다.
- **시장 포트폴리오 재편** : 중국산 신차에 의해 가격경쟁력을 상실한 동남아 비중을 과감히 조절하고 한국 차에 대한 충성도가 높고 구매력이 있는 중앙아시아·중동·러시아 등 고부가가치시장에 마케팅 화력을 집중하는 '선택과 집중'이 필요합니다.

EV 애프터마켓 선점: 기술적 우위확보

전기차시대, 차를 파는 것보다 더 중요한 것은 관리입니다. 이 부분에서 한국은 아직 기회가 있습니다. 중국은 파는 데 급급하여 사후관리A/S와 배터리 재활용에서 허점을 보이고 있습니다.

- **배터리 진단 및 재활용** : 중국이 물량(하드웨어)에 집중할 때 한국은 배터리 잔존가치 정밀 진단기술과 재활용 인프라를 선제적으로 구축해야 합니다. 전기차의 핵심인 배터리 수명을 정확히 예측하고 보증해주는 BaaSBattery as a Service 모델을 수출과 연계한다면 "차는 중국이 팔아도, 그 차의 가치를 평가하고 관리하는 것은 한국이 한다"는 기술적 표준 우위를 확보할 수 있습니다.

위기를 기회로 바꾸는 통찰

중국의 중고차 수출은 단순한 무역이 아니라 국가 제조업의 생존을 건 거대한 재고조정 메커니즘입니다. 지난 2년간 촉발된 글로벌시장의 지각변동은 한국에 분명 위기였습니다. 하지만 이 위기는 오히려 한국 중고차산업의 체질을 개선할 기회입니다.

중국의 물량공세가 닿지 않는 고품질·고신뢰 영역을 요새화하고 전기차시대를 대비한 기술적 표준을 선점한다면 한국은 좌핸들의 제왕으로서 독자적인 영토를 굳건히 지킬 수 있을 것입니다. 이것이 2026년의 출발선에서 한국 중고차 수출이 그려야 할 미래 청사진입니다.

대한민국 중고차 수출, 끝나지 않을 여정

지금 이 글을 읽고 있는 당신의 옷소매에는 아마 흙먼지가 묻어 있을지도 모릅니다. 2024년 현재 우리의 일터인 인천 송도유원지는 여전히 거칠고 역동적입니다. 바이어들은 차 문을 세게 여닫으며 '쾅' 소리로 강성을 확인하고 우리는 보닛을 열어 엔진의 떨림을 손끝으로 진단하며 가격을 흥정합니다. "엔진 굿! 미션 굿!" 우리는 이 짧은 영어와 오랫동안 갈고닦은 감 하나로 전 세계 100여 개국에 차를 실어 보냈습니다. 마스크 대란으로 항구가 멈췄을 때도, 반도체 대란으로 물건이 말랐을 때도 우리는 특유의 생존본능으로 틈새를 뚫고 55만 대 수출이라는 기적을 만들었습니다.

하지만 저는 비즈니스 기획자로서 이 치열한 야생의 현장 너머에 다가오는 거대한 침묵을 봅니다. 굉음을 내뿜던 디젤 엔진의 시대가 저물고 소리 없이 데이터를 쏟아내는 전기차와 소프트웨어 중심 차량의 시대가 우리 문 앞에 와 있기 때문입니다.

시계를 6년 뒤로 돌려 2030년의 어느 날을 상상해봅니다. 그때의 우리는 더 이상 송도의 흙바닥 위에서 소리지르며 흥정하지 않을 것입니다. 미래의 바이어는 우리에게 "엔진 소리가 좋다"고 말하지 않습니다. 대신 그들은 태블릿PC를 내밀며 차갑게 물을 것입니다.

"이 차량의 배터리 건강상태SOH 리포트를 전송해주십시오."

"지난 3년간의 급속충전 이력과 셀Cell 전압편차 데이터를 블록체인 원장으로 확인하겠습니다."

"자율주행 OS 버전이 5.2입니까? OTA(무선 업데이트)가 끊긴 차량은 매입하지 않습니다."

이 순간, 과거의 영광이었던 '엔진 소리를 듣는 귀'와 '미션을 느끼는 감각'은 효력을 잃게 됩니다. 기름때 묻은 장갑을 끼고 부품을 갈아 끼우던 정비소는 사라지고 그 자리에는 진단기를 연결해 수 기가바이트의 데이터를 분석하고 오류 코드를 리셋하는 디지털 상품화 센터가 들어설 것입니다. 이것은 공상과학영화가 아닙니다. 이미 노르웨이와 중국, 그리고 유럽의 선진시장에서 일어나고 있는 현재진행형 비즈니스입니다. 내연기관 차를 잘 파는 '장사꾼'은 설자리를 잃고 데이터를 해석하고 보증할 수 있는 '테크니션'만이 살아남는 냉혹한 시장재편이 시작된 것입니다.

변화는 기술에만 머물지 않습니다. 글로벌 규제는 우리에게 더욱 높은 수준의 증명을 요구합니다. 유럽연합이 시행하는 '배터리 여권' 제도는 강력한 무역장벽으로 작용할 것입니다. 단순히 차를 배에 싣는 것을 넘어, 이 차에 들어간 배터리 광물이 어디서 채굴되었는지, 제조과정에서 탄소는 얼마나 배출했는지, 그리고 폐차 시 배터리를 어떻게 재활용할 것인지까지 디지털데이터로 제출해야 합니다. 추적가능성이 없는 차는 국경을 넘지 못합니다. "싸게 줄 테니 가져가라"라는 식의 덤핑전략은 더 이상 통하지 않습니다. 이제 우리는 물건을 파는 것이 아니라 데이터의 신뢰를 팔아야 합니다. 이것이 제가 이 책을 통해 그토록 시스템 구축과 투명성을 강조한 이유입니다.

그렇다면 우리는 멸종할 운명일까요? 아닙니다. 오히려 정반대입니다. 저는 이 거대한 전환기가 준비된 우리에게 단군 이래 최대의 기회라고 확신합니다. 대한민국은 전 세계에서 가장 빠르게 전기차 인프라를 깔았고 세계 최고의 배터리 기술을 보유했으며, 누구보다 빠른 IT네트워크를 가진 나라입니다. 일본이 우핸들 내연기관차시장을 장악하며 30년을 호령했다면 다가올 30년은 좌핸들 친환경차를 선점하는 자의 것입니다. 그리고 그 주인공은 바로 데이터와 IT로 무장한 대한민국 수출기업이 되어야 합니다.

우리가 앞서 설계한 5가지 기둥을 다시 한번 상기할 필요가 있습니다. 비만 오면 진흙탕이 되는 야적장이 아니라 고전압 배터리를 정밀 진단하는 스마트 클러스터를 건설하고 전화와 수기로 배차하는 대신 차량의 이동경로와 탄소발자국을 실시간으로 추적하는 디지털 물류망을 세워야 합니다. 환율변동에 밤잠 설치는 대신 블록체인 기반의 스테이블코인 결제로 금융고속도로를 뚫어야 하며, "믿고 사라"라는 말 대신 위변조가 불가능한 NFT 기반의 CPO 인증 시스템으로 가치를 증명해야 합니다. 그리고 마침내 낱개로 흩어진 점이 아닌, 'K-중고차'라는 거대한 '글로벌브랜드'로 뭉쳐 시장을 장악해야 합니다.

이제 책을 덮고 다시 현장으로 나갈 시간입니다. 하지만 어제의 당신과 오늘의 당신은 달라야 합니다. 오늘부터 당신의 매집 리스트에 주행거리 옆에 배터리 효율을 기록하십시오. 바이어와의 왓츠앱 대화에 가격할인 대신 '데이터리포트'를 첨부하십시오. 그리고 경쟁자와 단가싸움을 하는 대신 협력하여 시스템을 만드는 데 동참하십시오.

우리는 이제 단순한 중고차 딜러가 아닙니다. 우리는 전 세계 모빌리티 자원의 효율적 재배치를 설계하고 국경을 넘어 가치를 연결하며 데이터 주권을 행사하는 글로벌 비즈니스 아키텍트입니다.

설계도는 이미 여러분의 손에 있습니다. 이제 필요한 것은 실행뿐입니다. 야생에서 살아남은 우리의 DNA에 시스템이라는 갑옷을 입히고 저 넓은 미래의 바다로 함께 나아갑시다. 그 벅찬 항해의 뱃머리에, 기획자이자 동료인 제가 함께 서겠습니다.

역동하는 100조 시장의 새벽을 기다리며,

비즈니스 아키텍트

예상훈

역동하는 K-중고차

지은이_ 예상훈
펴낸이_ 조현석
펴낸곳_ 북인
디자인_ 푸른영토

1판 1쇄_ 2026년 03월 20일

출판등록번호_ 313 - 2004 - 000111
주소_ 서울 마포구 동교로19길 21, 501호
전화_ 02 - 323 - 7767
팩스_ 02 - 323 - 7845

ISBN 979-11-6512-521-9   03810
ⓒ예상훈, 2026